No creas una palabra

No creas una palabra

Bego Arretxe Irigoien

Primera edición: octubre de 2024

Diseño de la colección: Enric Jardí
Imagen de la cubierta: suteishi / iStock
Maquetación: Xavier De Juan

Dirección editorial: Ester Pujol

Catedral
Perú, 186
08020 Barcelona

Impreso en Romanyà Valls

Depósito legal: B-15.640-2024
Impreso en la UE
ISBN: 978-84-19722-02-7

Para Francisco Herce Flix «Fran»
(1966-1993) y José Mérida Marco
«Kurdas» (1965-2018)

Hoy en día, el hilo que nos vincula al pasado y nos proyecta al futuro es muy frágil y literario, y no siempre es tan real como desearíamos.

Pascual (25 Aniversario. El Lokal)

Fumábamos mucho, bebíamos mucho, hablábamos demasiado y creíamos que nos merecíamos el amor. Solo era una ilusión. La única realidad era la música, la «marcha», la lucha, la oscuridad, los secretos inconfesables, los caminos, la lluvia y los grises amaneceres de vuelta a casa.
Y una pesada nostalgia de ser jóvenes cubría nuestros ánimos: ¿qué haremos a partir de ahora? ¿Cómo vamos a vivir? ¿De dónde sacaremos el ímpetu para soñar el futuro?

Itxaro Borda

I

If we keep our pride
Though paradise is lost
We will pay the price,
But we will not count the cost
Rush, «Bravado»

El frío le eriza la piel. Nublado, un día más. Se quita la camiseta con la que duerme, la tira encima de la cama y se pone la ropa de ayer. Sale de la habitación, observa sobre la mesa del estudio una pátina de ceniza, enciende el ordenador y va a la cocina a hacer café. Cargado y largo. Con la taza azul marino entre las manos, se sienta y pasea la mirada por los titulares de prensa en la pantalla. Abre una página porque le parece interesante y a media lectura la vuelve a cerrar. El mundo se desintegra ante sus ojos. Le gustaría huir, dar un portazo, dejarlo todo. Pero los demonios no se largan por mucho que corras. Echa un vistazo a las estanterías con los libros en orden alfabético como un desfile creciente de profesores defraudados. De ellos sí podría librarse. La melodía del teléfono quiebra el silencio. Marta lo dejaría sonar. Pero el mal sabor de la culpa la persigue hasta que responde la llamada. Busca el móvil, lo encuentra en el sofá, junto a uno de los cojines de colores que le trajo su hermana de Estambul. Lee el nombre de Marisa y trata de responder con entusiasmo.

—Hace tiempo que no nos vemos —reclama Marisa.

Marta se pasa un mechón de pelo por detrás de la oreja mientras mira, a través de la ventana, al vecino de enfrente trastear por su cocina.

—Estoy muy liada y no tengo tiempo, mejor en unos días.

—Marta, siempre estás igual.

—Pronto, seguro. Te llamo cuando termine.

Cuelga con alivio.

Promete citas de una semana para otra. Nunca la misma tarde ni el día siguiente. A medida que se acerca el momento la pereza se apodera de ella y se le ocurren todo tipo de excusas. Sin embargo, suele acudir. Y la gente habla y habla y habla. Marta siente como si le estuvieran haciendo un examen: ocurrente, divertida, inteligente. Le falta el aliento. No sabe qué hacer con las manos y consume un cigarro tras otro. Escucha. Retiene las historias y la emoción con que se las cuentan, pero esa compilación de conversaciones empieza a parecerse a una mil veces repetida. No aparta la mirada de su interlocutora excepto cuando habla ella. Porque también habla, y mucho. Intenta concentrarse para encontrar la réplica que cree que necesita cada persona. La apremia la necesidad de devolver normalidad. Tiene la convicción de que sentirse un bicho raro y sufrir por ello es algo común. *El* elemento común. Aunque cada vez se le hace más difícil dar una respuesta porque le parece que las palabras confunden más que ayudan. No soporta la solemnidad porque le parece impostada, pero tampoco la frivolidad porque significa una suerte de deslealtad hacia el esfuerzo. Un desprecio hacia los demás y sus intentos de sobrevivir al absurdo. A veces cree que se huye de la comunicación hablando. Y que se conjura la soledad. O que es lo mismo.

Quedará con Marisa, que es una mujer enérgica que cuenta las anécdotas con una ironía mordaz. La perspectiva de una cita con ella no es tan terrible. Marta vuelve a mirar el edificio de enfrente. El vecino ha salido al balcón y recoge la ropa tendida con movimientos metódicos. Quita una pinza, luego la otra, dobla la prenda, la mete en el cesto de mimbre y pasa a la siguiente.

Nubes bajas, de un gris plomizo, amenazan lluvia.

Regresa a la mesa. Hace un mes que empezó a trabajar en la biografía de Phil Lynott que le encargó Luis. Tiene miedo de no estar a la altura. Marta se ha pasado media vida corrigiendo libros. Uno tras otro. Cuando era joven y se acababa de licenciar en filología, su madre echó mano de algunos contactos para que le hicieran los primeros encargos. Marta revisaba pequeños textos, manuales escolares, algunos artículos. Después llegaron los libros. Pensaba que iba a ser capaz de darles su sello personal. Se esforzaba. Con el paso del tiempo desistió y corregía de forma mecánica. Los encargos no se detenían. Lo más habitual eran libros de autoayuda de los que devuelven la responsabilidad sobre el fracaso o el éxito a los hombros de cada infeliz que los lee. En estas biblias modernas la sociedad nunca tenía nada que ver. Si el trabajo es una mierda o no alcanza para pagar el alquiler o no hay suficiente comida para darle el desayuno a los hijos, es por la actitud de cada uno. Según estos libros, con la simple voluntad se puede cambiar el destino. Para ello se deben enfocar las energías en unos objetivos preestablecidos, como si la vida fuera una fotografía y no existieran ni el movimiento, ni los intereses ajenos ni las contradicciones. Como si se pudiera ser impermeable a cualquier influencia o situación. Marta se preguntaba cuántos seres perdidos los compraban para dar con la fórmula que los ayudara a poner fin a unos problemas que se iban acumulando como trincheras en una guerra. Se alegraba cuando corregía un libro de recetas tradicionales o sobre las propiedades curativas de las plantas. La atención y el esfuerzo aumentaban si era alguno de historia, periodismo o antropología.

Luis la llamó una mañana de enero, tenía un proyecto y quería hablar con ella. Quedaron unos días después en el café Bohemia. Marta se arregló con esmero. Tejanos, jersey azul de cuello grueso, chaqueta de cuero, botas camperas. Para poner orden en su pelo negro optó por hacerse una coleta. La rejuvenecía. Se pintó la raya de los ojos. Llegó con antelación. Luis era uno de los mejores amigos de su hermano, del instituto Balmes. Lo sigue siendo. Marta, de adolescente, anduvo medio enamorada de él. Espiaba sus gestos cuando llegaba a casa a escuchar música. Tequila, Rolling Stones, Ramones. Se hacía la encontradiza por los pasillos del instituto, pero él jamás le prestó la más mínima atención. Marta sabía que ahora tenía un programa en la radio de Sants y una pequeña editorial de libros de *rock*. Luis entró en el Bohemia con aire despistado. La espalda ligeramente encorvada y más canas. Le preguntó cómo le iba de correctora, qué hacía, qué era lo que más le gustaba. Marta fue cauta. No sabía lo que le había dicho su hermano a Luis, aunque ella no solía contar nada de su trabajo a la familia. De hecho, no solía darles explicaciones sobre nada. Tampoco imaginaba qué podía querer Luis. Se centró en hablarle de las correcciones de los libros más serios, se quejó un poco de los calendarios de entrega, se calló lo mal pagado que le solía parecer, se entretuvo en ponerlo al día del libro de entrevistas a la nueva generación de chefs de cocina que estaba despuntando en el panorama nacional. Él le preguntó qué hacía cuando no estaban bien escritos. Ella le dijo cómo intentaba rehacerlos. Luis sonrió con complicidad. Le explicó que el hermano de Marta, al escuchar su proyecto, le sugirió que se lo encargara a ella. Hacía tiempo que quería publicar una biografía de Phil Lynott. No de Thin

Lizzy sino de Phil Lynott, aclaró, aunque para ello también se debía hablar del grupo. No le interesaba tanto la figura del rockero, como la del hombre que se escondía tras ella. Entenderlo. Saber cómo se había forjado y qué elecciones o circunstancias lo llevaron a su caída. Deseaba rendir homenaje al hijo bastardo de la Irlanda de posguerra. Uno de los hombres más influyentes de la música *rock* de los setenta y los ochenta que todavía no gozaba del reconocimiento que merecía. La pasión con la que hablaba conectó a Marta con viejas emociones. Thin Lizzy había sido uno de los grupos que más la había marcado en su juventud. Sobre todo, cuando regresaban del Vértigo, de madrugada, en la furgoneta de Pipe. Marta recordaba aquella sensación de ganarle la partida al tiempo mientras el amanecer invadía las calles. La camaradería incondicional después de una noche de música, encuentros y velocidad. Cuando todo era posible y nada era necesario.

Espantó la imagen con un gesto leve.

Luis no quería una retahíla de hechos minuciosa y larga, sino mostrar los elementos fundamentales que hicieron que Phil Lynott tomara un camino. Y se sometiera a él. El libro debía estar escrito para finales de octubre para que les diera tiempo a editarlo y enviarlo a imprenta. La presentación estaba pensada para el treinta aniversario de la muerte de Phil Lynott, el 4 de enero de 2016. Luis haría el seguimiento y se verían a menudo para revisar el texto. Marta se dio cuenta de que esta biografía era algo muy personal para él, pero no quiso indagar. Aceptó.

Luis le entregó un papel con una lista de páginas web y referencias de libros. Acordaron que después de la investigación se encontrarían para compartir el plan de escritura y el enfoque que le iba a dar Marta. Luis se levantó, le estrechó la mano con gesto teatral, le acarició brevemente la mejilla, pagó las consumiciones y desapareció.

Marta esperó para asimilar lo que acababa de ocurrir.

Decidió volver andando. Hacía frío, pero el sol le daba al aire esa cualidad cristalina que solo puede tener el invierno. Caminaba a paso rápido. Hizo una lista mental de tareas. ¿Qué sabía ella de la vida de Phil Lynott? Nada. Le vino la imagen de algunas portadas de discos de Thin Lizzy. Todavía debía de tener varios en casa. Sus vinilos estaban guardados en el altillo del armario, entre otras cosas de sus numerosos traslados. Cada vez un poco más lejos del centro de la ciudad.

Nada más llegar, se metió en el blog del club de fans de Phil Lynott, en el que seguidores y curiosos colgaban noticias, entradas de conciertos y recuerdos fanfarrones de quienes tuvieron la suerte de conocerlo o verlo actuar en directo. Los participantes discutían acaloradamente sobre las influencias de su música, las parejas que tuvo, la relación con su madre, el padre ausente, sus hijas o sus canciones.

Una sensación de excesiva familiaridad fue la primera señal de peligro.

El lenguaje, rudo con tintes de épica de barrio. La nostalgia por la capacidad perdida de sentirse dueños del asfalto, de la noche, de los lugares más sórdidos de la ciudad. Cerró el blog con aprensión. Mejor acabar antes la corrección que tenía pendiente.

Cuando terminó, empezó a leer la biografía en inglés escrita por la madre de Phil Lynott: *My Boy*. No le había confesado a Luis que su inglés era insuficiente y se dedicó a copiar los párrafos, uno tras otro, en el traductor. Una obra de artesanía. El texto se desplegaba frente a ella y, diccionario en mano, se aseguraba de su comprensión hasta que daba con lo que creía que la madre del cantante había querido expresar. Su llegada a la Inglaterra de posguerra buscando trabajo de enfermera. La emoción de la aventura, los bailes y fiestas lejos de la estricta vigilancia familiar. El encuentro con Cecil, el negro alto y elegante que bailaba con la sutileza de un guepardo y al que llamaban «El Duque». El primer amor, el sexo fuera del matrimonio, el embarazo, el racismo sin paliativos, el abandono de Cecil.

Este libro, orgulloso y desgarrado, fue la segunda señal de peligro.

Marta se acercaba a una grieta oscura. Y no le gustaba. La mezcla de inocencia y temeridad del Phil adolescente. Su esfuerzo por destacar en un entorno hostil. Las peleas por los insultos racistas de sus compañeros de escuela, los primeros coqueteos con las drogas y la camaradería de los amigos, esa familia en la que sientes que puedes ser quien realmente eres. Aunque luego te hundan en el barro.

Cuando le quedaban cuatro capítulos tuvo la certeza de haber abierto una puerta que ya no podría cerrar. El recorrido por la muerte de Phil y sus últimos días de agonía era terrible. La detallada descripción del duelo materno la obligaba a mirar de frente algo de lo que hacía años se escondía. Y de lo que no ha vuelto a hablar. Ni quiere hacerlo.

La vergüenza.

Marta intuía dónde, el instinto protector de la madre, ocultaba detalles. Justo la información que insinuaba la fragilidad de su hijo, pero empañaba el mito. Anotaba interrogantes al lado de esos párrafos ambiguos para contrastarlos con otras fuentes. Pero le dolían sus propias anotaciones. Traicionaban la voluntad de la madre de Phil. Su madre. No cualquiera.

Mientras esperaba que le llegaran los demás libros, siguió

con la lectura de la prensa de la época y analizó fotografías ordenadas por fechas para tratar de detectar en los gestos, en las miradas, lo que no decía la madre de Phil. Llenó el corcho de la pared con ellas. La observaban. Más que dar respuestas, parecían interrogarla.

Un trueno retumba en la casa. Marta escucha las gotas sobre el tejado de uralita del balcón. Observa las fotografías y vuelve a dirigir la mirada hacia la ventana. Los geranios tienen algunas hojas nuevas, de un verde todavía tierno. El balcón se llenará de flores rojas, rosas, moradas y blancas. Cuando llegue la primavera. Abre la carpeta del ordenador con la documentación que debe revisar. Oye el murmullo de las palomas que anidan en los respiraderos del edificio. Rememora la sensación que le produjo escuchar a Thin Lizzy por primera vez. Cómo al día siguiente fue a Discos Castelló a comprar el *Live and Dangerous*. Lo puso tantas veces que está segura de que todavía puede reproducir el orden de las canciones. Abre la página de YouTube y escribe Thin Lizzy. La primera canción es «Running Back». Enciende los altavoces y pone el volumen al máximo.

Y regresa.

Manu regresa.

Su pelo rizado, el cuerpo flaco, la sonrisa burlona, la mirada intensa. Hacía más de veinte años que no se le aparecía. Cuando murió invadía sus sueños y mantenía con él conversaciones de las que al despertar Marta solo recordaba la sensación de que Manu estaba mejor que ella. Otras veces su imagen irrumpía en una comida o celebración familiar, o de fiesta con los amigos, y parecía decirle: «¡Espabila!». Marta sacude la cabeza y marca el compás. Mueve el cuello de un lado al otro. Se levanta. Baila, suavemente, los brazos extendidos, las caderas meciéndose, recuerdos: una partida al futbolín, el olor de espaguetis con tomate, su risa provocadora, un amanecer de otoño, el deseo desbocado, conciertos en el Zeleste, mentiras.

Mentiras.

El cuerpo de Marta se acelera, los pies golpean el parqué, agita las manos a la altura de las orejas como mariposas ebrias. Cierra los ojos. En sus entrañas se forma un grito, sube desde el vientre, atraviesa el plexo solar y se instala en la garganta. Trata de detenerlo, de mantenerlo sujeto. Pero es en vano. El grito resuena haciendo temblar las paredes. Cae el cenicero de la mesa, se rompe. Silencio.

¿Cuánto hace que ha terminado la canción?

Marta respira, agitada con las manos apoyadas en el escritorio.

«Quiero volver a casa», piensa. La imagen de Manu se ha desvanecido.

Su muerte fue el parteaguas. Su parteaguas entre la seguridad y el naufragio.

1989

La brisa mueve los restos de basura que quedan por el suelo, cadáveres de una noche de sábado. Se acomoda en la silla metálica. Saca el libro del bolso de tela granate y lo pone junto al paquete de tabaco. Está en una de las cuatro mesas de la terraza del Joanet, en la plaza Sant Agustí Vell. La sombra danzante de los árboles dibuja arabescos en los adoquines. No llega el sonido del tráfico, solo voces y música que sale de las ventanas. A lo lejos se oyen los gritos del butanero, acompañados por el repiqueteo de su vara contra la bombona de gas. Marta mira alrededor y reconoce a los vecinos del edificio de enfrente de su casa. Él va con un chándal negro que oscurece sus rasgos de matón y le destaca el vientre prominente. Ella viste una falda estrecha, camiseta de tirantes blanca y sandalias de plástico rojo. El pelo cobrizo con mechas claras baila en su espalda. Al reclamo de una voz infantil, la vecina se detiene y se gira para esperar a una niña de unos tres años, que Marta, algunas noches, oye llorar desde el comedor. Va en un triciclo de hierro y quiere que su padre y su madre se detengan, fastidiarlos un poco.

Marta también acabará paseando, pero ahora le apetece saborear la caña que ha pedido. Disfrutar del fin de las clases. Tiene dos meses por delante y poco dinero. Pero el dinero le importa poco. Se siente ligera. Con gestos distraídos abre el paquete de tabaco, saca un cigarro. Joanet le trae la cerveza y le ofrece fuego. Este grandullón de poco pelo y modos delicados es el guardián de la plaza. Fue de las primeras personas que la hicieron sentir en casa cuando se instaló en el barrio. Marta tomó por costumbre ir cada domingo a tomar una caña y cuando Joanet le preguntó si le traía lo de siempre e intercambiaron algunas palabras supo que era su cómplice. Que podía sentirse segura en aquellas calles. Nadie del barrio la iba a molestar. También conoció a Sole, su vecina del entresuelo, que parecía tener más de cien años, pero se movía con la agilidad de una bruja de cuento. Bajaba a trompicones la escalera, agarraba a Marta del brazo con una fuerza inesperada, acercaba su cara a la suya y se quejaba del nieto ingrato que le robaba para poder consumir. «¿Qué consume?». Sole bajaba la voz y decía: «El caballo, el caballo del demonio». Carlos, el electricista del barrio, le arregló la instalación de 125 vatios y la pinchó a la luz de la escalera, como a todos los vecinos, para que pagara el propietario del edificio. Marta intercambiaba saludos con Lauri, la mujer del tercero, que se levantaba al mediodía con la música de Bambino a todo volumen y salía a trabajar por las noches. Ya la reconocían en la panadería, en el ultramarinos y en la droguería donde compraba las pequeñas botellas azules de gas para alimentar la placa de dos fuegos de su cocina. Le gustaba jugar con la inseguridad y los miedos de algunos amigos del instituto que la visitaban desde zonas más nobles de la ciudad.

Abre el libro y se sumerge en la novela de Rosa Montero: «La verdad es que ahora que he empezado no sé de qué escribir, tan rutinaria y vacía es mi vida aquí». Le cuesta empatizar, aunque lo intenta. Entiende que la vida puede ser rutinaria. Lo ha visto muchas veces. En los padres de sus amigos, en el suyo. El aburrimiento de los días iguales, sin horizontes ni perspectivas, sin sobresaltos. Todavía es demasiado joven para entender que, a veces, una cierta paz anclada en la repetición de rituales cotidianos es lo más parecido a la felicidad.

Asoma el sol entre las nubes de un blanco inmaculado. Cierra el libro, le da un último trago a la cerveza, saca las ochenta pesetas del monedero y le hace una seña a Joanet que se acerca con parsimonia.

—Pronto apretará el calor. —Extiende la mano para recoger el dinero.

—Sí, qué bueno. —Marta adora el verano y las noches cálidas—. Gracias, Joanet. Hasta luego.

Se mete por la calle Tantarantana. Las aceras son un desnivel estrecho por el que apenas puede caminar una persona. Riachuelos de orina, dos botellas vacías de vino apoyadas en el saliente de un escaparate, cagadas de perro que los transeúntes sortean sin mirar, ropa tendida en los balcones. Le gusta caminar, sentir que el centro de la ciudad le pertenece. Lleva unas mallas negras que enfundan sus piernas delgadas, una camiseta verde bosque y calza unas John Smith. El pelo oscuro le llega a media espalda. No va a ninguna parte pero camina a paso rápido. Sonríe a todo aquel con quien se cruza. Algunos le devuelven la sonrisa, otros la miran con extrañeza. En su cabeza suena la canción «Have You Ever Seen the Rain?» de los Creedence y anda a su ritmo. Las bolsas de basura se amontonan al lado de los portales. Algunas rotas y con el contenido desparramado. Llega a Via Laietana, la arteria ruidosa que separa el Gòtic del barrio de la Ribera como una cicatriz mal curada. Camina esquivando a familias endomingadas, adolescentes en grupo. Cruza la plaza Sant Jaume y entra en la calle Ferran. En una esquina, un hombre gordo vende globos de colores mientras se pasa un pañuelo por la nuca. Una chica flaca, desdentada y con un jersey lleno de lamparones pide dinero en la puerta de la iglesia. Marta sigue y antes de llegar a Les Rambles, gira hacia la plaza Reial. El sol la baña entera. Alrededor de la fuente, un grupo de chicos y chicas con crestas de colores, imperdibles y ropas negras juegan con el agua y un cachorro ladra y salta entre ellos. Un hombre con pantalones grises, camisa blanca, cadena de oro, gafas oscuras y puro en la boca mira con disimulo.

Marta se detiene en el mercadillo de los domingos. Telas en el suelo cubiertas con todo tipo de objetos que oscilan entre lo inútil y las gangas: despertadores, teléfonos, algún radiocasete de coche, novelas del Oeste, percheros, piezas de fontanería, relojes, herramientas de bricolaje, ropa usada, una lámpara rota. Quienes llevan los puestos son hombres curtidos que realizan las transacciones allí mismo. Tanto para comprar las cosas que les traen chicos jóvenes, en un goteo continuo, como para vender a los pocos compradores que se acercan. Que la mayoría son artículos robados es de dominio público. Que lo que queda son intentos desesperados por hacer llegar comida a la mesa, también. En alguna ocasión Marta ha comprado algo para completar el escaso mobiliario del piso, aunque la mayoría de lo que tiene lo ha recogido en la calle: el sillón, la mesa, cuatro sillas desparejadas, las cajas de fruta que utiliza de estanterías. Esta vez no ve nada que le llame la atención y cruza la plaza. Alguien grita su nombre. Se gira, entorna los ojos. El instinto y el sonido de la voz la hacen avanzar hacia el Glaciar, y a pocos metros reconoce a Pipe, de pie, que le hace gestos. La sonrisa socarrona, la camiseta de Iron Maiden y sus eternos tejanos de pitillo. Marta suelta una carcajada. Se acerca. La mesa está llena de botellas vacías de cerveza.

—Qué pasa, tía, qué haces.

Pipe tiene que inclinarse para darle dos besos.

—Por aquí... —Marta mira a los chicos sentados. Dos se levantan para saludarla—. ¡Eh! Pero si están Joan y Happy. ¡Sí que habéis madrugado! —dice con sorna.

—¿Dónde te habías metido? Esperábamos verte ayer.

Happy se ruboriza. Solo vence su timidez con las mujeres cuando la fiesta está muy avanzada. Y aunque tiene los ojos como faros, tantas horas sin dormir lo devuelven a la realidad, pierde la seguridad y se siente más vulnerable todavía.

—No pude, tenía cena en casa de mi madre.

—Marta, ¿conoces a Manu?

Joan señala a su lado. Un muchacho delgado, de pelo rizado hasta los hombros, camiseta sin mangas presumiendo de tatuajes, la mira con descaro. La recorre un pequeño hormigueo. Tiene la sensación de que lo ha visto antes pero no sabría decir dónde.

—Creo que no... Hola, Manu.

Pipe coge una silla de la mesa de detrás y la arrima a su lado.

—Siéntate que te pido una birra. Eh, Gerard, trae una mediana para Marta que va con retraso.

Marta se sienta mientras ellos se disputan la palabra para explicarle las batallas de la noche anterior. Pipe dirige la orquesta. Los demás intentan meter baza cuando pueden. Manu solo la mira. Parece que la noche fue intensa. A Marta no le gusta perderse ninguna. Es como si perdiera trozos de vida. Le cuentan que ayer acabaron en el Umma, después de que los parara la policía en un control en la Gran Via.

—Qué gilipollas —dice Pipe—. Con lo cargados que íbamos y no nos encontraron nada. Happy dio el cante y casi nos delata intentando tirar el *speed*, pero ni con esas.

Marta imagina la escena. Le cuesta un poco concentrarse con la mirada de Manu clavada en ella. Trata de parecer segura y distendida pero no acaba de lograrlo. Él se levanta bruscamente.

—Bueno, gente, ya tenéis lo que queríais, yo me largo que tengo cosas que hacer. —Su voz es algo ronca—. Nos vemos, Marta.

Manu coge la chupa negra de cuero de la silla, deja un billete de cien pesetas en la mesa y camina a paso rápido hacia la calle Escudellers.

Pipe, Joan y Happy siguen hablando. Marta interviene en la conversación. Pregunta, comenta, propone, ríe. El día no ha hecho más que empezar.

***

A Manu le suena su cara, pero no su sonrisa. Trata de hacer memoria. Los ojos brillantes, el cuerpo menudo, la expresión de sorpresa. Seguro que la ha visto antes. De repente, la imagen es clara, en el vestíbulo del metro de plaza Catalunya, frente a la máquina de billetes. Su rostro palidece. Hay cosas que es mejor no recordar porque el bochorno sube desde la boca del estómago con sabor agrio. Aunque ella lo ha mirado con interés, no parece haberlo reconocido. La observa con más atención. Marta, le han dicho al presentarla. Tiene la sonrisa amplia, quizás demasiado. La mezcla de aplomo y temeridad de los que están a punto de lanzarse al vacío porque creen que nadie puede hacerles daño. La rabia ocupa algo de espacio. Dan ganas de ayudarla a caer y que vea lo que se cuece aquí abajo. Mira su cabello negro, que se convierte en ondas desordenadas según baja por los hombros. Seguro que no sabe nada del ansia, de las horas que se alargan sin nada que hacer, de la vida que se esconde en las sombras, como las ratas. Por lo menos les ha vendido un gramo, podrá comprarse el disco de Sepultura y tirar durante un par de días. La voz de Marta es un poco aguda. La mira directamente con el deseo de provocarla, de intimidarla. Ella le sonríe. Manu le devuelve la sonrisa y se remueve en la silla. Desvía la vista hacia la fuente. Se levanta precipitadamente, paga, se despide y se va.

El olor a pollos asados de Los Caracoles le abre el apetito. Se cruza con un hombre y se saludan con un breve movimiento de cabeza. Cuántas veces Manu le ha vendido lo que sea que apañaba por ahí. Ojalá apareciera Olga. La echa de menos. Ella sí que tenía claro lo que era la calle, se movía con la agilidad y astucia de una gata. Estuvieron juntos unos meses y cuando supo de qué iba Manu lo mandó a paseo. Chica lista. A veces se encuentran en el Piaf o por los Mensakas pero nunca le saca más allá de un «Hola» fugaz.

La calle Escudellers hierve. Las prostitutas de las barras americanas fuman en la puerta y gastan bromas a los que se cruzan con ellas. Un grupo de marineros entra en el bar Tequila y la música atronadora invade la calle por un momento. Lo mismo puede ser «Still Loving You» de Scorpions que «Dancing Queen» de Abba. Manu detecta a Fer en su esquina habitual. Ve como se le acerca una pareja dando tumbos, estrechamente abrazada. Discuten. Fer niega con la cabeza. Insisten. Se le acercan más. Fer se los quita de encima con un empujón. Manu camina más despacio, sin dejar de mirar. Respira hondo y pasa de largo. Se detiene en una portería, llama por el interfono y sube las escaleras estrechas y sucias. La puerta está entornada. Entra por un recibidor minúsculo, con una cajonera de madera laminada y una Virgen de Montserrat de plástico encima. En el comedor apenas entra luz por las rendijas de las persianas de madera. Se está fresco. Distingue los ciento cincuenta kilos del Chato en el sofá, rodeado de botellas vacías de cola de dos litros, cajas de *pizza* y ceniceros a rebosar. Huele a sudor rancio y a comida pasada. El Chato está concentrado jugando a los marcianitos con el Bolas. Gritan y se dan manotazos. Manu se sienta en el sofá y hace tres rayas sobre el espejo de mano que hay encima de la mesa. El Chato deja el mando en el sofá, rebusca en su bolsillo y le alarga diez mil pesetas en billetes arrugados.

—Espero que esté buena. La última vez me diste una mierda que no valía nada.

—Es lo que hay. Si no te gusta, mueve tu culo gordo y sal a buscarla.

—Vale, tío, tranquilo.

Se hace un rulo con un billete de mil y aspira una raya. El Bolas se frota las manos y se mete otra. Manu es el último. El sabor amargo le inunda el paladar. Traga. Está buena, está muy buena. Lo sabe.

—Joder, tío, ¿de dónde la has sacado?

Manu le guiña un ojo, se mete el dinero en el bolsillo, choca el puño con el Bolas y se levanta.

—Venga, peña, hasta otra.

Baja las escaleras con nervio. Hoy ha hablado con demasiada gente. Necesita estar solo.

II

Up till now my youthful stage.
A useless rage, a torn out page, a worn out gauge.
A dirty shade, a big charade, a has been made
And honesty was my only excuse

Thin Lizzy, «Honesty Is No Excuse»

Le gusta llevar cartas y paquetes de un lado a otro de la ciudad. Conoce sus recovecos y ha sido testigo de los cambios que han sufrido las calles en las últimas décadas. Aparca la moto frente a la oficina de mensajería, se quita el casco y sus rizos, casi blancos, le caen sobre los hombros. Pipe camina con bamboleo provocador hacia las puertas acristaladas de la oficina y se dirige al mostrador de recepción.

—Qué pasa, Rosa. —Le alarga el registro de paquetes repartidos.

—¿Algún problema? —inquiere Rosa con ironía.

Pipe es conocido en la oficina por ser de los que casi nunca devuelve un paquete, aunque haya imprevistos: la lluvia, una avería en la moto, un destinatario que no está, una dirección equivocada. Lleva veinticinco años trabajando en la misma empresa.

—¿Tú qué crees? —Se saca el paquete de tabaco del bolsillo, lo golpea por la base, coge el cigarro que sobresale y se lo coloca detrás de la oreja—. ¿Dónde están los demás?

—La única que ha llegado es Aurora. Imagino que está en el bar, como siempre.

Empieza a teclear los datos del registro y deja de prestarle atención. Rosa siempre es la última en irse. Llega a casa cansada, cuando sus hijos hace horas que han vuelto de la escuela. Le molesta bregar con los mensajeros que cobran más que ella, entran a trabajar más tarde y terminan con tiempo para tomarse unas cervezas.

Pipe se da la vuelta y sale a la calle. Que le den a Rosa, siempre con esa cara de amargada. Empuja la puerta del bar y mira hacia la última mesa, donde está Aurora con sus ojeras negras bajo los ojos azules y la expresión abstraída. Al escuchar el golpe seco de la puerta al cerrarse, alza la vista y sonríe. Pipe camina hacia el fondo dejando la barra a su izquierda, se quita la chaqueta y, antes de que tenga tiempo de sentarse, el dueño le pone una cerveza en la mesa. Pipe la coge y le da un trago.

—¿Hace mucho que has llegado?

—Media hora. Rosa se ha enrollado y me lo ha dado todo por el centro. Imagínate, he entregado dos paquetes a tres porterías de distancia. —Los ojos habitualmente tristes de Aurora se iluminan.

—Menuda suerte. A mí me la tiene jurada. Ya sabes, de Potosí a Zona Franca y vuelta a empezar.

—Antes de que se me olvide, ¿te acuerdas de Marta? La chica aquella flaquita, de pelo negro... La que andaba con Manu.

Pipe tarda en reaccionar el tiempo que necesita un calambre para recorrer su cuerpo.

—¿Por qué? ¿Le ha pasado algo? Hace mucho que no sé de ella...

—Esta mañana en las oficinas del banco de Rambla Catalunya me he encontrado a Marisa, ¿sabes? Aquella un poco pija. Dice que estuvo tomando algo con Marta. Y se ve que le preguntó si sabía algo de ti. Le comentó que quería verte.

Marisa me ha pedido tu teléfono para enviárselo. Ya sabes cómo es.

—¿Y se lo has dado?

Pipe levanta la botella de cerveza y le da otro trago. Gana tiempo. Cuánto añora a Marta. Cuánto la ha añorado. Cuando piensa en ella imagina un cascabel, la ve caminando altanera, sin mirar a los lados, riendo de cualquier cosa. Era de risa fácil.

—Sí, se lo he dado. ¡Erais tan amigos! —Aurora lo interroga con la mirada—. Espero no haberla cagado. Nunca me has contado por qué dejasteis de veros.

Pipe se saca el cigarro de la oreja.

—Ningún problema, Aurora. Perdí su número con tanto cambio.

Arrastra la silla hacia atrás, se levanta y enciende el cigarro unos pasos antes de alcanzar la puerta y salir a la calle. El viento frío de enero estremece a Pipe. La posibilidad de ver a Marta le genera sensaciones encontradas. Lo último que supo de ella fue que se había ido a vivir a Sants. Hace más de diez años. No, doce. Su hija todavía no había nacido. Imagina la cara que pondrá Marta cuando sepa que es padre. Pipe el temerario, el caballero del metal. Seguro que se reirá porque la llamó Candela, como la canción de los Flying Rebollos. Examina la imagen que le devuelve el cristal de la puerta. La barriga, las canas, la papada. Joder. Tira la colilla al suelo. La gente pasa con prisa por la estrecha acera. Espera que lleguen los demás para no tener que darle conversación a Aurora. Hablarían de Marta y con ella no quiere. Se enciende otro cigarro. Hoy su hija está con Clara y no le apetece volver a casa todavía. Es demasiado pronto. No le gusta el invierno que cierra los días antes de poder vivirlos. Quizás pueda convencer a alguien del trabajo, cervezas y música en algún garito que todavía no haya sido invadido por turistas. Cuando Candela está con él no sale. Se levanta más temprano. Se asegura de que la casa esté limpia y en condiciones, no sea que la mezquina de su madre le ponga una denuncia. Mira en la nevera si están todas las cosas que le gustan a su hija: zumos de mango con naranja, yogures de sabores, queso de Burgos, croquetas de pollo. Y cuando sale del trabajo se va directo a esperarla a la salida de la escuela. Candela apunta maneras de la adolescente que será, con la melena castaña, sus ojos sorprendidos detrás de las gafas y ese cuerpo largo que no sabe dónde meter. Se pasa las horas con la mirada pegada a la pantalla del teléfono móvil que no deberían haberle comprado. No todavía. Pero los hijos de padres separados siempre se acaban saliendo con la suya. Se aprovechan de la competencia por el cariño y la culpa agazapada. Y él, a menudo, tiene la sensación de que se le escapa de las manos y no puede protegerla.

Una palmada en la espalda lo sorprende.

—¿Qué haces? ¿Meditar? —Gerard lo mira con guasa—. ¿No ha llegado nadie?

—Aurora está dentro. Venga, campeón, que hoy te vienes conmigo a quemar la ciudad.

1989

Pipe entra en el 25/9. Desde la sala del fondo se escuchan gritos de gente cantando «Salve», de La Polla Records. Marta está sentada frente a la barra hablando con Félix, el dueño. Pipe se acerca.

—Hola, hola. Lo siento, me han liado en el trabajo. —Le da dos besos y pide una cerveza.

—Estoy acostumbrada. —Marta enciende un cigarro y le echa el humo en la cara—. Desde que te conozco nunca has llegado puntual.

—Qué exagerada eres. ¿Cuánto hace que nos conocemos? ¿Dos años? —Pipe le da un codazo y le guiña un ojo—. Entraste en la reunión del Colectivo con esa cara que ponías entonces de listilla, ibas con el imbécil ese...

—No me hables de él, que hace tiempo que conseguí perderlo de vista. Y lo mío me costó. —Marta da una calada—. En cuanto le dieron plaza en el servicio civil dejó de ir a las reuniones. Ese ni era antimilitarista ni nada.

—Ya se le veía. Mucho blablablá y luego humo. ¿Y tú? No veas tú, ¿eh?

—¿Yo qué? —Marta adelanta el rostro, desafiante.

Pipe levanta las manos como si se rindiera, pero no lo va a hacer, le encanta ver a Marta peleona.

—Venga, tía, venías de otro mundo, se te notaba. —Vuelve a reír, y sus ojos brillan por el placer de la provocación—. Por lo menos has dejado de llevar faldas y pañuelos de colores...

—Me visto como me da la gana.

—Lo que quieras, pero ya no las llevas.

Es cierto, Marta ha cambiado desde que se fue de casa. La necesidad de romper con su rol de buena hija, de no tener que rendir cuentas ante nadie y dejar atrás los conflictos de lealtades, las dificultades económicas de su madre para sacar a sus hijos adelante, el abandono de su padre. En todos los sentidos. Desde el instituto buscaba aquellos lugares en los que poder entrar en contacto con la intensidad que solo había encontrado en las novelas que leía compulsivamente. Como si pasara por una puerta que la llevara a otra dimensión. Quería más. Fueron algunos amigos de bachillerato que parecía que en su casa nunca los echaran de menos los que la llevaron a descubrir el centro de la ciudad, el de los garitos, los conciertos, las plazas con grupos de gente por el suelo, el Colectivo, la música. Un atisbo de una Barcelona que a Marta le parecía mucho más emocionante que las calles plácidas del Eixample. Recién matriculada en la universidad y con su primer trabajo alquiló el piso de Sant Pere Mitjà. Hace dos años que vive sola. Marta se retira el pelo de la cara.

—Oye, y ese Manuel que estaba el otro día con vosotros en el Glaciar. ¿De qué lo conocéis?

—¿Manu? De por aquí, del barrio, de los bares. Se busca la vida. Es una enciclopedia musical. Si quieres saber algo de un grupo, no tienes más que hablar con él. ¿Por qué lo preguntas?

—Cuando lo vi el otro día con vosotros me sonaba, pero no sé de qué.

—Seguro que lo has visto alguna vez por aquí o por los Pescatas o el Piaf. ¡Hombre! ¡Míralos!

Cani y Joan entran y este último se les acerca con expresión de misterio. Cani mira a Marta y esboza una sonrisa insegura. Joan les habla en voz baja. Pipe y Marta tienen que hacer un esfuerzo para escucharlo.

—No veas cómo está el barrio. —Se acerca más y Marta echa el cuerpo hacia atrás—. Nos hemos topado con la policía registrando gente al lado del Tarkus.

Pipe ni siquiera le contesta.

—Qué pasa, Cani, ¿cómo estás?

—Ya ves, tirando. —Choca un puño con Pipe y le da dos besos a Marta—. Me he encontrado a este y me ha convencido para venir.

Joan insiste:

—Eh, que lo digo en serio. En cualquier momento entran aquí.

—No seas paranoico. Todos los fines de semana pasa lo mismo. Vamos adentro a echar unas partidas.

Pipe se levanta, los demás lo siguen.

Entran en la sala cuadrada del fondo del bar, con iluminación escasa y las paredes llenas de pintadas. Insultos, frases lapidarias, dibujos obscenos, símbolos con rotuladores negros, rojos, azules. El humo concentrado parece niebla. Se sientan en el único hueco que queda libre del banco de madera que rodea las paredes. Cani pone unas monedas encima del futbolín para entrar en la partida. Marta mira el reloj de la pared.

—¿A qué hora va a venir Happy?

—Hoy no viene, ha quedado con gente del curro. Tenían un cumpleaños o algo así. Vendrá mañana.

Pipe no le dice que la explicación de Happy le ha sonado vaga. Parecía nervioso. Happy no suele fallar, siempre salen juntos, pero a Pipe le ha gustado la novedad de quedar con Marta a solas. Le quiere proponer ir al Chaplin después de unas birras. Aparecen Alberto y Ana cogidos de la mano.

—Vendréis al concierto, ¿no? —pregunta Alberto.

—¿Qué concierto?

—Uno en contra de las Olimpiadas. ¿No lo sabíais? Es mañana. Tocan en el Poble Nou Juanito Piquete, Karies Mental y A Morte do Pobo. Se va a poner bueno.

Marta mira a Pipe. Ir de concierto le encanta. El desmadre, los encuentros, la música en directo, conocer gente nueva. Sobre todo, conocer gente nueva. A Pipe también le apetece y seguro que Happy se apunta. Tiene razón Alberto, se va a poner bueno.

—Podemos quedar aquí con Happy y vamos con mi furgo.

— Yo también me apunto. A Morte do Pobo son buenísimos —dice Joan.

—Vale, pero quedamos pronto. A ver si vemos antes a Manu y podemos comprarle algo...

—¿A Manu? —Ana interviene—. A veces va con una gente muy rara...

—¡Pero qué dices! —Alberto la interrumpe—. Eso son tonterías, además, bien que te gusta cuando te invita.

Marta escucha atenta.

—Pues no se hable más. Quedamos aquí a las siete, unas birras y al concierto. —Pipe choca la cerveza con Alberto.

Joan se levanta haciendo sonar las cadenas que lleva colgadas por su cuerpo vestido de negro.

—Cani, nos toca entrar.

Marta mira hacia el futbolín, después van Pipe y ella.

Siente el gusanillo. Le gusta competir, le gusta ganar. Ana se sienta a su lado y le aparta el pelo de los ojos.

—¿Por qué no te pintas nunca? Estarías más guapa. —Hurga en su bolso, saca un lápiz negro y lo esgrime—. ¿Me dejas?

Marta vacila.

—Que sí, mujer, verás la diferencia. —Se levanta y la estira de la mano—. Vamos al baño que estaremos más tranquilas.

Entran en el espacio diminuto y cierran la puerta con pestillo. Apesta. Ana le coge la barbilla con una mano y empieza a pintarle la raya debajo de un ojo. Marta la mira maniobrar a través del espejo. Se fija en su destreza.

—Ana, me dijo Pipe que vais a montar un bar por mi barrio.

—Sí, tía, estoy harta de buscar trabajo y que me digan que no y Alberto ha acabado hasta las narices de currar en la cocina del restaurante de su familia. Ya tenemos el local. Está muy guapo.

Ana se moja un dedo con saliva y lo pasa por el rabillo del ojo de Marta para corregir la línea. Le vuelve la cabeza y empieza con el otro. Asiente.

—Queremos hacer conciertos pequeños, pases de películas, cosas así. Tiene un altillo para que ensayen grupos y compartir gastos. A ver si os pasáis a ayudarnos con la pintura.

—¡Claro! Tengo vacaciones, puedo ir el lunes.

—No nos falles, nos hacen falta manos, también vendrá Cani. Mírate. Estás muchísimo mejor.

Marta acerca la cara al espejo y sonríe. Los ojos se le destacan. Besa a Ana.

—Eres un sol.

Salen del baño y escucha la voz de Pipe.

—¡Marta! ¡Que nos toca!

Marta se pone frente a la mesa del futbolín. Pipe la mira, curioso por el cambio.

—Así les ganamos, seguro. Cuidado con Cani que ya sabes cómo tira.

Detiene la bola en los pies del delantero y de un golpe lateral mete un gol. Se ríe y baila. La bola corre rápida de un lado al otro y repica fuerte contra los pies de los jugadores y las bandas de la mesa. Van tres a dos. Marta se aferra a las barras del futbolín. Se pone de puntillas para disparar con más fuerza y de un golpe seco mete otro desde la defensa. Da un grito y salta. Choca las dos manos con Pipe.

—Venga, tía, uno más y los echamos.

Joan regaña a Cani por no haberla parado y se prepara para sacar. Marta siente que alguien los observa. Levanta la mirada. Se sonroja. Manu le sonríe apoyado en la pared. Las manos en los bolsillos. Se acerca lentamente, saca una moneda, la pone en la madera del futbolín y le dice a Alberto:

—¿Juegas conmigo?

III

Once this flame it did brightly blaze
Among the ashes there still remains
A glowing spark in my heart
For that old flame of mine
Thin Lizzy, «Old Flame»

Cajas abiertas, álbumes de fotos, discos, cartas, postales. Marta ha vaciado el altillo del armario dispuesta a encontrar el hilo del que tirar. Lo que guarda de su pasado está desparramado por el suelo. Ese pasado que la persigue, que la asalta, desde que empezó con la biografía de Phil Lynott. También necesita averiguar si lo que le dijo Marisa tiene algún sentido. Esa frase que la dejó con la boca abierta y la mente en blanco.

Ha mirado los discos. De uno en uno. A medida que se recreaba en las portadas la ha invadido una sensación de conexión. Tiene en el regazo su banda sonora y se da cuenta de que atraviesa un puente que creía roto. La música, capaz de sumergirla en distintos estados de ánimo sin que le pueda oponer resistencia. Acaricia *Roll the Bones*, de los Rush. Enchufa el tocadiscos, saca el disco de la funda con cuidado, lo coloca y mueve la palanca hasta el surco. Un amago de tristeza se abre paso al escuchar «Bravado». La sensación física de la pérdida. La canción que escuchaba en bucle después de la muerte de Manu. Cuando todavía no sabía si iba a seguir viva y el tiempo parecía suspendido en ninguna parte. La escuchaba como si fuera su encarnación. Vuelve a sentarse en el suelo. Coge un papel al azar. Es una carta de su mejor amiga del instituto. Se ríe. Qué bobas llegaban a ser. Lee el inicio de cartas y notas, y los agrupa en distintos montones. Los de los años noventa apenas los identifica, los deja en el montón de su derecha. Son los que quiere leer con calma para ver si es capaz de reconstruir con más detalle los recuerdos, y saber si ha vivido en una fantasía macabra todos estos años. Intuye que la memoria decide qué mantener en función de lo que el cuerpo es capaz de resistir. Pero también que, a la larga, lo que permanece puede convertirse en una trampa. O en una cárcel. O no. Quizás es mejor no conocer las distintas caras de la verdad porque su capacidad de dañar sigue intacta.

Marisa ni siquiera hizo una afirmación, sino una pregunta: «¿Por qué seguiste con él con lo que te hizo?». Enrojeció al ver la expresión de desconcierto de Marta. Musitó algo como una disculpa, pero mantuvo la avidez en la mirada y el cuerpo inclinado hacia delante. Voraz. Marta sintió como si Marisa hubiera estirado de forma brusca el borde de una sábana y mostrara un cadáver en descomposición. ¿Qué sabía ella? Tampoco es que en aquella época la conociera tanto, aparecía de vez en cuando con aquel novio suyo de Cornellà por el Glaciar, el Fantástico o el Karma a última hora. Su amistad se fortaleció después, cuando Marta empezó a alejarse del centro para no encontrarse con determinada gente y olvidar.

Marta no le había dicho nada a nadie. Estaba segura.

Se sintió desnuda. Su imaginación se disparó, también la sospecha. Si no le hubiera pedido el teléfono de Pipe, Marisa no se hubiera atrevido a preguntárselo. Tuvo el impulso de darle un bofetón y borrar su sonrisa. No lo hizo. Soltó lo que le pareció una broma para salir del paso:

—Ya sabes, cada uno decide de qué mal quiere morir.

Lo piensa y se estremece. Pero funcionó. Marisa cambió

de tema y le explicó la historia de un sobrino suyo que está enamorado de una chavala que tiene un grupo de música y va un poco de sobrada. Aparece y desaparece de su vida. Y él anda desesperado porque no entiende qué hace cuando no está. Dónde va, con quién. Marta pasea la mirada por los restos de su pasado desordenados en el suelo y piensa, qué astuta es Marisa, qué astuta. A Marta le da miedo descubrirse traicionando a Manu. Aunque lo que realmente la asusta es tener que enfrentarse con ella misma, con su cobardía, con su ignorancia. Se levanta a cambiar el disco. Le hace falta más movimiento. Pone *No hay tregua*, de Barricada. El montón de papeles crece. Quiere despertar esa parte de su memoria que está dormida. O enterrada. Los recuerdos que la invaden son difusos y sin orden, saltos entre imágenes fijas. Admira los documentales que proliferan sobre esa época y la precisión con la que la recrean de forma lineal. Los testimonios que intervienen, gente con la que Marta coincidió en las luchas y en los conciertos, recuerdan anécdotas que en sus bocas adquieren el sentido de una historia coherente. Se siente desligada de lo que cuentan como si ese pasado que dibujan no le perteneciera. Se pregunta si el problema es que desconecta tanto de los sucesos que cuando los mira desde la distancia no puede reconocerse en ellos. Puede que sea por las drogas y el desmadre. Por el final abrupto. Por todo un poco. Sin embargo, la gente que aparece en esos documentales también salía de fiesta y tuvieron sus pérdidas. La lista de bajas fue amplia. Marta tiene que recurrir a lo que no tiró para poner un poco de luz. Quitarse esa pátina de suciedad que siente por debajo de la piel.

Una fotografía en blanco y negro cae al abrir una carpeta. Pipe, Joan, Happy, Manu, Ana y ella están sentados en una acera. Manu se está haciendo un porro y se le ve medio rostro inclinado hacia las manos. Pipe sonríe mirando a cámara mientras le pone cuernos a Joan. Happy y Ana hablan. ¿Y ella? Marta mira a Manu con expresión concentrada y ausente. Cree recordar que eran las fiestas de Gràcia, pero no está segura. Es posible que estuvieran en uno de los conciertos que organizaba el Ateneu. Tal vez fue aquel día que llegaron en la furgoneta de Pipe, cuando aparcaban en la calle Torrent de l'Olla. Happy dijo: «¡Agachaos! ¡Están bajando los *skins*!». Marta vio por la ventana trasera a unos ocho hombres rapados que ocupaban la calle y llevaban bates de béisbol. Andaban en formación, haciendo resonar sus pasos con las botas militares.

De caza.

Iban de caza, como todos los fines de semana.

A Marta le hubiera gustado fundirse con el asiento mientras escuchaba los latidos de su corazón retumbar como un bongo. Los vieron girar hacia la plaza Rius i Taulet. Salieron de la furgoneta sin hacer ruido. Todavía les faltaban cuatro calles para llegar al Ateneu. Caminaron a paso rápido, mirando a los lados y a su espalda. La sensación de seguridad al ver los grupos de gente mientras empezaban las pruebas de sonido los llenó de euforia. Avisaron: «¡Los fachas, los fachas!». Estar en grupo da fuerza. Y la rabia se desata mejor en colectivo. Explicaron por dónde se habían metido. Se juntó un grupo de unos veinticinco chicos y chicas que salieron a perseguirlos. Ellos se quedaron. La espera fue tensa. El grupo regresó en algo más de media hora. No habían podido alcanzarlos. En cuanto los *skins* los vieron, salieron corriendo y se escondieron dentro de la comisaría de la policía nacional. El grupo del Ateneu tuvo que volver cuando la policía se les acercó con malas caras y actitud intimidatoria. De regreso recogieron a una pareja. Ella tenía sangre en la cara y expresión de no entender nada. Él con golpes por todo el cuerpo. Marta no sabe si fue el mismo día de la foto. Podría ser. Aún faltaban años para que los nazis los persiguieran una madrugada en Terrassa y corriera como nunca lo había hecho escuchando a su espalda el grito «*Sieg Heil*» hasta que la rodeó el silencio de las calles vacías y regresó al bar del que habían salido. Aún faltaban años para que la invadiera la angustia al no ver a Manu llegar entre el grupo. Sí, faltaban varios años para que a Manu le dieran tres puñaladas. A Raúl dos.

Asombro, impotencia, desolación.

Pero en la fotografía parece una mañana relajada después de una noche de fiesta. Una de esas mañanas que desafiaban la moral industriosa de las agujas del reloj. Como si el tiempo no existiera. No todavía.

A Marta le gustan más las fotografías en blanco y negro que en color. Los matices de gris sugieren mucho más que los colores, casi pornográficos, que parecen reducir la realidad a su mínima expresión. Desvía la vista hacia el corcho donde las fotos de Phil Lynott y Thin Lizzy le devuelven la mirada. Hay una de Phil Lynott con Brian Downey y Eric Bell tirados en el suelo de una calle con una expresión similar a la de ellos, entre desafío y gozo. Marta se identifica con esos adolescentes irlandeses que, en una ciudad estrecha y gris, decidieron romper con el destino de mecánicos, albañiles, operarios de fábrica que se esperaba de ellos. Con ese muchacho mulato de madre soltera que es enviado con seis años a vivir a la casa de su abuela, en el Dublín de la eterna crisis y la Iglesia castradora. Gracias a su tío, empezó a escuchar *rock* y a los músicos negros de Estados Unidos, como Little Richard y Jimi Hendrix. Una brecha por la que colarse.

A Marta le parece que la vida de Phil Lynott late como una bomba que espera a que llegue su momento. Y que cuando estalla se lo lleva todo por delante. La acerca a su propia historia. Puede verse a sí misma con veinte años. Puede ver a Manu, a Pipe, a Happy, a los demás. Sobre todo, a Manu. Tiene la sensación de que le faltan las claves para entenderlo y se enfada consigo misma. Por no haber preguntado más, haber escuchado más o haber estado más atenta. Se pregunta si aquel Manu que creyó conocer era el real. Se pregunta si eso es lo que pasa con las personas. Se pregunta si sus amigos lo conocieron mejor. Se pregunta qué se perdió. Recuerda a la madre de Manu, amable y cariñosa, mayor. En ocasiones, la acompañaban a comprar al mercado. Solo aguantó cuatro meses la ausencia de su hijo. La madre de Manu la devuelve a la de Phil. Tan distintas, pero tan influyentes las dos. Como la de Marta. Seguramente como todas. Las constantes visitas de Phil a la suya, que regentaba un hotel en Manchester, donde se hospedaban artistas de variedades, le ampliaron la mirada. Le sedujo el ambiente de libertad. A aquella gente no parecía importarle lo que la sociedad pensara de ellos. Phil aprendió rápido que para salir adelante debía esconder su fragilidad. Son este tipo de detalles los que hacen pensar a Marta en su pasado, en Manu. Qué avisos, qué señales, si las hubiera detectado, le hubieran permitido cambiar el curso de los acontecimientos. Hay otra pregunta que la acerca más al despeñadero. Si hubiera podido, ¿habría cambiado lo que pasó?

Se levanta bruscamente. Coge el teléfono, marca el número que le envió Marisa y contiene la respiración mientras escucha los tonos. Casi desea que no se interrumpan, pero la voz de Pipe responde:

—¿Sí?

Es la misma voz, la misma. Quizás un poco más grave.

—Soy Marta. Marisa me dio tu teléfono. ¿Cómo estás?

—¡Tía! Esperaba tu llamada, me lo dijo Aurora. Tenemos que vernos, pero ¡ya!

1989

La piel le brilla enrojecida. Se ha puesto un vestido azul desteñido atado a la nuca que le deja los hombros al descubierto. En los pies, unas sandalias de cuero negro hechas de tiras que le suben hasta los tobillos. Se acaba de refrescar con la manguera que hay conectada al grifo del lavabo que le permite ducharse en casa. En verano. El pelo mojado le humedece la espalda. Marta ha pasado unas horas en los Baños Orientales. Es el único lugar que conoce destinado únicamente al placer de las mujeres. Un trozo de arena de la playa de la Barceloneta rodeado por una valla alta, de listones de madera horizontales, con piscinas de agua salada. Están bastante deteriorados. Los hombres no pueden entrar. Los baños desconectan a Marta del mundo exterior y le permiten tender su sensualidad al sol de julio. Abundan las mujeres de entre cuarenta y setenta años con los cuerpos fondones y los pechos y michelines al aire, sin pudor, festivos. El vello asomando por el borde de los tangas de colores estridentes. También hay algunas jóvenes y grupos de adolescentes tendidas en círculo, con las cabezas muy juntas, cuchicheando. A Marta le fascinan los comadreos, el ambiente de excepción de esa multitud de mujeres de los barrios cercanos, dándose un tiempo del que normalmente no disponen. La sal en la piel. La lectura del libro alternada con la escucha atenta de conversaciones ajenas y risas subidas de tono.

Ahora son las seis de la tarde y Marta se dirige a la reunión del Colectivo de Insumisos al Servicio Militar y al Servicio Civil, esto último un invento del partido socialista para no cuestionar al ejército y seguir obligando a jóvenes de dieciocho años a perder uno o dos años de su vida. Entrenarse para la guerra o ser mano de obra gratuita. Cada vez son más los que se niegan a ir. El novio de su hermana le dijo: «Nunca me han humillado ni denigrado tanto como en la mili». Desde entonces está en tratamiento psiquiátrico. Marta entra en el bar de al lado de la Oficina porque todavía no ha llegado nadie del Colectivo. Se acomoda en la barra. Espera que llegue Manu. Es inconstante. A veces viene, a veces no. Hace un mes apareció en una reunión, saludó a Marta y la respuesta de ella se convirtió en aval de su presencia. Hay una desconfianza generalizada hacia todo aquel que no se conozca de algo. Desde el caso Scala, con la CNT diezmada, los escasos ateneos sobrevivientes y alguna que otra casa okupa, son una red pequeña. Llega Edu, alto y flaco, con el pelo del color de la paja después de la lluvia. Se ponen al día. El barrio está que da pena, la suciedad se come las calles y mucha gente deambula de aquí para allá. No hay mucho que hacer. La crisis está pegando duro y se ceba en los de siempre. Y de los de siempre está lleno el Chino. Marta sabe que tiene suerte con el trabajo en el comedor de la escuela, cobra poco pero apenas le ocupa tres horas al día y le dan de comer. La fruta o el flan de postre lo lleva a casa para cenar cuando vuelve de la universidad. Excepto Pipe y Happy, el resto de sus amigos no tienen trabajo. Sacan lo que pueden entre grupos de música, conciertos, mudanzas, chapuzas, trapicheos y otras actividades de las que es mejor no saber nada. Miguel entra por la puerta y le sigue Georgina con un aire entre aristocrático y etéreo. Marta y ella se miden con la mirada. Sonríen mientras se besan. Miguel, nervioso, les dice que le han mandado la carta del ejército. Hay que hablar de cuando se presente al juez para decirle que se niega a incorporarse a filas. El miedo se hace presente como una calima molesta. Edu sugiere acciones. Georgina, con su voz más dulce, intenta calmar los ánimos.

—Tú te callas —la corta Miguel.

Georgina enrojece. A Marta le explota un volcán en las entrañas.

—¡Déjala en paz! Habla cuando quiere.

Algo cambia entre ellas. Georgina se encamina hacia el baño y al pasar al lado de Marta le aprieta el brazo.

Hablan para trazar un plan mientras el dueño del bar dirige la mirada a la calle y escucha con atención. La cabeza de Claudia aparece por el quicio de la puerta.

—Vamos a empezar, los demás han llegado.

Marta se rezaga. Tiene la esperanza de que de esta manera podrá asegurar la presencia de Manu. Es más emocionante si está. Juegan y bromean desde la mañana en que se encontraron por la calle y Manu la invitó a una cerveza. Pasaron un buen rato hablando de sus gustos, de sus ideas, de música.

Hace una semana que no lo ve.

***

Si hay algo que a Pipe le molesta es la tendencia a dramatizar que tiene la gente. No entiende esa manía por complicarse la vida o ahogarse en un vaso de agua. Pipe suele estar de buen humor y, si se siente triste o agobiado, no lo exterioriza, tiene práctica desde que era niño. Le da igual que la gente piense que nada le afecta, como le ha recriminado Olga hace un rato. Mejor eso a que se entrometan en su vida. O a estar dándole vueltas, cada uno con sus argumentos y sus lágrimas, hasta acabar vacíos sin sacar nada en claro. La vida no le va mal. Desde que trabaja se lleva mejor con sus padres, que solo esperan a que encuentre a una buena mujer, se case y lleguen los nietos. Antes de dejar los estudios sí que hubo tensiones. Sus padres soñaban con que fuera el primero de la familia en ir a la universidad. Pero él lo tuvo claro antes de acabar el bachillerato. Ni le gustaba estudiar ni le interesaba. También le pesaba la vida ordenada de su familia. De niño lamentó ser hijo único. Sus padres nunca le explicaron por qué no querían o podían tener más hijos. En su casa no se hablaba de esas cosas. Se resignó. Sus amigos suplieron ese hermano que nunca tuvo. En el pueblo se pasaban el día de un lado a otro sin la vigilancia de los adultos. Su padre sonreía y hablaba más de cinco palabras seguidas. Su madre parecía crecer dos o tres centímetros, andaba más recta, la cabeza más alta, luciendo orgullosa la ropa que se había comprado especialmente para presumir en las fiestas. Como si estuvieran once meses al año conteniendo el aliento y, en agosto, pudieran volver a respirar. Sus padres ni siquiera saben que ha estado saliendo con Olga. Al principio Pipe se sentía en el paraíso, pero pronto se cansó de su intensidad. Ella nunca tenía suficiente. Pasaba del drama a la euforia con una sola palabra. Por eso lo acaban de dejar, después de una discusión con llantos y reproches. No han estado juntos ni un mes. Manu, que también había salido con ella, se lo advirtió. Pipe pensó que eran celos, pero ahora cree que no le faltaba razón.

Se sacude lo que le queda de malestar, porque por fin se va a comprar un bajo eléctrico y Happy una guitarra. Desde pequeños tocan en la rondalla de la Casa de Aragón. Tiene buen oído y ha escuchado una y otra vez los discos de los grupos que le gustan. Sus amigos le insisten en que se compre una guitarra, pero él le deja eso a Happy, que es el virtuoso. No quiere que los comparen porque tiene las de perder. Además, los músicos que más admira son bajistas: Steve Harris, Phil Lynott y Lemmy. Le encanta la solidez de las cuerdas y los graves. El latido del corazón de la música. Pipe lleva el dinero en un rollo de billetes sujetos con una goma de pollo. De vez en cuando se palpa el bolsillo para cerciorarse de que siguen allí. Cuando llega, Happy está hablando con el encargado de la tienda. Pipe se suma y escucha atento las explicaciones. Le ha dado un salto el corazón cuando ha sacado el bajo que lleva tiempo deseando. Lo tiene muy claro. Es el que va a comprar, de gama media, negro. Happy no deja de preguntar. Prueba las guitarras, toca distintos acordes, amaga un punteo, se queja porque alguna está desafinada. Pipe acaricia la superficie del bajo con el dedo índice. «Este es el mío», dice. Con delicadeza, lo apoya en el mostrador y busca una funda y un juego de púas, porque todavía no sabe si va a tocarlo con ellas o con los dedos. Añade un amplificador pequeño. Se impacienta con Happy, que acaba eligiendo una guitarra Fender, blanca y elegante. En cuanto llegan a su casa conectan la guitarra y el bajo a sendos amplificadores y los prueban. Pipe siente el poder. También la dificultad. Parecía más fácil en su imaginación. Va a necesitar mucha práctica, pero está pletórico. Ya pueden montar un grupo.

IV

When they say it's over,
It's not all over, there's still the pain
Thin Lizzy, «Running Back»

No le gusta ir de compras, pero la ventaja de hacerlo por las mañanas es que no hay cola en los probadores. Necesita un par de tejanos y un jersey. Camina por la calle Pelai y un golpe de aire le revuelve el pelo. A Marta le gusta el viento. La sensación que le provoca de llevarse todo por delante, de limpieza. Se detiene ante el primer escaparate. Entra y pasea mirando las prendas colgadas de las perchas. Una chica de uniforme la sigue a cierta distancia hasta que le pregunta qué busca. «Nada concreto, miro». La dependienta no desiste y Marta sale de la tienda, molesta. Más de una vez les ha hecho caso y ha comprado cosas que no le convencían porque sentía que su obligación era agradecer la atención y el tiempo. Sabe que eso es una tontería, pero saberlo no lo evita. La calle está llena de turistas que avanzan entre exclamaciones y paradas para hacerse fotos. Los evita. El centro ha cambiado. Podría estar en cualquier ciudad menos en la suya. Aquella en la que la memoria y el cuerpo fluyen sin aristas ni vacíos como una extensión de la propia piel. La siguiente tienda es más grande. Va a entrar cuando siente una mano que se posa en su hombro.

—¿Marta?

Se gira con rapidez.

—¡Alberto! ¿Qué haces aquí?

En una fracción de segundo Marta duda sobre si está más guapo ahora o cuando era joven. Ha perdido su mata de pelo. Las entradas le llegan hasta media cabeza y lleva un moño en la parte superior con lo que le queda de cabello. Una barba cuidada. Con la cazadora de piel y los tejanos parece más delgado.

—Me quedé sin trabajo y hace unos meses que vine. Ya sabes, la tierra tira. ¿Y tú? ¿Qué es de tu vida?

Marta recuerda que Alberto se fue al norte después de que le cerraran el bar. ¿Cómo se llamaba? Estaba en una callejuela de su mismo barrio. Tenía un altillo en el que ensayaron los Veneno durante algunos meses. Iban dos o tres tardes a la semana.

—Ven, te invito a un café. —Marta vacila, pero Alberto la ha cogido del brazo y gira hacia la calle Tallers—. Qué alegría verte. Justo el otro día pensaba dónde estarías metida.

—Bueno, trabajo en casa y no salgo mucho.

Marta no sabe cómo explicarle que cambió de amigos. Tiene pocos, de todas maneras. En cuanto se sentía acorralada, volvía a cambiar. Hasta que empezó a asustarla que fuera lo único que la definiera. Se siente incómoda con Alberto a su lado, aunque sea una de las personas con las que había imaginado hablar en este esfuerzo por entender lo que pasó cuando era joven. Por iluminar las zonas oscuras. Quitarse de encima la sensación de gris permanente, de habitación sin vistas.

Mientras andan nota su mirada, escrutadora. Le sonríe nerviosa y le hace un resumen superficial de los últimos años. Alberto no se cree ni la mitad de lo que Marta le cuenta. La calle está animada. No queda casi ninguna de las tiendas de discos, solo Revólver y Kebra aguantan. Cuántas tardes con Manu revolviendo los cajones de ofertas y de novedades. Marta llegó a tenerle celos a las tiendas, a la música, a los dueños y a los dependientes que siempre se las apañaban para venderle tres o cuatro discos.

—Aquí mismo, ¿no?

Entran en el bar que hace esquina con la plaza Castilla. Se sientan en una mesa al lado de la ventana. Uno frente al otro.

—¿Qué va a ser? —pregunta el camarero.

—Un café con leche.

—Que sean dos.

El camarero toma nota y vuelve tras la barra.

—Ahora en serio, Marta, ¿cómo estás?

—Bien, bien. Es que me has pillado por sorpresa. Estaba pensando en tu bar. ¿Cómo se llamaba?

—Qué buenos tiempos, ¿eh? Nunca tuvo nombre, lo llamabais el Barbeto, aunque lo registré como Asociación Cultura Musical. Debería haberle puesto Cultura Noctámbula, habría tenido menos problemas.

—Pero si a veces ni abrías y me tocaba a mí ir a buscarte. O llamar a Ana. Mira que tenía genio la tía, a nosotros no nos perdonaba ni una. Me acuerdo de un día que vino hasta mi casa para pedirme el alquiler por las horas de ensayo. ¿La ves? ¿Cómo está?

—Sí, me llevo bien con ella. Fueron muchos años juntos. Está como siempre. Vive en Vilanova con Carlos, creo que no llegaste a conocerlo. Tienen tres hijos. Es lo que quería, familia numerosa. Sus padres me siguen llamando, y de vez en cuando los voy a visitar.

A Marta le viene una imagen de Ana con pantalones de cuero, camiseta con los hombros al descubierto, la melena rojiza y el contorno de los ojos pintado con abundante negro. Dicharachera y coqueta. Es imposible que esté como siempre. Qué extraña es esa expresión. Nadie puede estar como siempre porque siempre no quiere decir nada. La abruma pensar en esas vidas que han ido corriendo paralelas a la suya sin que ella sea consciente. Como si el contenedor fuera demasiado pequeño. A Alberto lo ve más tranquilo, más seguro.

—Por lo menos ella está bien. Porque de los demás, ya ves, hace dos meses murió Íñigo, ¿lo sabías?

Marta niega lentamente con la cabeza y trata de ubicar a la persona de la que le habla.

—Me lo imaginaba. En el funeral alguien preguntó por ti. Fue un ataque al corazón. Justo cuando las cosas empezaban a irle bien. Había encontrado trabajo en la empresa de recogida de basuras del Ayuntamiento y con María andaban viendo si podían comprar un piso. ¿Te lo puedes imaginar? María ha vuelto con sus padres a Almería. —Su expresión se oscurece—. Está destrozada.

Marta mira hacia la calle. Se está nublando. Tiene ganas de fumar. Se contiene.

—¿Íñigo?... ¿Tienes una foto?

—Por aquí debo de tener alguna. No me lo puedo creer, Marta, me ayudaba en el bar. Si te tiraba los tejos y hasta Manu le llamó la atención, con lo amigos que eran. —Saca el teléfono y busca entre las fotos—. Tienes que acordarte. Míralo, aquí está.

Marta mira la pantalla. La cara le es familiar. Trata de situarla. Si tuviera movimiento, sería más fácil.

—Me suena. No me mires así, ha pasado mucho tiempo.

—Si no hubieras desaparecido, lo reconocerías. —La voz se le suaviza—. Me han dicho que no se te ve el pelo.

«Puede ser —piensa Marta—. Sería distinto si no hubiera perdido el contacto». Es posible que sea una de las claves que busca.

—Estuvo en el talego por la insumisión. Más de un año y cuando salió parecía otro. Nos costó muchísimo que volviera a confiar en nosotros.

Marta vuelve a mirar la foto con más detenimiento y su expresión cambia. Siente una náusea.

—Pero ¿no lo llamábamos Canicas? Ese es Cani. ¿Cómo me iba acordar si ni sabía que se llamaba Íñigo?

Está muerto. No puede volver a verlo. Es como si hubieran derruido un edificio en la calle de su infancia. O como si alguien hubiera cortado uno de los cabos de su red para amortiguar las caídas. En las fotos que Marta revisó en su casa encontró algunas en las que aparecía, y una era del día en que celebraron en el Barbeto su salida de la cárcel. Cani estaba en una esquina con expresión seria, mientras los demás levantaban el vaso en señal de brindis. Al final de la noche, cuando estaban muy borrachos, Cani empezó a despotricar. En la cárcel había recibido algunas cartas y pocas visitas, la mayoría de la familia. La de su abogado, que era el abogado del Colectivo, solo una vez. Claro, gritaba, como él era *heavy* y no había estudiado. Marta recuerda el odio con que escupía las frases. También su propia sensación de culpabilidad. Ella le había escrito dos veces. Y un año era largo. Más, si estás encerrado. La soledad, el miedo, la impotencia, la rabia. El estado de alerta constante. Los días que se estiran como chicles y no acaban de pasar nunca. Uno igual que el siguiente. Una tristeza honda la invade. No fue justo. En el Colectivo, por mucho que se dijera, había diferencias, quizás menos que en otros lados, pero existían. Eran diferencias dolorosas porque no se esperaban, no de la que se supone que es tu gente. Hubo otros compañeros que fueron más respetados. Es cierto lo que decía Cani, a esos compañeros se les escuchaba con mayor atención, se les tenía en consideración, mientras que a él no le hicieron ni puto caso. Clasismo. Incluso en la historia que se escribe desde las resistencias hay invisibles. Y Cani era poco menos que una anécdota. Un chico de barrio. Pero ¿en qué lugar quedaban sus amigos? ¿En qué lugar quedaba Marta? Algunos lo visitaron y le escribieron con más asiduidad. O estaban en contacto con la familia y le mandaban cosas. Pero ella solo le había escrito dos cartas de mierda. Mientras Cani soltaba lo que tenía dentro se quedaron callados. Cuando se acabó la cinta de música, el silencio se hizo espeso hasta que alguien se acercó a él, le dio un puñetazo en el hombro y le dijo: «No le des vueltas a la cabeza. Estás aquí, con tus colegas». Cani esbozó una sonrisa crispada. Murmuró algo. Después se le oyó claramente: «¡No os enteráis de nada!». Echó una mirada lenta alrededor, de uno en uno, levantó el vaso y dijo: «Sois unos pringados, pero os quiero».

De la cárcel no volvió a hablar con nadie.

A Marta se le ha soltado la lengua. Todavía se sorprende de cómo aceptaron muchas cosas que no deberían haber aceptado. Como mínimo, tendrían que haberlas cuestionado. Esas diferencias, el ningunear a según que gente. Alberto no está de acuerdo. Menciona asambleas en las que discutieron precisamente por eso y por otras situaciones similares. Marta duda, pero le gusta lo que le cuenta Alberto. Puede verse a sí misma discutiendo con pasión. Es como una película muda, pero se ve. La invade una ternura que se extiende por su cuerpo como una manta cálida. Alberto le menciona la que liaron aquella vez que desapareció Manu.

—¿Y no te acuerdas de las risitas de condescendencia? En

la asamblea no nos hicieron ni caso —dice Marta—. Al contrario, nos acabamos sintiendo estúpidos.

Y cuando Marta, finalmente, encontró a Manu en casa de sus padres, en lugar de reafirmarse se sintió ridícula. Algunos del Colectivo habían tenido razón. Ahora siente vergüenza de haber sentido vergüenza. El rencor ocupa su cuerpo. Le entran ganas de pelear.

Alberto le coge la mano y se la aprieta. Se inclina sobre la mesa. Acerca los ojos a los suyos.

—Ya era hora, corazón, llevo media mañana esperando a que vuelvas.

1989

Si Manu tuviera que convivir solo con su padre, hace tiempo que se habría ido. Su madre sabe tratarlos y llevarlos a los dos. Eso le ha permitido no acabar tirado en la calle. Su habitación, donde pasa buena parte de las horas, es pequeña y con el techo y las paredes tapizadas de pósteres de grupos de *rock* y *heavy*. Tiene una ventana que da a un lúgubre patio de luces y espacio para una cama estrecha, una mesita y un armario. La casa es oscura a pesar de estar en un tercer piso. Se ha levantado temprano y ha ido a hacer unos recados. Acaba de regresar a casa. Su madre ya nunca le pregunta de dónde viene o qué hace, pero lo espera con la mesa puesta y le trae un plato de sopa. Su padre no está. Los diálogos de una película del Oeste llenan el comedor. Manu se sienta y come con avidez. Termina, se levanta, abre la nevera al lado del sillón, coge un yogur de fresa, se lo come de pie y amaga un paso de baile. Su madre lo mira y sonríe. Si está de buen humor, le recuerda al niño que fue, fantasioso y lleno de planes. Manu se va a duchar y al salir del baño encuentra a su madre dormida en el sofá con el cuerpo ladeado. Le da un beso en la cabeza y ella murmura. Manu coge las llaves de encima de la mesa, cierra la puerta con cuidado, baja las escaleras y sale a la calle. Todavía tiene tres horas antes de ir a la casa donde ha quedado con Marta. Se acerca a Los Tres Mosqueteros. Frente a la barra está sentado el Belga con cara de no haber dormido. Es el único de su quinta, junto con Manu, que todavía arrastra los huesos por el barrio. Los demás han ido muriendo con pocos años de diferencia. El Belga le balbucea algo.

—Menudo colocón llevas. Habla más claro, tío, que no te entiendo.

El Belga repite que lo invite a una birra. Manu le pide una Voll-Damm. El Belga se la bebe de un trago y acaba con un acceso de tos. Se levanta y camina hacia el baño dando tumbos. Manu se toma un café con leche y vuelve a la calle. Está desierta, es hora de sobremesas largas y siestas frente al televisor. Camina sin prisa pegado a los edificios para aprovechar la escasa sombra. Da un rodeo para no pasar por la comisaría de Nou de la Rambla porque hubo un tiempo en que la policía le hacía la vida imposible. Manu tenía quince años y trabajaba en una lavandería del barrio. Una tarde, a última hora, llegó un hombre al que no había visto nunca, alto, moreno, bien vestido y de hablar pausado. Dejó un abrigo negro y pidió que lo tuvieran listo al día siguiente. Doña Isabel, la dueña, estaba en el interior planchando ropa. Manu tenía ganas de acabar. Sus amigos lo esperaban en el solar para jugar un partido de fútbol y, si juntaban lo suficiente, beber unas cervezas y fumar unos porros. Cuando el hombre salió de la lavandería, Manu cogió una de las perchas grandes. Antes de colgar el abrigo con la copia de recibo enganchada con un clip, revisó los bolsillos. Tenía que cuidar que no quedara nada antes de lavarlo si no quería que doña Isabel le echara otra bronca. A menudo se llevaba algo de lo que encontraba, monedas sueltas o un mechero. En el bolsillo del interior detectó un bulto y lo sacó. Un paquete de plástico transparente envolvía una masa harinosa de un marrón muy claro. Lo sopesó con la mano derecha. Por lo menos debía de haber medio kilo. En un gesto rápido se lo metió entre la camiseta y el pantalón, se puso la chaqueta tejana y gritó:

—Señora Isa, me voy que es la hora.

—¿Quién ha entrado?

—Han dejado un abrigo para mañana. Está colgado con los demás.

La dueña se acercó secándose las manos con un trapo.

—Está bien, vete. Pero mañana a las ocho te quiero aquí. No vuelvas a llegar tarde o tendré que hablar con tu padre.

Manu salió con el corazón disparado. Lo que llevaba era oro puro. Podría sacar bastante dinero y guardar un poco para él y sus amigos. Se la jugaba, pero era un pase hacia la libertad. Ya había fumado chinos y esnifado algunas veces. Aunque decían que la primera vez no sentaba bien, a él le había sentado de puta madre.

Fuera problemas, fuera preocupaciones, nada más que paz, calor.

Hacía pocos años que la heroína invadía el barrio.

No pensaba volver a la lavandería, una mierda de trabajo que le había conseguido su padre. A saber qué se traería con la dueña. Cobraba cuatro duros al mes por aguantar órdenes doce horas al día. Estaba harto. Corrió por las calles esquivando a la gente hasta llegar al solar. De lejos distinguió a sus amigos pasándose un balón de fútbol y a dos chicas del barrio sentadas en un poyete, fumando. Frenó de golpe para recuperar el aliento y se acercó lentamente. Le lanzaron el balón.

—Llegas tarde.

Al día siguiente doña Isabel llamó a su padre para decirle que Manu no se había presentado y que un cliente reclamaba que le habían robado un paquete. Manu le dijo a su padre que él no sabía nada, que había dejado el trabajo porque la señora Isa lo trataba como a un esclavo. Se ganó una hostia en toda la cara. Ya podía estar llamando, disculpándose y volviendo. Ni hablar. Manu salió de casa dando un portazo. Por la escalera escuchaba los gritos de su padre y le ardía la mejilla.

A los dos días el barrio estaba patas arriba. Manu sabía que se trataba de negarlo todo. Pasara lo que pasara. Confiaba en que sus amigos no iban a decir nada. El silencio era ley en el Chino. Pero, aunque conociera bien los entresijos de sus calles, todavía se le escapaban muchas cosas. Como que la policía iba a ser la más interesada en encontrar el paquete de heroína porque ellos manejaban el negocio y no iban a permitir que nada escapara de su control. Lo cogieron desprevenido por la calle, lo metieron en un coche a empujones, lo llevaron a la comisaría y lo interrogaron. Se llevó varios puñetazos. Manu aguantó y lo acabaron soltando porque era menor de edad. Le advirtieron que lo iban a vigilar de cerca, que fuera con cuidado. El ambiente se enrareció y tuvo miedo. La policía atosigó a su madre y registraron la casa, pero ella estaba segura de la versión de su hijo y se mantuvo firme. Si también fueron al trabajo del padre, Manu nunca lo supo porque estuvieron sin hablarse varios meses. Un amigo le dijo que su hermano le había preguntado dónde guardaba el paquete, que se lo compraba. Le había contestado que Manu no lo tenía. Los chicos mayores que estaban enganchados empezaron a rondarlo, a invitarlo a una cerveza, a un cigarro, a un porro. También le cayeron varias collejas y amenazas. Se hizo el loco. Acabaron dejándolo en paz, lo conocían y no era mal chaval. La policía, no. Registraron la lavandería y sacaron a empujones a doña Isabel a la calle. Hicieron varias redadas en los bares de la zona para dejar claro que no pensaban permitir iniciativas de ningún tipo. Lo peor fue cuando cambiaron de táctica. Saludaban a Manu cada vez que se lo encontraban y lo trataban amigablemente para que la gente creyera que era un chivato o un confidente. Aguantar la presión fue duro. Se arrepintió muchas veces de haber cogido el paquete. Al principio no lo tocó. Pasados los meses, con algo más de tranquilidad, empezó a consumir la heroína con sus amigos. Primero de vez en cuando, después los fines de semana, que se alargaban a los lunes, los martes. Finalmente, Manu pudo vender lo que quedaba. En la Barceloneta. También se arrepintió de eso. Casi todo lo que ganó se lo gastó en lo mismo que había vendido, pero mucho más caro. Y de peor calidad.

Por lo menos le quedó el tocadiscos y su obsesión por la música.

Manu camina pensativo hacia el mercado del Carmen, confía en que encontrará algunas tiendas abiertas. Lleva la lista de lo que tiene que comprar en el bolsillo. Esta noche le va a hacer la cena a Marta. Un amigo le ha dejado su piso de la calle Reina Amalia mientras trabaja en la vendimia. Su madre le escribió la receta, la lista de ingredientes que iba a necesitar y le dio mil explicaciones que Manu dejó de escuchar a la tercera. Sigue andando. Echa de menos a sus amigos de la infancia. No le queda ninguno. El último en morir fue Lozano, de sobredosis. Lo echa de menos. Como a Pitu, a Lara, al Broncas, al Chispas, a Berta, a Jose, a Pilar, su primera novia, al Burlas. A todos. Todos los días. Esos amigos que con solo una mirada lo entendían.

Antes de encontrar el paquete.

Ese puto paquete le jodió la vida. O no. Tal vez hubiera acabado igual.

V

Have you ever had your dreams broken?
It really messes up your heart.
You want to stop right there
And go right back to the start
Thin Lizzy, «Broken Dreams»

«Cuando su tío dejó de cantar en los Black Eagles, Phil se propuso a sí mismo para sustituirlo. Tenía quince años. Cada fin de semana interpretaba grandes éxitos en los clubs de campo, entre ruidos de cubiertos y conversaciones de fondo. Movía sus largas piernas con descaro para ocultar su timidez. Supo sacar partido a su negritud en la Irlanda abrumadoramente blanca de la época. Aprendió que si se reía primero de sí mismo, se metían menos con él. También aprendió que si te crees tu personaje, los demás también lo acaban creyendo. El peligro estriba en que llegue un momento en que ya no sepas quién eres. O que el personaje se convierta en una condena. Pocas veces mostró sus debilidades o miedos en esos primeros años en el mundo de la música. Después Phil utilizaría las letras de sus canciones para transmitir lo que sentía a quien supiera leer entre líneas».

Marta avanza a buen ritmo el borrador de la biografía. Lo que más le preocupa es que sus propias proyecciones y esa fuerte identificación con la historia le acaben restando credibilidad. A veces, sin darse cuenta, incorpora reflexiones que tienen mucho más que ver con las preguntas que se hace sobre su pasado, sobre la mochila que se ha fundido con ella y la configura. Marta presiona las teclas con fuerza, el cigarro en la comisura de los labios, el cuerpo inclinado hacia delante, los Thin Lizzy sonando en el tocadiscos. Ya no le da miedo escribirla. Piensa que le iría bien leerla en voz alta, pero luego lo olvida. Desarrolla un detalle que le parece esencial, pero al releer el conjunto se convierte en insignificante. Se da cuenta de que aquellas partes más duras como las dificultades sociales en Dublín, los secretos de la madre, el misterio sobre su padre o las bromas racistas, las puede escribir con facilidad, pero cuando se trata de transmitir las situaciones gozosas que también formaron la personalidad de Phil le cuesta encontrar las palabras. Se descubre más cercana a los aspectos oscuros que a los luminosos. Busca dentro de sí misma para hallar paralelismos que le faciliten el vocabulario necesario y constata que para sus momentos felices también tiene un vocabulario pobre, sin matices. Más imágenes y sensaciones que palabras. Cuando trata de plasmarlas por escrito los lugares comunes convierten las emociones en algo plano. Intenta describir la importancia de la amistad para Phil. Cómo se gestaron las relaciones, qué pequeños detalles las hicieron crecer, cómo llegó a pensar que podía contar con sus amigos en cualquier circunstancia y a la vez aceptarlos tal y como eran. Una lealtad que Phil cultivó y mantuvo a lo largo de los años. La lealtad, ese valor que es casi religión en la familia de Marta. Traicionarla es una falta imperdonable: revelar un secreto compartido, la intención de dañar a alguien a quien se quiere, el abandono en un momento difícil, una mentira fundadora que se descubre tiempo después.

Una mentira.

Sin embargo, con el tiempo, su concepto se ha flexibilizado. Lo que antes le parecía intolerable ahora la hace dudar, lo relativiza, no le parece tan importante. Excepto la sombra de la mentira. Esas mentiras que modifican de golpe el sentido de lo que se cree haber vivido. Que hacen temblar los cimientos de una misma y los resquebrajan convirtiéndolos en escombros. Ni siquiera hace falta enunciarla. Callar lo que permitiría a la otra persona decidir sobre su propia vida es una mentira. Marta es mucho más desconfiada que cuando era joven. Marta no confía en nadie. Ni en sí misma. Piensa en el encuentro que tuvo con Alberto. El reconocimiento que vislumbró en sus ojos le ha permitido recuperar cierta sensación de solidez. Le gustó lo que vio en su mirada. También la revolvió y dudó de sus decisiones, de su huida. Espera estar a tiempo para detener la carrera, para detenerse. Este viernes ha quedado con Pipe. Intenta no darle muchas vueltas, le genera ansiedad. Si tiene que pensar en sus amigos de entonces, los que se vuelven familia, el primer lugar lo tiene Pipe. Fue su confidente, su cable a tierra. Podían hablar de cualquier tema. Salía en su defensa en cada situación incómoda que se presentaba en una noche de fiesta, que era bastante a menudo, y Marta no siempre podía apañarse sola. En aquel ambiente había muchos más hombres que mujeres y las cosas, a veces, se complicaban. Una ocasión, en el Garatge, un tipo al que conocían le metió mano a una mujer al cruzarse, sin mediar palabra. Saltaron Marta y Pipe.

—Pero ¿tú eres imbécil o qué te pasa?

Los demás callaron aguantando la risa. La chica se perdió entre la gente del bar con expresión dolida. Pipe y Marta, enojados, se fueron solos a seguir la noche por ahí.

Marta no tuvo muchas amigas. Eso fue más adelante. Ana y Vicky fueron las más cercanas. Después Yolanda. Con ellas compartía charlas, risas, confidencias, pero no formaban parte del grupo de incondicionales: Pipe, Happy,

Manu y Marta. La gente que se movía por los mismos ambientes empezó a verlos como un bloque compacto. Marta se pregunta si la amistad es igual cuando eres joven que en la madurez y se contesta que no. No para ella. Entonces la amistad era más apasionada, más de todo o nada. En la actualidad tiene que ver con la compañía, con sentir que no está sola del todo y donde sabe de antemano que cada uno hace lo que puede. Nunca se ha vuelto a entregar del mismo modo.

Por esa importancia de los afectos, el testimonio de Gale, una de las parejas de Phil Lynott, fue una revelación para Marta. Descubría a un Phil interesado y machista que la veía a escondidas porque, según él, si sus seguidoras sabían que tenía novia, perderían el interés por su música. A Marta se le empañó la imagen idealizada, pero es lo que busca. A la persona con sus claroscuros, sus matices, sus contradicciones, su egoísmo. A veces piensa que Manu y Pipe se parecen a Phil en aspectos distintos. Como un desdoblamiento. Pipe por el aspecto más disfrutón, el sentido del humor, la lealtad a sus amigos, su pasión por el bajo. Manu por estar siempre sobre la cuerda floja, las verdades y las mentiras, la sensibilidad, su obsesión por la música. Aunque reconoce que Manu tuvo muchísima más fuerza de voluntad de la que tuvo Phil. De hecho, tuvo una fuerza de voluntad titánica. No una, sino dos veces.

1989

Tiene la entrevista a las seis. Va vestida con una minifalda tejana, un jersey negro, leotardos grises y las botas que le regaló su madre por Navidad. Marta tiene buenas sensaciones. La Bruixa es un lugar con encanto, más parecido a una guarida que a un bar, con luces tenues, mesas bajas y sofás en aparente desorden. Está en la calle Sant Rafael. En el corazón del Barrio Chino. Es fácil no darse cuenta de su existencia en la calle húmeda y estrecha, sin apenas luz ni tiendas. Han ido bastantes veces a tomar algo después de las reuniones del Colectivo. Se suele llenar de gente que tiene la parte vieja de la ciudad como centro de operaciones. Vicky le dijo que buscaban a alguien para trabajar de lunes a viernes por las tardes. No sabe cuánto pagan, pero le gusta el lugar y le atrae la idea de trabajar detrás de la barra. Intenta recordar si en ese bar la han liado alguna vez. Partidas ruidosas al mentiroso, canciones a coro, algún vaso roto, quizás una discusión subida de tono. Lo normal. Ojalá le den el trabajo. Se puede imaginar sirviendo bebidas y eligiendo la música parapetada detrás de la barra. Por la calle Aurora se acerca un *jeep*, de frente, que le toca la bocina con insistencia. Levanta la cabeza y encuentra, de frente, la sonrisa luminosa de Manu en el asiento del copiloto. La alegría le recorre el cuerpo y saluda con la mano. Apenas le da tiempo porque pasan sin detenerse. Al hombre que conduce no lo conoce. Pelo rubio peinado con raya al lado, bigote claro, gafas de espejo, camisa blanca. Se da la vuelta para verlos marchar y atisba a Manu con el brazo apoyado en el respaldo del asiento, mirándola. Hace dos días que pasaron su primera noche juntos. Llevaban un tiempo acercándose con cautela juguetona y daba igual si sus escarceos llevaban a alguna parte o no, se trataba de pasarlo bien. O eso parecía porque Manu empezó a ser más directo, más procaz, aunque Marta intentara mantener la ambigüedad que creía buena coartada, un lugar del que salir y entrar cuando le diera la gana. Ese lugar fue una trampa. Manu ocupaba a menudo sus pensamientos y si no lo veía, el día dejaba de tener gracia. Hasta que, en una reunión del Colectivo, cuando discutían sobre cómo organizar la toma de la estatua de Colón para dar un golpe de efecto en la lucha por la insumisión, sonó el teléfono. Alguien bajó las escaleras para cogerlo. Llamó a Marta con un grito, la buscaban a ella. Se le encendieron las alarmas, era muy raro que alguien la llamara precisamente allí. Era Manu, que le decía de forma atropellada que quería estar con ella, que no aguantaba más, que le dijera de una vez si era un sí o era un no. Ella titubeó mientras reía y sentía el calor que le subía desde el vientre. Manu la atraía de forma salvaje. Su brusquedad cálida que a veces parecía timidez y otras estar de vuelta de todo. No se parecía a nadie que hubiera conocido antes. Manu le dijo que si era un sí la invitaba a cenar a casa de un amigo, que estarían solos, que cocinaba él. Marta se moría de ganas de dejarse ir. Quedaron para la noche del sábado. Colgó el teléfono, subió arrebolada las escaleras y se incorporó de nuevo a la reunión. Se encontró con el silencio y los ojos fijos en ella. Marta se sonrojó mientras decía que era Manu, un recado. Le recriminaron que usara el teléfono para temas personales. Ella se disculpó en voz baja mientras detectaba algunas miradas acusadoras y un par de cejas levantadas con expresión de burla. El ambiente estaba tenso. Habían entrado dos compañeros insumisos a la cárcel, Fede y Cani, y algunos más en otras ciudades del país. En el Colectivo discutían una acción sonada que saliera en los medios de comunicación. El pulso estaba siendo difícil y la represión había aumentado. Una represión selectiva y arbitraria. Al gobierno socialista no se le tocaba desde la izquierda. Al ejército menos. La prensa intentaba deslegitimar la insumisión. Como siempre. Pero los insumisos aumentaban y se cuestionaba la existencia del ejército. También crecían los colectivos. En la reunión siguieron revisando las tareas que habían acordado. Marta se sentó acalorada. Miró la libreta que tenía en el regazo, leyó lo que había escrito y escuchó con una sonrisa ensimismada. Recuperó el hilo. Uno del Colectivo iba a subir con un miembro de Mili KK a la estatua para encerrarse en la parte del mirador de Colón con el ascensor atrancado. Colgarían una pancarta gigante que se vería desde distintos puntos de la ciudad. La toma de la estatua de Colón exigía una preparación discreta, realizada por pocos y asegurada por sorpresa. Habían decidido que se mantendrían en la estatua una semana y después convocarían una manifestación que tenía que ser concurrida para que las dos personas encerradas pudieran bajar y se perdieran en la multitud sin ser identificadas ni detenidas por la policía. Hace un rato, al atravesar Les Rambles en dirección a La Bruixa para la entrevista, Marta ha sentido una punzada de orgullo al ver la inmensa pancarta con el lema INSUMISIÓN colgando de arriba abajo. La toma del interior de la estatua, de la que hablaron en la reunión, se hizo tal y como estaba prevista. La acción estaba pensada al milímetro y está funcionando bien.

Marta llega a La Bruixa, pero aún tiene la persiana bajada, así que se mete en el diminuto café de enfrente y pide un agua. Enciende un cigarro. Se recrea en la noche que pasó con Manu. No puede ponerle una palabra a cómo están ahora. Vive en una agitación continua. La noche de la cena estaba nerviosa, llegó puntual y vestida de cualquier manera para no darle mucha importancia a la cita. Se encontró con una casa pequeña y limpia, ordenada, con velas encendidas y dos claveles rojos en un vaso de plástico. Olía bien, a pollo en salsa. Manu estaba más nervioso que ella. Algo que no había previsto. Se acercó a Marta, le dio un beso en los labios y le preguntó si quería una cerveza.

Fue como si hubieran abierto las compuertas de un dique.

***

Pipe no puede ubicar el momento en el que Manu entró a formar parte. Seguramente porque era el que más sabía de música. Les regalaba casetes con la grabación de discos de grupos que no conocían. Grupos suecos, canadienses, brasileños, alemanes, japoneses. También nacionales. Se trabajaba las portadas de los casetes escribiendo en letras grandes el nombre del grupo con bolígrafo azul y rodeándolas de color rojo. En la solapa apuntaba los títulos de las canciones en riguroso orden. Le dedicaba horas y se sentía íntimamente satisfecho cuando la gente se enganchaba a esos grupos. Como si compartieran un lenguaje secreto. Un mundo. Ya no solo les pasaba el *speed* y el costo. Sabía dónde conseguir cualquier cosa, recuperar una chupa robada o alertar cuando los secretas andaban por la zona. Pipe y Happy iban a buscar a Marta a La Bruixa media hora antes de que acabara su jornada. Tomaban la primera cerveza hasta que ella hacía la caja y llegaba el turno de noche. Luego, caminaban hasta el 25/9, donde encontraban a Manu, en una esquina de la barra, hablando con Félix. Sabían que Félix era adicto a la heroína, pero como el bar le daba lo suficiente era un tío tranquilo, legal. El 25/9 estaba en uno de los callejones detrás de la plaza Reial y era su lugar de referencia. Allí solían pasar las primeras horas de la noche y Manu se juntaba con ellos. Los rumores lo acompañaban y cuanto más le decían que no se fiara de él, a Pipe mejor le caía. Le encantaba llevar la contraria y descojonarse en sus narices. «¿Que no es de fiar? Pues venga, lo invito a una birra».

Al principio, fue una fantasía que iba ganando en detalles al calor de la acumulación de cervezas en la barra, pero ya tienen local de ensayo en el altillo del Barbeto. Se juntan dos veces por semana. Si fuera por Pipe, ensayarían cada día, pero los demás dijeron que era demasiado. Veneno es un grupo *thrash metal* y Manu se ha convertido en el cantante. Pipe pensaba que las letras las tendrían que hacer entre todos, pero cuando Manu apareció con dos o tres canciones escritas en una libreta y la expectación en el rostro, supo que no tendrían que preocuparse por eso. Pipe no sabe de dónde saca las ideas, tampoco le importa, se sienten identificados con la rabia y la desesperanza que destilan. Él empieza a dominar el bajo, pero la bestia parda es Happy. Es un guitarrista rápido y preciso, y no se le puede comparar con nadie. Cuando toca desaparece su timidez. Mueve su mole y su cabellera rubia a ritmo frenético mientras sus dedos gordezuelos bailan con una agilidad sorprendente por el mástil. Parece que no haya hecho otra cosa desde que nació.

Si alguna vez fueron buenos, fue gracias a él. Joan también se ha unido. Estudió en el conservatorio y se cree el mejor batería de la ciudad. El grupo se ha convertido en el eje de sus vidas. Sacar canciones de la nada, construirlas a través de intuiciones y acabar con un tema completo les hace sentir como pequeños dioses. Capaces de todo. Capaces de algo bueno.

Desde que Manu está en Veneno y sale con Marta es uno más. Algunos no se explican cómo Marta va con Manu. Pero ella siempre dice lo mismo: «Es un tío de puta madre». Y de ahí no la sacas. Pipe está de acuerdo y, aunque Marta a veces vive en las nubes, cree que forman un buen tándem.

VI

I remember him when we were friends,
When we were young, way back then,
But now we're all grown up and we're strangers
You see, bit by bit, part by part, we slipped and slipped
Till we'd grown apart and now we're strangers
Thin Lizzy, «It's Getting Dangerous»

Pipe reconoce la voz. Un poco vacilante, pero con el mismo timbre. Inconfundible. Las voces cambian poco, son un hilo conductor de las personas más fiable que su apariencia. También es de lo primero que se olvida cuando se pierde el contacto. Por muchos esfuerzos que se hagan para evocarla, se escapa. La llamada de Marta lo pilla por sorpresa porque está de tapas con un amigo y llevan unas cuantas rondas. Aun así, reacciona rápido. Verla. Es lo que quiere. El tiempo desaparece y es consciente de lo solo que se ha sentido. Como si el destino, o lo que fuera, le hiciera una señal. Sigue, no te rindas. La señal de los supervivientes. Desde que empezaron las broncas con Clara, la caída ha sido en picado. Y lo que ha sentido, lo que siente, se lo ha guardado. Con los amigos que le quedan de Hospitalet es difícil compartirlo, parece que se esfuercen por esconder las derrotas. Las que se suman con los años. Las conversaciones se quedan en la superficie. La música, un concierto, la última farra, las anécdotas repetidas una y otra vez acodados en la misma barra. Pero hay gente que está más allá del bien y del mal. Poca, pero la hay. Marta es una de ellas. O lo era. La invita a que vaya al bar en el que está en ese momento. Marta le dice que no puede. Quedan para una semana después, en una bodega de Gràcia.

***

Entrega el registro a Rosa, se pone de nuevo el casco, sube a la moto y sale escopeteado hacia la calle Alzina antes de que nadie lo entretenga. Se instala en una mesa de mármol, cerca de la barra, de cara a la ventana, y pide una cerveza. La ve llegar acalorada, entre capas de ropa de abrigo, torpe y precipitada.

Los saludos son rápidos, el abrazo breve.

—Sigues tan pequeña como siempre.

—Y tú igual de alto.

Se sonríen.

Ahí está, frente a él. Marta.

Su voz no ha cambiado pero sus rasgos sí. Ha ganado algunos kilos. Tiene arrugas alrededor de los ojos y su forma de vestir sigue siendo descuidada. Se debe teñir porque el pelo está tan negro como antes. Pero no es eso. Es algo más. Es como si se hubiera desdibujado. Los rasgos de la cara son imprecisos, sin la contundencia de antes, y su forma de mirar es huidiza. No le va a preguntar por qué ha tardado tantos años en ponerse en contacto. Él ha hecho lo mismo. A veces es mejor no ahondar en las causas. No se siente con fuerza para responder a preguntas incómodas, preguntas para las que no está seguro de tener respuesta o a las que nunca se ha atrevido a contestar. Aunque se muere de curiosidad por saber los motivos de Marta para volver a verlo no se lo pregunta, espera que en algún momento sea ella quien lo diga. Pero ya no es tan directa, y se encuentran explicándose qué ha pasado desde que perdieron el contacto.

Como si hubieran vuelto de un largo viaje. Lo primero que anuncia Pipe es que es padre. Le enseña fotos de Candela. De bebé, con cuatro años disfrazada de pirata, con once años y unos patines rosas en el paseo marítimo. Marta lo mira entre burlona y admirada.

—No te lo esperabas, ¿eh?

—No, no te imaginaba de padrazo, ¿Y Clara? ¿Cómo está?

Clara es la única pareja duradera que ha tenido Pipe, y con la que Marta no congenió. Fue una de las razones del distanciamiento, aunque no la más importante. Cuando empieza a hablar de Clara, Pipe suelta las amarras y no dejará de hacerlo hasta que se despidan cuatro horas y seis cervezas después. Se sorprende a sí mismo poniendo palabras a lo que ha vivido. Marta de vez en cuando asiente o exclama «¡Qué cabrona!». Pipe le cuenta cómo se deterioró la relación y se volcó en Candela. Se detiene en explicarle la sensación de plenitud que le produce ser padre y el temor constante a que le pase algo que siempre le ronda. Al nacer Candela lo importante era cuidarla. Llevarla a la escuela, a las revisiones médicas, comprarle ropa, jugar con ella. Los fines de semana la dejaban con los abuelos maternos para ir de conciertos. Aprovechaban para consumir *speed* con los amigos. También encerrados en casa, con la música. Pipe no puede precisar cuándo empezaron a escasear los gestos de cariño, primero en público, luego también en privado. Y la risa. Sobre todo, la risa. Entre ellos se instaló un reproche mudo que flotaba en el aire y lo emponzoñaba. La historia de siempre. La de tantas parejas que se empeñan en mantenerse juntas cuando no hay nada que hacer. Candela debía de andar por los cinco o seis años. Solo las salidas al pueblo se convertían en un oasis donde recuperaban algo similar a la ilusión de los inicios. El calor seco, las partidas de dominó con los amigos de la infancia, los cubatas, las fiestas en la plaza y la orquesta, que tocaba más mal que bien los éxitos del verano, los devolvían a un estado de gracia que les hacía pensar que la relación se podía recuperar. Le confiesa a Marta, encogido por el bochorno, el momento en que empezó a faltar el dinero y robaba a su padre en las escasas visitas que le hacía. A su padre. Se le rompe la voz. De su muerte hace un par de años. Esas cosas que hacemos y que nunca podrán repararse. Marta le toca suavemente el brazo, y a Pipe le cuesta encajar la mandíbula y bajar el tono. Su casa se convirtió en territorio enemigo. Iba a la escuela a recoger a Candela y se la llevaba al parque o al bar donde andaban los del barrio para regresar lo más tarde posible. Cualquier excusa era buena. Le tiembla la voz de ira, mientras le explica cómo los dos cruzaron líneas rojas. Insultos. Desprecios. Amenazas. Estuvieron meses conviviendo sin dirigirse la palabra. La tensión insoportable. Le daba pánico perder a Candela y consultó a un abogado. Se agarró a la música como un náufrago. Con el teléfono en la mano, le pone a Marta las canciones que lo acompañaron ante la mirada molesta de los demás clientes del bar. Pipe y Clara acabaron con sus miserias tendidas frente al juez. Consiguió la custodia compartida y Candela parece llevarlo bien. Con Clara tiene una relación fría pero correcta. Por lo menos se acabaron las zancadillas.

Se hace un silencio.

Pipe se mueve en la silla. Marta tiene que decir algo, cualquier cosa:

—¿Sabes? Tenía muchas ganas de verte, no sé, imagino que ha sido difícil, pero me alegro de que estés bien.

—¡Y yo! Aunque lo que se llama bien... me sigue doliendo. Todavía no lo entiendo por más vueltas que le dé.

—Es difícil saber dónde empiezan las cosas y por qué hacemos lo que hacemos. —Marta le da un trago a la cerveza, invita a Pipe a seguir.

—Hay momentos en que la echo tanto de menos que estoy a punto de llamarla por teléfono, pero otros siento tanta rabia que no quiero volver a verla en mi vida. Me voy a volver loco.

—Tranquilo, pasará. Además, creo que no he conocido a nadie cuerdo en mi vida. —Marta sonríe con ironía y saca el paquete de tabaco—. Vamos a fumar.

Al abrir la puerta, el frío los sorprende. Pipe enciende un cigarro y acerca el mechero al de Marta.

—¿Estás con alguien?

Marta desvía la mirada hacia los escaparates y eleva un poco la voz:

—No, no quiero problemas. Vivo sola. Estoy más tranquila así. Hago lo que quiero y no le tengo que dar explicaciones a nadie.

Pipe quiere decir algo, pero Marta se adelanta:

—Estoy escribiendo la biografía de Phil Lynott para Luis, aquel amigo de mi hermano que tiene una editorial...

—¿En serio? Pero ¿tú no corregías textos escolares?

—De eso hace mil años, ahora corrijo libros de recetas, de autoayuda, cosas así. Nada del otro mundo. Es la primera vez que me piden que escriba, y encima de Phil Lynott. No me lo podía creer. Ni te imaginas cuántas veces he pensado en ti en estas semanas.

A Pipe se le suelta la risa, eso sí que es una señal, por eso lo llamó Marta, se relaja.

—¿Te acuerdas de que fuimos a verlos? En el Zeleste 2, creo que debía de ser por el 94 o algo así. Traían un cantante desconocido.

Su mirada se ilumina y a Pipe le recuerda a la Marta de antes. Siente una punzada en el costado.

—Sí, sí. Cerraba los ojos para imaginar que era Phil el que cantaba. No me podía creer estar escuchando sus canciones en directo, joder, fue mejor que el de Iron Maiden, vamos, ni comparación.

Marta lanza una carcajada provocadora, Iron Maiden era el grupo preferido de Pipe. Todavía lo es. Una energía antigua recorre su cuerpo. Vuelven a tener veinte años y hablan el mismo idioma. El dueño está cerrando la bodega y los echa a la calle de buenas maneras. Pipe propone hacer la última en otro lado. Se meten en un bar cubano. Pipe habla de Veneno y los pocos conciertos que hicieron y observa como la alarma se enciende en los ojos de Marta. Cambia de tema y escoge con cuidado las anécdotas más divertidas hasta que siente que la tensión desaparece. Se ríen de cuando fueron al concierto de Sepultura y Marta dijo que había perdido su entrada. Le compraron otra y cuando estaban dentro de la sala se la encontró en el bolsillo de la sudadera. O aquella vez que, de madrugada, pusieron gasolina en el coche, se fueron y se dieron cuenta de que se habían dejado a Happy olvidado en la gasolinera. Volvieron entre risas y se lo encontraron tan tranquilo, sentado en una silla de plástico, con una lata de cerveza en la mano, hablando con el empleado como si estuviera en la terraza de un bar.

A medianoche Marta dice que es hora de irse.

Quedan en volver a verse pronto.

El abrazo es más largo.

1990

Pipe apaga la luz de su habitación, que su madre ha limpiado hace un rato, y se saca del bolsillo el sobre con la parte del salario que le entrega cada mes. No lo hablaron, pero desde que trabaja le da la mitad de lo que gana. Su madre pica cebollas. Gruesos lagrimones le corren por las mejillas mientras canta entre susurros acompañando la copla que suena en la radio. Pipe deja el sobre en la encimera y le dice que no volverá a dormir.

—Vendré mañana. O el domingo.

—Está bien, ve con cuidado y no hagas el tonto.

Enciende el motor de la furgoneta y siente la adrenalina. Pone el casete de Extremoduro y grita con ellos: «Tú en tu casa, nosotros en la hoguera». Hoy van a verlos tocar en directo. Corren muchas leyendas sobre Robe, su cantante, y espera que sea una noche memorable. En diez minutos está frente a la casa de Happy. No tiene que esperar porque aparece rápido. Se saludan con un gesto y ponen rumbo a Hospitalet. La música suena atronadora. Algunos transeúntes los miran cuando paran en el semáforo. Malas caras. Pipe, desafiante, acelera con un chirrido de ruedas. Atraviesan la ciudad como una exhalación con todos los semáforos de la calle Aragó en verde. «Sé que protesto, no me hagas caso, yo a mi manera nunca fracaso». La puesta de sol tiñe el polígono de morados nucleares y la noche extiende sus alas con promesas de diversión y emociones a flor de piel. Aparcan cerca del bar Chaplin. Un par de tipos hablan en la puerta y los saludan con un movimiento de cabeza. Hay poca gente en el amplio espacio que más que un bar parece un garaje. Pipe y Happy se instalan en una de las mesas con taburetes altos, cerca de Olga, que está con unos amigos. También van a ir al concierto y Pipe bromea con ella.

—Creía que no te gustaban, que te iba la música más dura.

—Me han convencido estos. Es mi fiesta de despedida, me voy a Hamburgo, a trabajar en un *pub*. Me muero de ganas de largarme de esta ciudad.

—Tú sí que sabes, te lo montas de puta madre.

Pipe se lleva bien con Olga. No suele acumular rencor, tampoco le ha dado tiempo.

Olga mira más allá de él y acaba la conversación abruptamente. Pipe se gira y ve llegar a Marta y a Manu. Se da cuenta de que han discutido, algo en el gesto adusto de Manu, en los saludos forzados de Marta. Es la primera vez que los ve enfadados. Mala señal. No quiere que nadie le amargue la noche. Manu se acerca, mira de reojo a Olga y enrojece. Marta se da cuenta y los celos le impiden concentrarse en lo que le dice Happy. El Chaplin se va llenando, las voces se mezclan con la música, la cola del lavabo es larga y entran en grupos de dos o tres. Pipe apremia para que terminen las cervezas. Al salir, Manu pasa el brazo por los hombros de Marta, aunque ella se empeña en mirar hacia otro lado.

—¿Has traído algo? —le pregunta Pipe a Manu.

—Ya sabes que sí. —Se mete la mano en el bolsillo y saca la bolsita de plástico.

—Pues estás tardando.

Antes de que arranque la furgoneta Manu hace cuatro rayas. Marta aspira con intensidad, el dolor le taladra la fosa nasal. En poco rato la energía recorrerá su cuerpo y hablará a toda velocidad. La pelea con Manu puede aumentar o desaparecer, pero le costará olvidarla. No entiende cómo ha podido enfadarse cuando ella le ha recriminado por llegar tarde a buscarla. Ha reaccionado como si lo estuviera acusando de un crimen. Se ha puesto como loco. Marta no lo entiende, siempre hace esperar a la gente. Y encima se cabrea. Y vaya manera de cabrearse. No lo reconocía, no había visto esa mirada de rabia, esa manera de masticar las palabras. No ha querido escuchar nada de lo que ella decía. Como si estuviera sordo. En la carretera hacia Castelldefels, Pipe pone *Live and Dangerous* de Thin Lizzy. Por el espejo retrovisor observa a Marta mirando por la ventana y moviendo la cabeza al compás de la música, mientras una sonrisa se le dibuja en el rostro. Quizás la noche no esté perdida. Marta pregunta: «¿Quiénes son?». Happy le pasa la funda del casete, «¿No los conoces? Son brutales». En la explanada de la discoteca Vértigo, frente al *camping* La Ballena Alegre, una docena de motos con insignias y adornos de Los Centuriones los pone en guardia. La discoteca está llena, muchos pelos largos y algunas crestas en el laberinto de salas con sofás, con mesas y sillas, con distintas barras. Bajo las luces rojas, lilas, azules, naranjas de neón que apenas iluminan, predomina el color negro de las camisetas con nombres de grupos. Salen al patio del fondo. Frente al escenario, más de doscientas personas corean el nombre de Extremoduro y algunos se impacientan y silban. Se instalan en un lateral, al lado de la pared. Los acordes de la canción «Jesucristo García» hacen rugir al público, una marea humana que se mueve en distintas direcciones. Saltos, empujones, vasos de plástico que vuelan por encima de las cabezas. Robe canta, aunque se le oye poco. A veces olvida la letra y entre canción y canción se disculpa e insulta al público indistintamente. Llevan seis temas cuando paran y dicen que van a descansar, que vuelven luego. La gente se queja. Marta aprovecha para ir al lavabo y al regresar encuentra a Happy, Pipe y Manu sentados en el suelo. Manu, de un tirón suave, la sienta entre sus piernas y la abraza por detrás. El cuerpo de Marta se endurece. Cómo es posible que Manu olvide tan rápido lo que ha pasado. Ella no puede. Extremoduro sube de nuevo al escenario, las canciones suenan mal, se interrumpen a la mitad y vuelven a empezar. Alguien les lanza piedrecillas de la grava del patio. Enseguida se suman varios más. Se convierte en una granizada. El grito de «hijos de puta» se generaliza. De repente se apaga el sonido y acaba el concierto. Por la discoteca se dice que ha sido el técnico el que ha recogido para proteger su equipo. Algunos sostienen que el problema es que Robe va puesto y no puede con su cuerpo. Con el tiempo circularán varias versiones que convertirán este concierto en una leyenda urbana. Una leyenda que no tendrá nada que ver con lo que ocurrió en realidad. Tampoco importa mucho.

Pipe, Happy, Manu y Marta se sientan en los sillones de una de las salas. Se encuentran con gente conocida que viene y va. Olga se acerca un rato, pero después desaparece. Según qué canción suena, se levantan como un resorte y bailan sacudiendo la cabeza y tocando guitarras imaginarias. Marta se relaja con las bromas de Happy, con las canciones que canta a gritos, con los encuentros con gente conocida, con los saltos que da entre los sillones. Tratan de hablar por encima de la música y no se escuchan. En algunos momentos ríen como locos y Pipe tiene la sensación de que cada uno lo hace por cosas distintas. Cuando se dan cuenta, el personal de la discoteca ha apagado la música y enciende los fluorescentes. La gente desfila hacia la salida. Ellos se quedan rezagados hasta que se acerca uno de seguridad, nervioso, que les dice que se tienen que ir. Hay movida fuera. Salen y la luz del día les hiere las pupilas. Ante sus ojos la escena es dantesca. En la explanada, un grupo de quince Centuriones le están dando una paliza a unos cuatro o cinco Ases. En las manos portan cadenas y navajas. Pipe ve a un chico llevarse las manos al estómago y la sangre tiñéndole los brazos. Otro chico, en el suelo, cubriéndose la cabeza mientras dos Centuriones le dan patadas. Han visto muchas broncas entre moteros. No distinguen a nadie. Pasan por un extremo andando en fila por encima de la hierba del campo de al lado, sin mirar la pelea. La furgoneta está cerca de la puerta del solar. Pipe enciende el motor, se mete en la carretera y suelta un grito largo y sostenido.

***

Su madre le entrega la carta con cara de preocupación y espera que la abra. Manu ve el sello del ejército y se oscurece el salón. Rasga el sobre con manos inseguras. No puede ser, otra vez no. Creía que se había librado de hacer el servicio militar. Fue lo único bueno que le trajo la heroína, a los adictos no querían verlos ni de lejos. Los encargados de hacerle la revisión médica lo trataron de manera despectiva. Apenas le tocaron con la punta de los dedos. No dejaron de mostrarle su desprecio hasta que salió por la puerta. Y aunque le invadió la rabia, estaba acostumbrado. En la calle pasaba lo mismo, con la gente, con la policía, con los vecinos. Incluso cuando consiguió desengancharse.

La desconfianza, la estrechez de miras, se convertían en norma y no había modo de librarse. Lo ha sufrido. Lo sufre. Como si no pudiera ser nada más que eso. Los militares le hicieron sentir como un despojo, pero le dijeron que su situación de inútil era temporal, aunque Manu tenía la esperanza de que no lo volvieran a llamar.

Lee la carta de nuevo. Está clarísimo. Es un texto breve, autoritario. Debe volver a presentarse en el cuartel del Bruch para la revisión médica y, en caso de ser útil, entrar en el siguiente sorteo en el que se decidirá su cuartel de destino. Entiende la mirada insistente y preocupada de su madre. Manu no piensa ir a la mili. No soporta la violencia, las humillaciones, marcharse lejos a aguantar que lo maltraten. Y le da más miedo del que es capaz de reconocer ir a la cárcel si se hace insumiso. No quiere ni pensar en lo que puede pasar si lo meten dentro. Ha escuchado muchas historias de la gente que ha estado presa. Su amigo Lozano murió en la cárcel Modelo y Cani ha salido hecho una mierda. Manu, antes de que su madre formule una palabra, le dice que no se preocupe, que ya tiene veinticuatro años y debe de haber algún error, que va a hablar con gente que sabe del tema para que le orienten. «Claro», contesta su madre con la mirada sombría. Manu decide tomar el camino más corto, pero no por eso más fácil. O quizás sí. Él cree que, si le funcionó una vez, le funcionará una segunda. Y solo piensa en librarse, quitarse la amenaza de encima. Sabe lo que arriesga, pero no se le ocurre nada más, no puede pensar en nada más. Siente un cierto descanso porque, en el fondo, su cuerpo se alegra. El deseo se mantiene agazapado y a la mínima que puede se libera de la brida que lo sujeta y lo ocupa todo. Deja la carta encima de su cama, rebusca un par de billetes en el cajón de la mesilla de noche y sale de casa sin despedirse. Como no quiere que se sepa en el barrio ni que lleguen las noticias al Colectivo, va a ver a Fer. Le comprará un cuarto de gramo. Mañana ya verá. El bochorno lo impregna todo, las nubes amenazan tormenta, el aire es eléctrico. La gente que camina por la calle parece torpe, como si les costara moverse. Alguien le ha saludado, pero no lo ha oído. Su piel tensa se adhiere a los pómulos y con la espalda encogida dirige la vista a sus propios pasos. En cuanto cruza Les Rambles entra en la farmacia de la esquina. Una jeringa. La guarda en el bolsillo interior de la chupa de cuero que lleva sujeta con una mano por encima del hombro. La calle Escudellers le parece más larga de lo habitual y sigue con la cabeza gacha. Suda, pero no tiene calor. Llega al final, se para y ve a Fer en la misma esquina de siempre. Hay tres personas a su alrededor. Manu se apoya en el edificio de enfrente y enciende un cigarro. Piensa en el tiempo que le costó volver a sentirse persona cuando consiguió dejar la heroína. Estaba adormecido, no podía reír, ni alegrarse o enfadarse, ni siquiera llorar. Hace tres años.

Marta.

La ve sonriendo, sentada en la cama, desnuda. Trata de alejar su imagen. Cierra los ojos y siente como el sol asoma en la piel. A la mierda, que se vaya todo a la mierda. Le da una última calada al cigarro, lo tira y ve que Fer vuelve a estar solo. Manu se acerca rápido y le pide medio gramo.

—¿Estás seguro? Mejor te das una vuelta y te fumas un par de porros. —Lo mira a los ojos con severidad.

—Dame el medio gramo y déjate de historias. Traigo la pasta.

Fer duda, se mete la mano en el bolsillo, se encoge de hombros y se lo pasa. Manu se gira y se va sin decir nada. Siente urgencia y vértigo. Por acabar de una vez y porque pase algo que lo impida. Después se odiará por cobarde. Lo sabe. La energía lo abandona a cada paso, también anticipa el placer. Gira por la calle Rull y entra en el primer bar que encuentra. Le cuesta unos segundos acostumbrar la vista a la oscuridad, no recuerda haber entrado antes. Es minúsculo, una pequeña barra y una mesa con dos sillas. El suelo es una mezcla pegajosa de serrín, restos de cerveza, servilletas de papel usadas y colillas. Una mujer rolliza, con una bata a cuadros sin mangas, habla con dos parroquianos. Se gira al oírlo entrar. «¿Qué quieres, guapo?». Manu pide un café con hielo y se apoya en la esquina del mostrador. Piensa en meterse en el baño y acabar de una vez, pero el instinto le dice que no es buen lugar. Tampoco puede ir a su casa. No quiere dramas. Ni enfrentarse al dolor de su madre. La calle no es opción. Ni siquiera el solar que tantas veces le sirvió para evitar miradas ajenas hace pocos años. Parece mentira que ahora le cueste tanto pensar en un sitio tranquilo. Paga. Por el camino compra un botellín de agua y en el bolsillo palpa la cucharilla del café que se acaba de tomar y la jeringa. Camina por los callejones y vuelve a atravesar Les Rambles. No hay mucha gente, un par de pintores de caricaturas sin clientes, alguna mujer con el cesto de la compra, un grupo de adolescentes sentados en el suelo, un hombre en una silla leyendo el periódico. Se mete por Arc del Teatre. Llega a la portería de su casa, sube al ascensor y asciende hasta el último piso. Solo le queda un tramo de escaleras y empuja la puerta del terrado. Sábanas blancas y floreadas de extremo a extremo. Las toca, están húmedas, debe de hacer poco tiempo que han subido a tender. Se encamina hacia uno de los lados en los que la ropa de cama lo oculta. Mira hacia el mar, una franja gris metálica más allá de las azoteas de la parte vieja de la ciudad. No sopla ni una brizna de aire. Se deja resbalar hasta quedar sentado con la espalda en el muro. Saca todo lo que necesita. La práctica no se pierde y en menos de diez minutos la aguja penetra la vena de su brazo izquierdo.

***

Marta está agobiada. Manu suele desaparecer, pero nunca más de tres o cuatro días y lleva dos semanas sin saber nada de él. Aumenta su preocupación cuando un amigo le dice que tenían una mudanza por la que les iban a pagar y no se presentó. Marta decide ir a casa de sus padres. Llama por el interfono y una voz de hombre le dice que Manu se ha marchado lejos por un tiempo. Eso la inquieta más. ¿Dónde puede haber ido? ¿Por qué no le ha dicho nada? Unos días después, a pesar de la vergüenza, va al Piaf y pregunta a sus amigos si lo han visto, si saben algo de él. Intenta parecer despreocupada y deja caer las preguntas como quien no quiere la cosa. Está atenta a los titubeos, a las miradas, a las sonrisas condescendientes, al tono de voz. Desconfía. ¿Y si se ha ido con otra? Se siente impotente balanceándose entre el orgullo y la preocupación. A ratos, ridícula; a ratos, enojada; a ratos, desesperada. Se mueve en una pesadilla. No puede concentrarse, le cuesta dormir. La falta de noticias es un silencio sordo que la rodea como una pecera estrecha. Las imágenes de un accidente o una paliza se imponen. Marta imagina a Manu tirado en un hospital y, por mucho que lo intente, no logra sacarse esa visión de encima. Pero, entonces, ¿por qué no se lo dijo su padre?

La hieren las risas de la gente del Colectivo cuando Marta dice que tienen que buscarlo. Se siente una extraña entre ellos. Solo la apoyan Alberto y Georgina. Cargada de monedas y con la guía de teléfonos en la mano, llama a todos los hospitales de la ciudad desde la cabina telefónica de la esquina de su casa. No está ingresado en ninguno. O eso le han dicho. Ha pasado un mes sin saber nada de él. Absolutamente nada. Ya nadie le pregunta, como si la ausencia de Manu fuera normal, como si se pudiera seguir adelante con uno menos, apenas una variación ínfima del paisaje. Pero Marta no soporta no tener una explicación. Y lo echa terriblemente de menos. Queda con Pipe, que le vuelve a decir que no se preocupe, que estará por ahí de fiesta o se habrá marchado con algún amigo fuera de la ciudad, que ya sabe cómo es. Aun así, él también está inquieto. Ha pasado demasiado tiempo y Manu es rata de ciudad. Han tenido que ensayar sin él, también quiere encontrarlo. Lo que Pipe imagina es distinto a lo que puede elucubrar Marta y piensa que debería haber llamado a las comisarías, pero no se lo dice.

—Vamos a su casa, igual sus padres saben algo.

—A mí me dijeron que se había ido de viaje. Me sabe mal volver a molestar.

—Vamos, igual ha vuelto o tienen noticias.

Caminan por las sucias callejuelas del Chino y en menos de diez minutos están en la parte baja del barrio. La calle es corta y termina en unas escaleras que llevan al Paral·lel. En la última portería llaman por el interfono. Contesta una voz de mujer. Pipe pregunta si está Manu. Se oye el ruido del plástico golpeando una superficie dura. Pasan unos segundos.

—¿Quién es?

—Soy yo, Pipe, estoy aquí con Marta. ¿Bajas?

Silencio.

—Sí.

Pipe ríe mirando a Marta.

—A ver qué te cuenta ahora. Me voy, que tenéis que hablar. Os veo luego.

Se da la vuelta y desaparece por la esquina. A Marta le flojean las piernas de la emoción, que va sustituyendo por el enfado. Lo ve salir del ascensor y caminar hacia la puerta de cristal que da a la calle. Su expresión es seria, aunque las comisuras de sus labios tratan de simular una sonrisa. Está más delgado. Abre la puerta y se queda delante de Marta.

—¿Cómo estás?

Marta lo mira a los ojos, interrogante, furiosa.

—¿Y tú? ¿Dónde has estado? Estaba muy preocupada, no puedes hacerme esto.

Manu no responde, la coge de la mano.

—Ven, vamos a tomar algo.

Marta trata de acompasar sus pasos al caminar enérgico de Manu. Ve en su expresión que algo ha cambiado, una determinación funesta que disuelve el coraje que sentía y elimina sus defensas. Él mira fijo hacia delante y antes de llegar a Les Rambles entran en una cafetería. Solo cuando están sentados, la mira y sonríe.

—Deja esa cara de susto, que no ha pasado nada grave. He estado en un centro de desintoxicación, me tuve que volver a meter...

—¿Te tuviste que volver a meter? —Marta no se da cuenta de que repite lo que dice Manu.

—Me llamaron para ir a la mili y me agobié. Creí que podría parar cuando me dieran el inútil definitivo. Lo intenté en casa, pero no pude. Mi madre me mandó otra vez al centro de desintoxicación.

La mira con esa expresión que luego se repetirá a menudo, como tratando de convencerse, de convencerla, y en la que Marta se debatirá entre creerlo para no ser injusta y no creerlo del todo por miedo a ser estúpida. Al final, será injusta y estúpida a partes iguales.

—Un centro de desintoxicación...

—Sí, por La Salut. El mismo en el que estuve la primera vez.

Marta intenta encajar las piezas. En la reunión del Colectivo tenían razón, después de la discusión que tuvieron, pero la conmueve el aire compungido de Manu, su necesidad de que lo crea. Mientras habla, lo ve un poco perdido y lo siente más cerca. Le tiende la mano por encima de la mesa, la próxima vez tiene que contar con ella. Le parece distinguir un velo en sus ojos. Cuando vuelva a recordarlo tendrá dudas sobre si era tristeza, alivio o premonición. Manu se levanta y se sienta a su lado. La abraza tan fuerte que casi le impide respirar.

—Vamos a mi casa. —La voz quebrada—. Tenía muchísimas ganas de verte.

Entran en la habitación de Manu y Marta alucina con ese nicho lleno de pósteres. No queda ni un resquicio libre en las paredes. Ni en el techo. Le inunda la ternura y un deseo desbocado. Será la primera y única vez que Marta llore mientras hacen el amor. De placer, de desahogo, de presente. Rodea con el brazo el torso delgado de Manu, pasa los dedos por las diminutas costras de los pinchazos en el antebrazo y la recorre un escalofrío.

—Marta, tenemos que vestirnos, mi padre va a volver en cualquier momento y es capaz de abrir la puerta sin llamar.

Estira el cuerpo como una gata perezosa y satisfecha. Manu se está poniendo los pantalones cuando oyen el portazo. Marta se levanta de un salto y se viste precipitadamente entre risas sofocadas. Ve un frasco de pastillas encima de la mesilla, lo coge y fuerza la vista para leer lo que pone en la etiqueta. Manu se lo quita de las manos con brusquedad y le dice que es el tratamiento para seguir sin heroína.

Alguien da unos leves golpes a la puerta y la abre con suavidad. Asoma la cabeza canosa de la madre y les dice que va a hacer la cena, que, si se van a quedar, tiene que presentarle a esta chica.

—No, no, nos vamos ahora.

VII

Don't stick no sign on me, I got no label.
I'm a little sick, unsure, unsound and unstable
But I'm fighting my way back!
Thin Lizzy, «Fighting My Way Back»

Marta tararea en la ducha. Antes le ha enviado un mensaje a Pipe. Las imágenes del encuentro de ayer se agolpan en la mente como si hubiera superado una prueba. A medida que Pipe le contaba su separación, se relajó. Le daba miedo tener silencios incómodos y él los había conjurado. Admite que prefiere que no esté con Clara. Como si volvieran a la casilla de salida. Eso sí, más cansados, más hartos. Escépticos. Cuando Marta conoció a Clara recelaron mutuamente. Es posible que fuera porque cuando Clara se juntó con él, Manu hacía poco que había muerto y Marta siempre andaba con Pipe. No salían por el centro. La periferia se había convertido en el nuevo escenario. Nuevas caras, nuevos grupos, menos movimiento. Horas y horas en el mismo bar. Marta perdía su propio eje y buscaba algún tipo de castigo.

Y vaya si lo encontró.

Se aparta la espuma de los ojos cerrados y busca a tientas la pastilla de jabón. Abre el grifo y disfruta del agua caliente. Le dijo a Pipe que le gustaría conocer a Candela. Por lo que vio en las fotos no se parece ni a su padre ni a su madre. Su expresión de niña era de una concentración profunda. Le generó una simpatía instantánea. Marta piensa en el hijo que pudo tener y no tuvo. Nunca dudó de su decisión.

Será la edad. Esa sensación de puertas que se han cerrado para siempre. Los más adelante no existen. Por lo menos para hijos propios. Se traslada mentalmente a la clínica a la que fue a abortar. Cuando supo que estaba embarazada hacía poco que se había aprobado la ley del aborto con tres supuestos. El supuesto de la salud de la madre dejaba abierta la posibilidad a la afectación psicológica que algunas redes de mujeres aprovecharon para realizarlos en condiciones de seguridad. No tuvo que viajar a Londres como algunas amigas del instituto o poner su vida en manos de supuestos médicos sin las herramientas adecuadas en lugares cochambrosos. No lo dudó, aunque hubiera preferido no tener que enfrentarse a la decisión. Si alguna vez había pensado en la maternidad era como algo lejano, algo que pertenecía al futuro. No se sentía capaz, todavía esperaba vivir todas las vidas posibles. Su madre encontró un lugar seguro dirigido por mujeres que se encargaban de todos los trámites legales para que nadie tuviera problemas. Estaba en un piso del Eixample con colores cálidos en las paredes, plantas de interior y lámparas con pantallas que suavizaban la luz. Una mujer de mediana edad las recibió con una sonrisa tranquilizadora. Les entregó la autorización para que Marta la firmara. En la sala de espera, una pareja muy joven y dos o tres chicas solas. El miedo era sólido. A Marta le entró un sueño incontrolable y casi se duerme, pero lo evitó su madre dándole un golpecito en la pierna. Lo siguiente que recuerda es a una doctora que la acompañaba a una habitación amueblada, le echaba una manta por encima y le decía que había ido bien, que cuando se sintiera con fuerza se vistiera y pasara al despacho. El frío en las entrañas se le extendió hasta los músculos. Intentó incorporarse, pero no pudo. Tardó en vestirse con gestos torpes. Quería marcharse. Su madre la esperaba. La abrazó, pero Marta se deshizo del gesto. Salieron y hablaron poco. No puede olvidar la expresión de determinación de su madre. Ni su propia sensación de haberle fallado.

Manu no apareció. La semana que Marta se quedó en la casa de su madre para recuperarse, la llamó por teléfono una vez. Ahora imagina por qué, pero entonces no sospechó nada. Se enfadó. Cuando volvió a su piso y Manu apareció con cara de susto, Marta se lo reprochó, le vomitó los insultos que tenía guardados. Manu, después de escucharla, pareció que se relajaba. Pidió perdón muchas veces. Puso excusas. Marta acabó aceptándolas. Y no sospechó nada. Tampoco lo compartió con sus amigos. No soportaba los chismes sobre ella. ¿O eran los juicios? La hacían sentir vulnerable. Una sensación que no le gustaba nada.

Alcanza la toalla y se seca con gestos enérgicos. Qué mal lo ha pasado Pipe. Sigue siendo un hombre socarrón pero la tristeza le empaña la mirada. Una tristeza cansada. Los estragos también se notan en su cuerpo. Le impactó encontrarse con sus rizos blancos. Y con la muerte de su padre. Marta lo recordaba elegante y silencioso. Alto. Lo vio una vez. En el entierro de la madre de Pipe. Un cáncer de pecho. Ella había detectado que algo no estaba bien porque el pezón se le hundió hacia dentro pero no había ido al médico. Finalmente, se atrevió, con mucho pudor, a explicar al marido y al hijo lo que le pasaba y la convencieron para ir a urgencias. Era demasiado tarde. A Marta la impresionó el padre y sus atenciones amables y contenidas en el funeral. Pipe, en cambio, estaba enfadado. Más que desconsolado, rabioso. Se marcharon del cementerio de Montjuïc y acabaron emborrachándose en una tasca del centro. Fue el primer entierro al que Marta asistió.

Se viste y se acerca a la mesa del estudio. Aunque es sábado le apetece trabajar. Terminar el capítulo sobre los triunfos iniciales de Phil Lynott en el circuito rockero de Irlanda con Skid Row. En las giras acabó de enamorarse de la tierra de los ancestros de su madre. Le preguntaban en las entrevistas: «¿Cómo te sientes siendo negro en Irlanda?» y él respondía: «Igual que una pinta de Guinness». Parece ser que en un directo televisado con Skid Row, Phil desafinó. Lo mandaron a Manchester con su madre y lo operaron de las amígdalas. Cuando volvió ya no contaban con él. Le dieron la patada. Y aunque si no lo hubieran echado nunca habría existido Thin Lizzy, en ese momento el mundo se le vino abajo.

A Marta le encantaba ir a los ensayos de Veneno. A los conciertos. Eran sus amigos, su pareja y verlos en acción y ser parte de eso la hacía sentirse valiosa. Aunque luego el grupo se fuera a la mierda. A Manu también le dieron la patada. En el peor momento posible.

Escucha el sonido del teléfono y sabe que Pipe le ha contestado el mensaje. Lo lee: «Sí, tía, tenemos que repetir, te dije que tengo un piso con terraza. Dime qué sábado te va bien, y te invito a carne asada y un buen vino. No te rajes».

1990

No hubo día señalado, ni ofrecimiento o propuesta, ni nada parecido. Manu se instaló poco a poco en su casa y ya viven juntos. Marta está encantada. Le gusta despertarse a su lado, levantarse y dejarlo dormido, con la respiración pausada y la expresión relajada en el rostro. Al otro lado de la puerta encuentra a Nessa, su gata negra, esperándola, ronroneando, sentada sobre las baldosas. Marta se asegura de que tiene agua y comida. En cambio, el cajón de arena, que pide a gritos una limpieza a fondo, se queda como está. Entra en la cocina, busca un vaso limpio, pone la cafetera al fuego y abre la ventana. Los compases de «Otro camino», de Los Chichos, se introducen en la casa junto a la voz de Lauri, que canta sin complejos. Se anima, le gusta la rumba, aunque Manu se burle. A Marta le apasiona bailar y cuando van de concierto o salen de fiesta lo habitual son los saltos y las sacudidas de cabeza. Nunca se mueven las caderas, ni el vientre, ni el culo ni las manos. Por eso suele bailar en casa. Desata el cuerpo, apaga el interruptor de su mente y se llena de energía. Le gustan los ratos en los que recupera su propio espacio y no tiene que negociar sus gustos ni la alegría desbordada. Lo único que no hace es cantar, aunque le encantaría, a gritos, como Lauri, pero no quiere despertar a Manu. No todavía.

Espera que no lo haga de mal humor porque la desazón se apodera de Marta. Le gustaría tener más control sobre sus emociones, sobre sus dudas, deshacerse de la abrumadora presencia de la mirada del otro, ir a lo suyo. Pero le cuesta. Si se trata de Manu es peor. Le ha pasado con sus parejas anteriores, al inicio de la relación, pero con él ha escalado hasta límites insospechados. El calor permanente, el deseo constante, la necesidad de tocarlo, de comprobar que es real. Manu le dijo que lo dejara respirar, que no era una máquina. Fue como un puñetazo en el estómago. ¿Se tiene que contener? Es insano. ¿O lo insano será esta dependencia? ¿De dónde le viene? Tal vez es la primera vez que se enamora. No se lo pregunta. No quiere perderlo y trata de medir las muestras de cariño. Se deshace si Manu se despierta de buenas y le sonríe con los ojos. O si se acerca por detrás, pega los labios a su nuca y la abraza. O cuando hablan durante horas y construyen a cuatro manos teorías sobre el funcionamiento del mundo, la gente, la vida, él en el sofá y ella en el sillón, siempre con música de fondo. Cuando Marta cumplió veintidós años, Manu le trajo un disco pirata de regalo. Era un directo de Janis Joplin, justo en el momento que Marta nacía. Manu le dijo con satisfacción que mirara la fecha del concierto. Cada vez que compra discos también le trae uno o dos a Marta de los grupos que le gustan: Patti Smith, los Creedence, Bruce Springsteen, Thin Lizzy, Barricada, Leño, Rosendo. A Marta le emocionaba que pensara en ella. Después empezó a inquietarla. ¿De dónde sacaba tanto dinero? Se lo preguntó. A Manu se le endureció la expresión y contestó con un gruñido:

—Ya lo sabes. De aquí y de allá. ¿No te acuerdas de cómo nos conocimos?

Tenía razón. Pero a Marta le preocupa. Es demasiado.

Ahora que viven juntos, preferiría que Manu tuviera un trabajo, saber dónde anda. Con la taza de café en la mano se sienta, duda sobre si escribir un rato en su diario. Finalmente, abre *Introducción a la literatura comparada*, de Weisstein, en la mesa del comedor, dispuesta a estudiar. No va mucho a clase, pero lee, hace los trabajos y se presenta a los exámenes. Paga la matrícula con lo que ahorra de su sueldo y con las clases particulares que le salen en verano. Aprueba y no tiene la sensación de perder el tiempo. Cuando empezó la facultad tenía muchas expectativas no solo por lo que aprendería, sino por la lucha de las universidades, por ese romanticismo acumulado de finales de los sesenta y los setenta. Pero se encontró con que la gente iba a lo suyo. El movimiento por la insumisión era minoritario en la universidad. La mayoría alargaba los estudios esperando que al final la amnistía fuera generalizada y el servicio militar profesional. Como acabó ocurriendo. El esfuerzo lo pusieron otros, las consecuencias de la represión y el dolor, también. Ella se desencantó y dejó de ir a clase. Tampoco hacía falta. Le gustaba leer y tratar de asimilar lo que decían los autores a partir de lo que ocurría en su vida cotidiana. Atravesar las teorías con las dinámicas que observaba en la calle o leía en las novelas. De ese modo lograba entender y definir su propia postura. Descubrió que era suficiente y disfrutaba haciéndolo. La mayoría de las veces.

Levanta la vista y ve a Manu apoyado en el marco de la puerta.

—¿Llevas mucho tiempo ahí?

—Un rato, pero estabas concentrada... ¿Ha quedado café?

—Sí, pero no hay vasos limpios.

—Los friego, que ya toca.

Sigue sonando la música de Los Chichos, algunos gritos

de la niña de enfrente, un par de voces que discuten. Marta trata de volver al libro, pero no logra captar el significado de lo que lee. El aire primaveral se cuela por la ventana. Cierra la libreta de los apuntes y el libro. Igual pueden dar un paseo, tomar unas cervezas en una terraza.

Manu se acerca dando sorbos a su taza de café.

—No, no recojas, sigue estudiando que tengo cosas que hacer. Me voy en cinco minutos. No vendré a comer.

—¿Estarás por la noche? —Marta sonríe sin convicción.

—Cuando vuelvas de La Bruixa estaré aquí. Hago yo la cena. ¿Espaguetis te va bien?

—Sí.

Manu deja la taza vacía sobre la mesa, se pone la chaqueta tejana y se va de casa. Marta mira la mesa, los libros, los bolígrafos, la libreta, y se dice a sí misma:

—Y una mierda. Paso de estudiar. Me voy a dar un paseo.

***

Pipe llega tarde al ensayo. Se acerca serio. Abre porque tiene la llave del local. En la acera están hablando Happy y Joan.

—¿Hace mucho que esperáis? —No los mira.

—No, cinco minutos, tranquilo. —Happy se le acerca—. ¿Ha pasado algo?

—Hemos tenido que llevar a mi madre a urgencias y le han hecho un montón de pruebas. ¿No ha venido Manu? Me dijo que Marta también vendría. —Enchufa el cable del bajo al amplificador y prueba el micro de coros—. ¿Alguien se hace un porro?

—Pero ¿está bien? —Happy busca los ojos de Pipe, que están enfocados en las cuerdas del bajo.

—Creo que sí. Le pasa algo en el pecho. Seguramente no

será importante porque la han mandado para casa. Tiene que volver la semana que viene para que le den los resultados.

Happy coge la guitarra. Es mejor estar en este local de ensayo que en el Barbeto. No tienen horarios y van cuando quieren. Llaman a la puerta con golpes fuertes y entran Marta y Manu con una bolsa llena de latas de cerveza. Ella está distinta. Se ha hecho una coleta alta, lleva unas mallas de franjas verticales negras y blancas, camiseta negra de tirantes, y se ha pintado la raya de los ojos. A Marta no parece importarle la ropa. O quizás es que oculta su cuerpo. Pero tiene envidia de las mujeres que visten de manera atrevida y con soltura. A las que todo les queda bien. Hoy ha querido probar. Pipe sonríe.

—Hombre, dichosos los ojos. Marta, ya era hora de que te dignaras a pasar por aquí.

—Qué exagerado eres. He estado de exámenes.

—Venga, gente, menos parloteo y a currar. —Joan hace sonar las baquetas en los platos de la batería—. Dijimos que hoy haríamos un tema nuevo. Manu, ¿has traído la letra?

—Sí. —Abre la libreta que lleva en la mano.

Le ha costado escribir esta canción. Necesita soltar lo que le consume, ese silencio del que se ha rodeado para pensar lo menos posible. Titubea al principio, pero a medida que avanza la voz se hace más firme:

Ya es hora de que empiece un nuevo día,
ya es hora de que todo siga igual,
rememorando mis últimos días
porque pronto todo acabará.
Tengo miedo de esta oscuridad que aún está por empezar.
¿De qué ha servido todo?
Si no hay nada más por dar.

Suelta las palabras como si se desprendiera de una bola de pelos atravesada en la garganta. Lentamente. Mira a Marta, que parece distraída. Happy puntea con la guitarra. Pipe no imagina el acompañamiento, solo escucha. La letra le resuena en el pecho. Se sobrecoge.

Joan es el más expresivo:

—De puta madre, ya sé cómo lo vamos a hacer. ¿Te acuerdas del *riff* del otro día, Happy? Podemos empezar con eso, yo toco los platos. —Y da toques suaves y rápidos con las baquetas en el *splash*—. Y tú, Pipe, puedes empezar con toques graves, bum-bum, bum-bum...

—No, así no —dice Manu sin admitir réplica—. Tiene que empezar cañera, como una descarga, algo así. —Se acerca al micro y con los labios simula la música.

Happy le pilla la idea y se suma con la guitarra. Joan no contesta y pisa rápido el pedal del bombo, Manu se mueve, cabecea, espera el momento y canta. Un grito de rabia.

—Un momento, un momento. —Joan para bruscamente—. Pipe, ¿qué pasa contigo? A ver si nos sigues.

—Necesito una birra. —Coge una de la bolsa—. Marta, ¿te haces un porro? —Le lanza la postura, que ella recoge con las dos manos. Da un trago largo—. Vamos allá, un, dos, tres...

Marta está sentada en una banqueta y observa su alrededor. El local les ha quedado bien, detrás de la batería hay una calavera que parece de jabalí y una bandera pirata. Lo han aislado con hueveras de cartón para que no se quejen los vecinos. Hace calor, pero se puede soportar. La canción sale a trompicones. Paran muchas veces, introducen elementos nuevos, le piden la opinión a Marta, beben cerveza, fuman, discuten. Se palpa una intensidad especial en el ambiente. Después de una hora y media la tienen. Saben que es buena. Es algo que no se puede explicar, una sensación colectiva, cuando todo encaja. Manu está eufórico. Es su angustia convertida en música. La canción ha quedado brutal. Pipe ha sentido cómo se le erizaba el vello de los brazos al tocar y sonríe ampliamente mientras se seca el sudor.

—Vamos a descansar. Luego la repetimos un par de veces para no olvidarnos y pasamos a las otras.

Manu se acerca a Marta y se sienta en la otra banqueta. Se ha quitado la camiseta.

—En una hora, más o menos, habremos acabado.

—Por mí tranquilo, estoy bien.

Pipe va hacia la puerta

—Voy a buscar más birras. ¿Me acompañas, Joan?

Happy deja la guitarra, y se acerca a Manu y a Marta.

—Oye, ¿habéis probado alguna vez la comida de gatos?

La carcajada de Marta hace reír por lo bajo a Happy, que apoya su mano en el hombro de Manu.

VIII

They say time has a way of healing,
Dries all the tears from your eyes
But, darling, it's this empty feeling
My heart can't disguise
Thin Lizzy, «Still in Love With You»

Los días son más largos y parece que la vida empuje. Decide salir a la calle. Dejarse mecer por el aire limpio, el de la primavera, esa que parecía que no iba a llegar nunca. A Marta le gusta caminar. Sus pensamientos vuelan libres, saltan de una cosa a otra, abstrayéndola completamente de lo que ocurre a su alrededor. Cuando se da cuenta, sus pasos la han encaminado hacia el barrio de la Ribera. Cuántas veces el cuerpo sabe lo que es necesario. Mira con alarma a su alrededor, pero no da media vuelta, esta vez sigue adelante, con el paso más lento, precavida. Hace tiempo que debería haber vuelto a esas calles que en su recuerdo quedaron congeladas. Cada vez que tenía que ir por esa parte de Barcelona daba un rodeo, casi sin pensar, para no internarse por sus entrañas. La diferencia más notable que percibe es el silencio. Ya no es aquel barrio bullicioso donde el sonido de las televisiones, las canciones y los gritos se mezclaban en un batiburrillo animado. Las calles están más limpias. De joven podía cruzarse con una rata del tamaño de un gato. Una noche, de regreso a casa, le cayó cerca una bolsa de basura que se reventó. Le fue de poco. Soltó un insulto al aire, aunque sabía que los ancianos las lanzaban desde sus casas poco antes de la hora de la recogida para no tener que bajar ni subir escaleras. No existían los contenedores y las bolsas se acumulaban en las esquinas de las calles un poco más anchas, por las que podía entrar el camión que las recogía. Entra por Verdaguer i Callís con una vorágine de emociones recorriéndole el cuerpo. La primera vez que pisó esta calle iba con el anuncio del periódico doblado en su mano izquierda. Había quedado a las once de la mañana con un trabajador de la administración de fincas para ver el que sería su piso. En casa de su madre buscó en el callejero de la ciudad la dirección y memorizó el dibujo del plano. Se le daban bien los mapas. Al entrar en la calle Sant Pere Mitjà y ver la parte más estrecha, donde los balcones de ambos lados se acercan sin llegar a tocarse, pensó que faltaba luz y deseó que, al ser un cuarto piso, entrara algo de sol. Con el contrato firmado, caminaría esa calle con la mochila llena de ropa, con cajas de libros traídas de una a una, en varios viajes en metro de ida y vuelta, pletórica, sin notar el peso ni el cansancio. El día en que se trasladó definitivamente, su madre, poco dada a expresar emociones, lloró con sollozos entrecortados. Amiga de rituales de paso, le regaló *El segundo sexo*, de Simone de Beauvoir, con una dedicatoria:

Al empezar tu vida de mujer libre...
que no pierdas la ternura y la sensibilidad
y que tengas la debilidad y la fortaleza
necesarias para encontrar nuevos caminos...
Vuelve siempre que quieras, esta también es tu casa.

Marta mete las manos en los bolsillos de la sudadera. Debería releer el libro.

Últimamente hace listas de lo que debe volver a leer, lugares para visitar, a quiénes ver. Aunque esto último con imaginarlo tiene bastante. Es más fácil dirimir cuentas mentalmente. ¿Dónde quedaron los nuevos caminos? Piensa que ella perdió la fortaleza y la debilidad necesarias.

La fortaleza y la debilidad.

La calle vira suavemente y se ensancha lo justo para pasar de la sombra al sol. Marta levanta la vista y observa los balcones con geranios rojos y rosados, citronelas moradas, jazmines, verbenas y fucsias en un estallido de color que se mezcla con la ropa que cuelga de los tendederos. Le fascina la intimidad tendida al sol: los calzoncillos de Superman, el uniforme de la brigada municipal de limpieza, las bragas blancas con florecitas rosas y puntillas, la camiseta amarillo limón, los tejanos negros con las rodilleras rotas. Cuando vivía allí, intentó alegrar su balcón con plantas, pero se le secaron. Estaba más preocupada por poner una sábana colgada de la puerta para que no pudieran verla desde el edificio de enfrente. Solía bromear que si asomaba el cuerpo podía darle la mano al vecino, de balcón a balcón, como si fueran una guirnalda. Se vuelve a detener. Desde donde se ha parado puede ver la esquina entre Mare de Déu del Pilar y Sant Pere Mitjà. Se retira el pelo de la cara y se ajusta el bolso al hombro. Busca en el bolsillo lateral el tabaco, el papel y las boquillas. Se lía un cigarro, lo enciende, aspira el humo, siente un mareo y cierra los ojos. Se ve andando a pasos firmes con la compra, de regreso a las tantas de la madrugada con el espray de defensa en la mano, de vuelta de la universidad, llena de palabras y proyectos, o un domingo por la mañana jugando con Manu.

La fortaleza y la debilidad.

Abre los ojos y trata de acompasar la respiración, silenciar el dolor que pugna por salir. Vuelve a caminar. El colmado de la esquina sigue existiendo, pero la bodega en la que compraban las cervezas se ha convertido en un taller de diseño de ropa. Se cruza con una señora mayor, encorvada, arrastrando un carrito de la compra. Por un segundo cree que es su vecina Sole y levanta la mano para saludarla, pero la baja al darse cuenta de que no puede seguir viva. Llega a la puerta del edificio. Pasa la mano con delicadeza por el rebozado de la pared y caen restos de pintura. Se agarra a las rejas negras de la portería y mira hacia el interior. Tarda unos segundos en acostumbrarse a la oscuridad. Los latidos del corazón le martillean los oídos. Parece la entrada secreta de un local clandestino. O de una mazmorra. No la recordaba tan pequeña. Han cambiado el color de las paredes, ya no es beis deslucido, sino de un naranja sucio, en el que los desconchones de humedad empiezan a hacerse visibles. Los cuatro buzones, colgados en la pared, tienen un par de puertas abiertas de las que salen folletos de propaganda. Hay más esparcidos por el suelo. Las escaleras, que tantas veces subió y bajó a saltos, son como las conserva en su memoria, estrechas y empinadas. Marta tiene los nudillos rojos de la fuerza con la que aprieta las rejas. Cuando Manu murió no quiso volver a vivir allí. Sin embargo, le daba pánico vaciar el piso, cerrarlo. Cada vez que su madre se lo sugería, perdía pie y tenía que sentarse. Ella estaba dispuesta a acompañarla, pero para Marta esa idea era peor, no soportaba añadir la preocupación de su madre a su propio abismo. Finalmente, la convenció Pipe. Fueron en su furgoneta. Al entrar al piso, Marta tuvo una crisis de llanto. Pipe no sabía qué hacer, le daba palmadas suaves en la espalda, hizo un amago de abrazarla, pero ella caminaba de un lado al otro y se erizaba como una gata.

—Tenemos que hacerlo rápido. Vamos, rápido.

Abría armarios y tiraba el contenido al suelo. Lo metía todo en bolsas y cajas. Pipe intentaba ayudar, señalaba distintos objetos y ella se limitaba a decir: «Eso sí», «No, no, déjalo como está». La violentó verle tocar las cosas de Manu. Como si fuera una profanación. Marta se llevó la mayoría de su ropa, algunas camisetas de Manu y su chupa de cuero, los discos, que llenaron varias cajas, cartas, casetes, álbumes de fotos y los libros. La estantería de madera. Y nada más. Dejó el equipo de música, los pósteres, los cojines, las telas, la jarapa, las sábanas y mantas, el espejito de Marruecos, los cacharros de cocina, la planta de interior, el resto de muebles.

—¿Seguro que no quieres llevarte el equipo de música? —Pipe la miraba consternado.

—Joder, sí, son mis cosas, ¿no? Pues déjalas y vámonos, por favor, vámonos.

La casa quedó desordenada y sucia, papeles y ropa tirados por el suelo. Al subir a la furgoneta, quiso alejarse a toda prisa. Metió las llaves del piso en un sobre y fueron a devolverlas.

Marta se resiste a irse, desearía tener el ánimo para subir al piso y pedir que la dejen entrar. Pero no quiere derrumbarse frente a extraños. ¿Qué les diría si todavía no sabe qué decirse a sí misma? Da la vuelta, se limpia el rostro con el dorso de la mano y sigue adelante. Busca puntos de referencia que no encuentra: el zapatero, la lechería. La droguería sobrevive. La panadería, también, aunque le han hecho una reforma y le han añadido mesas, sillas y una cristalera enorme. Gira para llegar a Sant Pere Més Baix y encaminarse a la calle donde estaba el restaurante Segura, al que iban a veces a comer el menú. Allí Manu le explicó que lo habían echado de Veneno. Avergonzado, con la mirada baja, preocupado por la reacción de Marta, tratando de convencerla de que no pasaba nada, de que no le importaba. Pero el Segura tampoco está. Con la reforma del mercado de Santa Catalina y la apertura de calles nuevas, el edificio ha dejado de existir y en su lugar se abre una avenida. Como una herida. Una herida en su memoria. Se esfuerza en recomponer la imagen que recuerda. El comedor, el rumor constante de conversaciones, los porrones de vino con gaseosa, el cartel blanco con las letras azules. ¿Eran azules? Intenta retener la imagen, pero se desvanece. El vacío de la nueva calle se impone. Entra por ella con extrañeza. Árboles pequeños a los lados y edificios nuevos, sin personalidad. Arquitectura carcelaria disfrazada de diseño moderno y funcional. Está cansada. Le pesan los pies, los hombros, los párpados. Gira hasta encontrarse con la plaza de Sant Agustí Vell y ve la terraza del Joanet con las mesas dispuestas. Aligera el paso y se sienta en una silla metálica. Resbala hasta apoyar el cuello en la barra del respaldo y mira hacia el cielo. Las nubes pasan veloces.

—¿Qué vas a tomar?

Se incorpora y mira a la joven que espera con un bloc en la mano.

—Una caña. Quiero una caña.

No puede evitar su voz decepcionada, no era a quién esperaba ver. La camarera se gira para irse, pero Marta la detiene.

—¿Y Joanet? ¿Está dentro?

—¿Lo conoces? —La chica sonríe con tristeza—. Es mi abuelo. No puede trabajar, aunque si fuera por él se pasaría el día aquí. Tiene párkinson y está muy avanzado.

1990

Manu vuelve a casa con el pan, los tomates y el jamón de York. Espera que Marta todavía esté en la cama, quiere darle una sorpresa. Es sábado y no tienen nada que hacer. Sube las escaleras hasta el último piso y abre la puerta.

—¿Eres tú? —pregunta la voz soñolienta de Marta.

—Ja, ja, ja. ¿Quién quieres que sea?

Manu va a la cocina, silba mientras parte la barra de pan en dos, abre cada trozo por la mitad y restriega los tomates. Mucho jamón para Marta, que si no se queja de que todo es pan. Coge la bolsa de plástico de la compra, mete los bocadillos en el fondo y hace un nudo para que no bailen.

Marta, en bragas y camiseta, asoma por la puerta.

—¿Qué haces?

—Vístete, nos vamos a la playa. —Manu sonríe al ver la cara de placer de Marta—. Espabila, dormilona, y lávate la cara que pareces un mapache con esas legañas.

—Vooooy.

Marta abre la ventana y mira el cielo. Hace sol. Se pone la parte de abajo del bikini, unas mallas, la camiseta y las sandalias. Aunque están en mayo, le gustaría bañarse. La inmensidad azul la relaja, la mirada sin obstáculos.

Bajan las escaleras entre risas. Manu con la bolsa de los bocadillos en una mano le da palmadas en el culo con la otra. Marta lleva el capazo con el libro y una toalla. Sabe que él no tocará el agua, no le gusta el mar y sospecha que no sabe nadar, aunque diga que sí. Caminan hasta el Passeig de Borbó. Las pocas terrazas están ocupadas por gente mayor tomando cafés con leche y carajillos. En un quiosco, un corrillo de hombres discute sobre los resultados de la Liga. Marta, con gestos desmesurados, le cuenta a Manu batallitas de su trabajo en La Bruixa. Llegan a la playa prácticamente vacía. Un solitario pasea con un perro, una mujer sale del agua. Avanzan sorteando los chiringuitos, compran una litrona de cerveza fría y se adentran en la arena. Marta brinca con las sandalias en la mano; Manu detrás, a paso lento, la mira. A veces le parece una niña. A menudo se impacienta cuando se pone así, le da la sensación de que cualquiera la puede engañar, hacerle daño. O que se le puede escapar de entre los dedos, como el agua. Qué fácil es hacerla feliz. Si no fuera por cuando lo interroga y persigue como una mosca cojonera, sería ideal, pero no se permite hacer planes con ella. No se lo permite. Mejor ir viéndolas venir. Se saca la goma que lleva en la muñeca y se recoge el pelo en una coleta. Marta extiende la toalla y se tumba. Manu se sienta entre sus piernas y se hace un porro mirando al horizonte. Esta semana le ha ido bien. Ha sacado más de dos mil duros con el costo. Si mantiene el ritmo, no tendrá que preocuparse y Marta dejará de presionarlo con el dinero. A ver si esta noche pueden darse un homenaje. Hace dos semanas que no salen y el otro día, en el ensayo, Pipe les recriminó que los veía poco. A Manu le gusta estar con Marta solos en casa, disfrutarse mutuamente sin que nadie interrumpa, escuchar música, grabar discos, cuidarse. Pero a ella le encanta salir. Es más sociable. Manu se quita las bambas y los calcetines, y entierra los pies en la arena. En días así la calma parece una realidad que podría mantenerse. Disipar las nubes negras de su cabeza. Su enojo con la vida, con su vida.

—Cuando era pequeño quería ser jugador de fútbol. Mi ídolo era Sotil. Me pasaba la vida con un balón arriba y abajo. No se me daba nada mal.

—¿Y qué pasó?

—Que el equipo del barrio desapareció y solo jugaba con mis amigos en un solar que quedaba cerca de casa. También quería ser inventor. —Sonríe para sí mismo—. Imaginaba que construiría algo ingenioso. Me gustaban las ciencias.

—Qué gracia. Te imagino de pequeño haciendo experimentos como un científico loco.

—Qué va, solo dibujaba los inventos. Pero hacía unos dibujos alucinantes, me pasaba horas.

—Pero dejaste de estudiar...

—Bueno, es que eso fue cuando tenía doce años. Después empecé a salir con los colegas, ya sabes... En el *casal de joves* del barrio había una batería pequeña, intenté aprender, pero era muy malo. Al acabar la EGB yo quería seguir estudiando, pero mi padre dijo que no. Tenía que trabajar. Intenté convencerlo de que me dejara hacer formación profesional, no sé, mecánico o electricista, pero tampoco quiso.

Marta se incorpora, se saca la camiseta dejando sus pezones al aire, se quita las mallas y corre hacia la orilla. Manu se ríe cuando la ve apartarse de un salto. Debe de estar fría. A quién se le ocurre. La mira con incredulidad cuando coge carrerilla y se lanza de cabeza. Marta grita y levanta los brazos. Sale, el agua le resbala por el cuerpo y Manu siente que va a tener una erección. Abre la cerveza y da un buen trago. Ella sacude la cabeza encima de él.

—¡Para, hostia, que está helada! —Se levanta y se aleja.

Marta aprovecha para tumbarse de espaldas.

Comen los bocadillos, remolonean un par de horas, se acarician, no aguantan más y deciden volver a casa para echar una siesta. Bajan las escaleras de Arc de Triomf, frente a los juzgados, cuando un coche de la policía frena aparatosamente. Descienden dos agentes y se paran frente a ellos.

—A ver, tú, la documentación.

A Marta la ignoran. Va a protestar cuando la mirada rápida de Manu le hace apretar los labios. La gente que pasa mira con curiosidad. Manu saca el carné del bolsillo y lo entrega. Mientras un policía se dirige al asiento delantero para comprobar los datos por radio, el otro lo empuja contra el coche.

—Las manos y las piernas separadas. ¿Qué estabas haciendo? —La voz es entre intimidatoria y burlona. Con el pie empuja una pierna de Manu para cada lado—. He dicho separadas. ¿O no sabes lo que es, maricón?

Marta no ve la cara de Manu, pero siente en su propio cuerpo cada manotazo del policía. Aprieta los puños.

—Estamos paseando, joder, no he hecho nada. —La voz de Manu suena hastiada.

—Nada, ¿eh? —El otro policía sale del vehículo y se acerca—. Pues tuviste una detención por posesión de drogas.

—Sí, pero me soltaron, seguro que también le han informado de eso...

—¿Te he dicho yo que hablaras? —Se dirige a su compañero—: ¿Lleva algo?

—No. Esta vez te libras, pero ándate con ojo.

Suben al coche y arrancan con la sirena encendida.

—No hables y no hagas gestos —dice Manu con las mejillas enrojecidas, endurece la voz—. Siempre es lo mismo, estoy hasta los huevos.

Caminan a paso rápido, giran por Rec Comtal y Manu relaja la expresión.

—Son unos cabrones. —Marta suelta el aire contenido, pero sigue con los puños apretados.

—Menuda novedad. —Mira hacia delante—. Venga, que no nos jodan el día, vamos al Joanet a tomar algo.

Le da un empujón con el codo, Marta lo reta con la mirada y echa a correr para ocupar la única mesa que queda vacía en la terraza.

***

Dos del Colectivo pintan la pancarta al ritmo de Platero y Tú, y el resto comenta la jugada. Acaban y se van al bar a comer un bocadillo. Los chistes y las carcajadas se mezclan con recomendaciones en voz baja. Marta está decepcionada porque Manu no ha llegado y antes de salir de casa le ha dicho que iría. Le molesta que no cumpla con su palabra. No solo porque lo espera, sino porque cree que queda en evidencia. Después de comer vuelven a por los espráis y la pancarta, y caminan en grupo hasta la plaza Universitat. Más de diez furgonetas de los antidisturbios están estacionadas una detrás de otra en la Ronda Sant Antoni. Se encuentran con la gente de Nou Barris y los okupas de la Kasa de la Muntanya. Saludos y noticias circulan entre los grupos. Bajan los del Ateneu de Gràcia y el Anti, se suman los de Hospitalet y Cornellà, aparecen los de Zona Franca. Avisan de que hay más furgonetas de la policía en la calle Pelai, en Ferran y en la parte baja de Les Rambles. El ambiente está caldeado, los insumisos presos aumentan. Algunas personas, vestidas de negro y con la cara tapada, pasan por los corrillos y les advierten que no se separen de la mani porque corre la información de que va a venir un grupo de nazis a reventarla, que se están juntando en plaza Espanya. Marta avisa a los del Colectivo y ve a Manu abriéndose paso entre los grupos.

—Lo siento, tía, esta mañana he tenido lío. Mucha gente, ¿no?

—Siempre sueltas lo mismo.

—No te mosquees, te he dicho que no he podido.

Marta baja la voz:

—Pues no haberme prometido que venías y ya está. Qué manía con hacer lo contrario de lo que dices.

—¿Quieres que me vaya? Porque me largo y te quedas tranquila.

—No, joder, no es eso. —Toma aire—. Encima dicen que los nazis se están organizando para cazar a los que se despisten de la mani.

Manu mira hacia las furgonas de la policía, levanta el brazo. Pipe se acerca desde Pelai.

—Tranquila, somos muchos.

Se escuchan las primeras consignas. La pancarta que abre la manifestación se despliega sujetada por algunos de los insumisos del Mili KK y del MOC que han salido de la cárcel. Del Colectivo no hay ninguno en la cabecera. A Marta le disgusta. Aunque los insumisos del Colectivo decidieron dejar de presentarse al juez para comunicarle su negativa a ir a la mili, varios, como Cani o Fede, habían ido a la cárcel y podían llevar la pancarta principal junto a los demás. En las últimas asambleas tuvieron discusiones sobre la represión y el desgaste que suponía el seguimiento legal. Llamaron al abogado para que explicara las consecuencias de no presentarse ante el juez. Varios insistieron en que fueran los insumisos los que tomaran la decisión y acordaron que, como no reconocían la autoridad de los jueces sobre sus vidas, no se iban a entregar. Se negaban a ser mártires o a que los utilizaran como moneda de cambio. Llamaron a su postura «insumisión total» aunque supusiera algo tan duro como la clandestinidad. No podían ir a la manifestación ni a las acciones. Seguían en comunicación constante y se les apoyaba cuando tenían que ir a lugares más discretos a vivir temporalmente. Las familias lo pasaban mal. Algunas ayudaron desde el principio con su experiencia de lucha contra la dictadura. A otras, la preocupación les hacía cuestionar cada paso y llamar continuamente al abogado, que no podía con todo: preparar defensas, tranquilizar familiares, coordinarse con los insumisos. Y en el Colectivo no tenían ni idea de cómo manejarlo. No supieron informar a las familias cuando hacía falta, apoyarlas, impulsar sus iniciativas, que hubieran descargado de trabajo a un colectivo pequeño y desbordado por los acontecimientos. Pero no fue fácil, no es fácil.

Se pone la manifestación en marcha y, cuando pasan frente a la policía, un grupo baila al coro de «Mucha policía, poca diversión, un error, un error». Algunos gritan «Policía asesina». Marta se vuelve para calcular cuántos son y no ve el final. Giran hacia Les Rambles para bajar por el lateral. Las familias que pasean mirando los animales en venta expuestos en los quioscos se detienen y observan a los manifestantes. Algunas, al ver a tantos jóvenes gritando, se dan la vuelta para subir hacia plaza Catalunya. Se acerca Alfredo y le dice a Marta, en voz baja, que son unos treinta los nazis congregados. Se escuchan petardos. Un grupo empieza a correr y muchos se les añaden. Falsa alarma. «Tranquilos, tranquilos, seguid andando», grita alguien. Marta se gira y ve a Manu y a Pipe hablando tranquilamente con una lata de cerveza cada uno. Llegan a Colón y se sitúan delante de Capitanía Militar. Frente al edificio, una doble fila de policías con casco, escudo y las porras en la mano. Los gritos son ensordecedores. Desde atrás, empiezan a llover huevos llenos de pintura roja que se estampan contra la pared. Hasta que uno cae en el casco de un policía. Entonces cargan. A conciencia. La estampida es general. Marta corre. Siente un golpe en los riñones que la catapulta dos metros hacia delante. Pierde de vista a Manu y a Pipe. Se dirige hacia la parada de metro de Drassanes. Escucha el ruido sordo de las balas de goma y agacha la cabeza. Un porrazo le golpea el muslo y se precipita por las escaleras. Dos chicos la agarran por los brazos y la llevan casi en volandas hasta los torniquetes de entrada. El andén está lleno de manifestantes. Marta baja en la siguiente parada, Liceu. Sale con precaución. En Les Rambles queda alguna gente. Poca. Dirige la vista hacia el puerto, una fila de antidisturbios impide el paso. A lo lejos distingue humo, escucha sirenas. Se mete por la calle del Carme, le duelen los golpes y se frota el muslo. La adelanta un grupo corriendo, mira hacia atrás y ve a unos seis antidisturbios golpeando a todo el que se cruza con ellos, se suma a la carrera y no para hasta llegar a la Oficina. Claudia espera con la puerta abierta y se quedan con las luces apagadas. Llegan las compañeras y compañeros del Colectivo, cada uno con sus historias. Los nazis le están haciendo parte del trabajo a la policía. Por las callejuelas del centro hay enfrentamientos, contenedores ardiendo y gente herida. El teléfono no para de sonar. Tres personas detenidas. A las diez de la noche van a la comisaría de Via Laietana: quieren presionar para que los suelten. Son unas cien personas esperando fuera. El abogado entra con bocadillos y tabaco para los que están dentro. Marta se siente cansada y le duele el cuerpo. Aparecen Manu y Pipe. Se han librado de la persecución metiéndose en un bar cerca de Correos. Manu avanza a grandes zancadas, la angustia en la mirada.

—¿Dónde estabas? Te hemos buscado por todas partes.

IX

That jukebox in the corner blasting out my favorite song
The nights are getting warmer, it won't be long,
Won't be long 'till the summer comes

Thin Lizzy, «The Boys Are Back in Town»

Están frente al mar en una de las terrazas de Poblenou, al borde de la arena. No se ven mucho. Happy lleva una vida sosegada en un pueblo de la costa con su mujer y su hija, y no sale casi nunca. Se le agravó un problema congénito en el corazón y le dieron la jubilación anticipada. Pipe cree que Happy se ha resignado y deja pasar los días como si no hubiera nada que hacer. Pero quién sabe lo que piensa o siente Happy. No era de los que hablaban de sí mismos. Cuando salían de fiesta parecía tener como única misión arrancar risas al grupo, distender la situación aun a costa de ponerse en ridículo. Hasta que se enamoró de Yolanda. Entonces todo eran canciones de Silvio Rodríguez, insinuaciones tímidas con el rostro encendido buscando respuestas en los ojos de los demás y risitas sofocadas cuando le preguntaban. Pipe sintió envidia y una cierta desesperación. ¿Cómo era posible? Antes de que Happy llevara a Yolanda al 25/9 les advirtió. La había conocido en el trabajo y no estaba acostumbrada a su ambiente. Le gastaron bromas porque estaba enamorado y la felicidad de ser correspondido le salía por los poros. Yolanda era una chica con el cabello rubio oscuro, exactamente del mismo tono que el de Happy. Hablaba poco, pero lo hacía con seguridad. Observaba a Pipe, Manu, Joan, Ana,

Alberto y Marta con atención mientras se disputaban la palabra para hacerla reír.

Ahora Pipe ve poco a Yolanda. En sus encuentros Happy suele llegar solo, pensativo, con andar pausado. Siguen sin tocarse cuando se saludan.

—Alucinarás cuando veas a mi hija. Ha dado un estirón y está hecha una belleza. Ha salido a su madre, voy a tener que controlarla.

—Mientras no se junte con gente como nosotros. —Pipe ríe y piensa en Candela. Crecen demasiado rápido.

—Pues a mí no me importaría, los hay mucho peores.

—Te veo bastante bien.

—Me lo tomo con calma. Me cuido y camino un par de horas cada día. —Happy no quiere hablar de su salud. Le genera desasosiego encontrar la conmiseración como respuesta. No quiere compartir el alejamiento que siente de su propio cuerpo. La desazón que le produce cuando pierde el dominio de sus movimientos y se da cuenta de que nunca volverá a ser el que era. La ruptura de la imagen de sí mismo. No quiere hablar de la impaciencia que ha descubierto en los ojos de Yolanda—. No me quejo. ¿Y tú? ¿Cómo estás?

—El otro día me encontré con Clara en el concierto de Metallica y nos saludamos de buen rollo. —Pipe se sintió raro. No podía evitar dirigir la mirada hacia donde estaba Clara, atento a sus movimientos, sus gestos. A quién saludaba, con quién hablaba. Como si un cordón tirara de él. No estaba lo suficientemente lejos de ella para disfrutar del concierto ni tan cerca como para integrarse en su grupo. Tuvo que hacer un esfuerzo para concentrarse en la música—. Estoy arreglando la casa. Marta va a venir este sábado a comer.

—¿Qué Marta? —Happy lo mira a los ojos y cambia la

expresión—. ¿En serio? ¿La has visto? ¿Sigue en Barcelona?

Pipe apoya el cuerpo en el respaldo de la silla, separa las piernas y le da un trago a la cerveza, satisfecho.

—Me llamó ella, está escribiendo una biografía de Phil Lynott. ¿Te imaginas? Estuvimos de bares en Gràcia hasta las tantas. Me preguntó por ti.

—¡Me gustaría verla! Justo el otro día pensaba en mi boda. —Le gusta recordarla en cuanto tiene ocasión. Como si fuera un amuleto. Cuando anunció que se iba a casar, sus padres le dijeron que era demasiado joven, podía esperar. Pero Happy tenía prisa, Yolanda estaba segura y sus hermanos los ayudaron a organizarla. La ceremonia civil y la fiesta se celebraron en un restaurante especializado en festejos de la Barceloneta y fueron Pipe, Manu y Marta además de la familia y otros amigos—. Cuando Yolanda y yo llegamos a casa, intenté entrar con ella en brazos y nos caímos. No sé cuánto tiempo pasó con ella encima de mí, los dos en el suelo. Creo que hasta nos quedamos dormidos. —Le brillan los ojos. Su pelo es más escaso, pero no tiene canas, algo en su expresión se mantiene joven, confiado.

Pipe lo escucha con paciencia. Ha oído esta historia muchas veces. Happy se da cuenta.

—¿Y qué es de su vida?

—Está sola, ¿te lo puedes creer? Nunca imaginé que Marta acabaría sola. No me cabe en la cabeza. Tendrías que verla, está distinta, insegura, no sé...

—¿Qué quieres decir? ¿Está triste? —Happy intenta imaginar a la Marta que le describe Pipe.

—No, no es tristeza. Está más distante, como a la defensiva.

—Bueno, tú tampoco eres el mismo, ni yo. Mira tus canas, cabrón.

—Ya lo sé, aunque fue extraño. A ratos era la Marta de antes, pero otros parecía que estuviera muy lejos. Tampoco me quiso contar mucho. —Pipe reflexiona—. De su vida, quiero decir.

—Seguro que tampoco la dejaste.

—No creas, no parecía que tuviera muchas ganas. Desde que la vi pienso todo el rato en Veneno, lo echo de menos, echo de menos los ensayos, los conciertos. No deberíamos haberlo dejado.

—Nos dispersamos, Pipe. No hacíamos canciones nuevas, no nos salían, ¿no te acuerdas? Sin Manu y sin Joan no se nos ocurrían. Siempre tocábamos el mismo repertorio. No podíamos estar probando gente nueva cada tres meses. Estábamos rotos.

—Porque no lo intentamos, nos rendimos demasiado pronto.

—Simplemente se acabó. No sé por qué le das vueltas. Las cosas son así, empiezan y acaban.

—Pues yo siento un vacío de la hostia, como si viera la vida desde la barrera.

—Pues monta un grupo.

—No sé, no solo es eso, pero mira, igual lo hago, aunque sea para tocar versiones. ¿Te apuntarías?

—¿Yo? ¿Estás loco o qué? Ni hablar, a mí déjame tranquilo.

1991

Cargan los instrumentos en la furgoneta. Es temprano. Tienen dos horas de camino por delante. Pipe les regaña por ponerlos mal en el portaequipajes, Manu se frota las manos y camina de un lado al otro, Joan asume la dirección y da órdenes que nadie escucha, Happy se ríe sin acabar de soltar la guitarra, Marta quiere ponerse en camino. Va a ser su primer concierto, en un bar de Mora d'Ebre, como teloneros de Últimos de Cuba. Logran meterlo todo en el maletero. Pipe conduce, Happy va en el asiento del copiloto y detrás, Marta, Manu y Joan. Han ensayado mucho y pueden tocar temas propios y algunas versiones durante poco más de media hora. No van a cobrar nada, incluso pagarían para poder tocar. Les han asegurado la cena y las bebidas. Yolanda y su hermana irán más tarde.

—¿Alguien lleva la lista de temas en orden? —pregunta Joan.

—Sí —contesta Manu—. La hice ayer por la noche. La he escrito cuatro veces para que cada uno tenga la suya.

Pipe suelta una carcajada.

—Qué optimista. No creo que tengamos un escenario de veinte metros.

Manu se sonroja.

—Así me aseguro de que nadie se equivoca de canción y no hacéis que me pierda...

—He pensado que podríamos acabar con «Un nuevo día». —Joan adelanta su cuerpo—. Es la más cañera.

—Mira, tío, lo hablamos ayer, no la vuelvas a liar y pasa ese porro.

Pipe alarga la mano hacia atrás y se lo arranca de los dedos. La furgoneta da un bandazo. Marta mira el campo, más amarillo que verde, casi listo para la siega. Apoya la cabeza en el hombro de Manu sin apartar la vista de la ventana. Ha estado muy inquieto. Varios amigos del 25/9 irán al concierto y cuando lo supo se puso peor. No es lo mismo actuar para desconocidos que frente a los colegas. Marta no dice nada. El único que habla es Joan, que cuenta cómo conoció a Últimos de Cuba. Por eso, los han invitado a este concierto.

Se detienen para comer en un pueblo y Marta sale la primera de la furgoneta.

—Venga, artistas, os voy a hacer unas fotos para la posteridad. —Saca la réflex que le regaló su tío—. ¿Dónde os ponéis?

Les hace fotos parodiando a un grupo de gira, al lado de la furgoneta, en medio de la calzada, por la que no pasa ni un alma, debajo del cartel de MORA D'EBRE, 21 KM, frente al bar de carretera. Cuando Marta las lleve a revelar le dará rabia no salir en ninguna, como si no hubiera estado. Se instalan en una mesa en el centro del bar. Al pedir la comida y las bebidas al camarero cambian de opinión, se interrumpen, se desdicen y acaban con un ataque de risa colectivo.

—Lo vamos a petar —dice Pipe—. Con este a la guitarra se van a quedar flipados.

Happy ríe.

—Manu, ¿repasaste las canciones? —pregunta Joan.

—Que sí, tío, que sí. Además, si me olvido de algo me pongo a gritar y se acabó. Dejadme en paz.

—Si no faltaras a los ensayos... —le recrimina Joan.

Manu mira de reojo a Marta, que parece no haberse dado cuenta.

—No te pases que en las últimas semanas no he faltado ni un día.

Pipe le da un manotazo en el hombro.

—Venga, gente, relajaos, vamos a tomar otra ronda.

Vuelven a la furgoneta, ponen «Maneras de vivir», de Leño, y cantan a coro. Llegan. En la puerta del *pub* hay movimiento. Últimos de Cuba descargan su equipo. Saludos, bromas y cierta reverencia. Tienen decenas de conciertos a sus espaldas. El contraste entre el sol cegador y la penumbra del local los obliga a acostumbrar la vista. Es pequeño y apesta a lejía y a cerveza rancia. Dejan los instrumentos y amplificadores al lado del escenario de cuatro metros cuadrados y apenas elevado un palmo del suelo. Se sientan en unos sofás con unas cervezas mientras escuchan a Últimos de Cuba hacer la prueba de sonido. Se ponen nerviosos, suenan muy bien. Después les toca a ellos y Manu se mueve por el espacio reducido del escenario como un león enjaulado. Prueba el micro.

—Hola, hola, un, dos, un, dos, tres.

Se acercan los miembros de Últimos de Cuba a bromear con Marta. Manu la mira fijamente mientras canta. Tocan un par de canciones y, si se equivocan, Marta no se da cuenta. Al terminar se acercan a ella. «¿Hay que subir la voz? ¿Se oye el bajo? La guitarra no suena limpia, ¿verdad?».

Marta levanta las manos.

—¡Eh! ¡Que ha sonado genial!

Manu le pasa el brazo por los hombros y mira alrededor, desafiante. La energía aumenta cuando Últimos de Cuba los felicitan, cosa que no harán cuando termine el concierto. Por la puerta aparece el grupo de amigos del 25/9 y poco después Yolanda con su hermana. El *pub* se llena, hay cierta bravuconería y miradas alrededor para marcar territorio. Marta fuma sin parar y habla a toda velocidad con unos y otros. Cada quien lleva la tensión como puede. Se apagan las luces y se encienden los dos focos que iluminan el escenario. La gente se apelotona delante. Unas cincuenta personas. Marta se abre paso hasta situarse frente a ellos, si quisiera los podría tocar. Las canciones, que se sabe de memoria, se introducen en su cuerpo y le resuenan en la cavidad torácica. Salta, canta, grita y aplaude. Manu, plantado con firmeza, las piernas separadas, la mirada rabiosa. Con el micrófono pegado a los labios parece que no haya hecho otra cosa en su vida. Marta lo mira con la boca abierta. Se ríe sola. Pipe también ríe y mira hacia el público con provocación. Happy no levanta la cabeza, ni siquiera mira el mástil de la guitarra, el sudor le empapa la camiseta. A Joan no se le ve detrás de los platos, pero hace sonar el pedal del bombo como un corazón desbocado.

Acaban y la gente estalla en gritos, silbidos y aplausos. Manu sale del escenario y va directo hacia Marta, la besa mientras la gente le da palmadas en la espalda y le dice cosas que no escucha. Algo aturdido. Nunca se había sentido tan bien en su propia piel. Le dice a Marta que necesita una cerveza y ella le grita: «De puta madre, de puta madre, joder, de puta madre». Se acerca Pipe y Marta lo abraza. Los tres van hacia la barra, donde Yolanda los espera. Ven a Joan hablar con los amigos que han ido a verlos y a Happy que avanza hacia ellos, rojo, con una sonrisa tímida contestando hacia los lados, «Sí, sí, gracias, sí, qué bueno, sí...». Se ríen de sus esfuerzos por llegar. Por fin, los alcanza y les dice en voz baja: «Lo hemos hecho, lo hemos hecho». Se felicitan, se lo cuentan. La música vuelve a sonar, Últimos de Cuba están tocando. Suenan increíbles y el público se vuelve loco.

Pipe comenta: «No están mal» y estallan en carcajadas.

X

Tell my brother I tried to write and
Put pen to paper but I was frightened,
I couldn't seem to get the words out right
Thin Lizzy, «Got To Give It Up»

Los primeros en florecer han sido el geranio rojo y el rosa. Faltan el blanco y el morado. Ha salido a regar y a disfrutar del cielo despejado después de pasarse el día frente al ordenador. Marta mira pensativa las azoteas y los tejados de los edificios, la montaña del Tibidabo al fondo, la antena gigante a su izquierda, como un vigilante severo de los desmanes de la ciudad. Tiene la primera parte de la biografía escrita. No debería haberla releído. Mejor seguir hasta acabar un primer borrador, pero mañana ha de ver a Luis para revisar los avances. Se ha quedado encallada en el punto en el que Phil, Eric y Brian, como Thin Lizzy, decidieron irse a Londres porque en Irlanda los grupos de *rock* con material propio lo tenían difícil para hacerse un lugar y vivir de la música. El ambiente era asfixiante.

Quizás se ha quedado encallada en esa parte porque Phil Lynott tenía alrededor de veinte años y quería vivir una vida distinta en un entorno que Marta imagina en blanco y negro. El Dublín de entonces le hace pensar en la Barcelona de principios de los noventa. Tan gris, tan sucia. Las calles, donde pasaban horas, se les hacían pequeñas, y los bares y los centros sociales eran un balón de oxígeno. La decisión de marcharse a ensanchar horizontes de Thin Lizzy le hace pensar en sus viajes a Londres, a Ámsterdam, a Berlín, en autocares o trenes que tardaban horas y los trasladaban a un planeta distinto. Recuerda las escapadas en autostop al País Vasco, donde parecía que había más movimiento. Hervía de conciertos, proyectos, locura, violencia y represión. Aparecían grupos de música hasta en los pueblos más pequeños y se organizaban procesiones ateas que escandalizaban a las familias de misa de domingo. La gente les hacía sentir parte de lo que ocurría nada más llegar. Gente que preguntaba por la movida en Barcelona, con la que luego intercambiaban cintas de casete y fanzines por correo, que los acogía y les daba información y techo al llegar con hambre de novedades y casi nada en los bolsillos.

Como ellos, Phil no tenía dinero, pero no paraba quieto, nunca tenía suficiente. Se le podía encontrar en los clubs, hablando con otros grupos para conocer los secretos del *show business,* en el parque Saint Stephen's fumando porros con los amigos, en recitales de poesía, ensayando, regateando el plato de espaguetis en el restaurante italiano de la esquina, coqueteando con las vendedoras de ropa de segunda mano, escribiendo letras en las servilletas de los bares con gesto concentrado. Tenía una novia invisible que se fue con él a Londres con la osadía de quien todavía cree que puede comerse el mundo. Phil quería más, mucho más. Hasta que llegó su primer éxito con la versión de una canción tradicional irlandesa.

Marta no quiere terminar esta parte de la biografía. Le gustaría quedarse a vivir en ella. Una etapa pletórica. Por eso está encallada, aunque no se lo diga y culpe a su falta de técnica. Se recrea en las escenas y se deja invadir por las imágenes de cuando ella era joven. Hay un punto de nostalgia gozosa que se mezcla con la propia idealización de su pasado. La imagen que quiere conservar. Antes del parteaguas. Aunque muchos se quedaran en el camino, como un compañero de La Bruixa, que se perdió en un mal viaje de tripi y acabó ingresado en un psiquiátrico. Y no salió. Fernando, al que encontraron muerto en un portal con la jeringa en el brazo. O la hermana de Alberto, que se tiró de un quinto piso. El ansia de vivir de otro modo se daba de bruces, una y otra vez, con la violencia que se respiraba. Las palizas de los nazis, las persecuciones policiales, los encarcelamientos, la precariedad, las huidas a ninguna parte, el juez instalado en el interior de cada uno. La violencia. Hasta en el sobrevivir. O especialmente en el sobrevivir.

Phil Lynott tenía que revender los discos que les entregó la compañía para poner un plato de comida en la mesa, tragarse las decepciones con las promesas que nunca se cumplían, aquello tan inglés de NO IRISH, NO BLACKS, NO DOGS a las entradas de los *pubs* de Londres. En ese orden. No debió de ser fácil aguantar sin dejarse vencer.

A pesar de todo, Marta puede idealizar aquella época porque fue apasionada e intensa y porque sabe lo que viene luego. Y le da vértigo. Como si se acercara a un acantilado y supiera que, antes o después, va a tener que lanzarse.

1991

Entre las paradas para tomar algo, mear, poner gasolina o las que hacen porque les gusta el nombre del pueblo, tardan más de seis horas en llegar a Pamplona. Un aire caliente los golpea como si hubieran llegado al desierto. Marta nota el sudor que le resbala desde las axilas y moja la camiseta de tirantes. El parque parece un hormiguero de gente con pañuelos rojos, camisas, pantalones y faldas blancas con grandes lamparones de vino. Música y *txoznas*. El entusiasmo es contagioso y caminan rápido hacia la primera barra que encuentran con música de Eskorbuto. Mientras piden vasos de cerveza de medio litro, Pipe le pregunta a una chica dónde puede conseguir la programación de conciertos. Ella coge un folleto de la esquina del mostrador y se lo da.

—¿Lo veis? Os dije que esta noche tocaba Barricada.

—Vamos y nos comemos el tripi —dice Happy.

—A mí, de momento, dejadme con la birra que no son ni las cinco de la tarde. —Manu le hace cosquillas a Marta—. Vamos a dar una vuelta por la parte vieja.

Se cruzan con cuadrillas de jóvenes, borrachos que se tambalean, extranjeros que parecen *hooligans* de algún equipo de fútbol. Huele a orín, sudor, vino rancio y hachís. Las calles están tan llenas que cuesta avanzar. Pierden la cuenta de los bares a los que entran, de los pinchos que comen, de las bromas con gente que acaban de conocer y a la que olvidan nada más volver a la calle. Se dirigen a otro bar desde el que oyen cánticos, cuando Pipe escucha un grito a su espalda, se gira y ve a Olga y a un hombre alto, con el pelo largo, rubio y la piel enrojecida. Se acercan a ellos. Marta se caga en todo. Olga está espectacular, con los pantalones de cuero negro ceñidos, las botas rojas, una camiseta de Metallica, una chaqueta de cuero también roja y el pelo rubio, corto. Los ojos azules perfilados con lápiz oscuro. Marta se encoge. Está deslumbrada, Olga siempre la deslumbra. Manu saluda con un lacónico «Hola» que apenas se escucha. Happy es efusivo, le da besos a Olga y la mano al alemán, que balbucea algunas palabras en castellano. Pipe aprovecha para hablarle rápido y reírse en sus narices mientras le da palmadas en la espalda.

—¿Vais al concierto de Barricada? Genial, nos vemos allí. —Olga, sin dar tiempo a la respuesta, coge de la mano al vikingo y se van calle abajo.

—Joder con Olga —dice Pipe—. Ese tío es un gigante. ¿Tú te has quedado de cómo se llama?

—Para qué —ríe Manu—, si no se enteraba de nada.

Marta entra en el bar a buscar cervezas. Es la manera más rápida de recomponerse. Va hacia el baño, mete la cabeza debajo del grifo y deja correr el agua por la nuca. Se seca la cara con la camiseta, se sacude el pelo, se mira en el espejo. Qué desastre. Se sienta en la taza del váter y se hace una raya. No avisa a los demás. Que se jodan. Aspira fuerte, se limpia la nariz y va hacia la barra. Sale haciendo equilibrios con las cuatro cervezas.

—¿Qué? ¿Nos comemos un cuarto de tripi y vamos al concierto?

—Vas fuerte, ¿eh?

Pipe saca la cartera, busca el cuadradito de cartón y con una navaja pequeña lo corta en cuatro partes. Manu duda. No debería, ha tomado demasiada cerveza, demasiadas rayas. Los fines de semana en los que no duerme lo dejan destrozado. Cada vez más a menudo.

—Venga, tío, que si no nos metemos todos no tiene gracia, vas a parecer nuestra niñera.

Pipe le aprieta las mejillas con una mano, le abre la boca y le mete el cuarto de tripi. Marta es la siguiente. Nunca toma más de un cuarto porque le da miedo perder el control. Ha visto malos viajes y ha acompañado ataques de pánico que duran horas. Largas y angustiosas horas. El efecto es lento. Durante un rato pensará que no le ha hecho nada, más allá de los ataques de risa que les dan cada vez que se miran, o alguien les dice algo o Happy se choca con una farola o a Pipe se le cae el cigarro de los labios por andar con la boca abierta. Manu los mira con ojos extraviados, un atisbo de terror en la mirada.

Te han llamado barrio conflictivo.
Te han buscado, te intentan destrozar,
has mirado muchas veces al cielo,
con rabia entre los dientes,
con ganas de correr.

Los coros de la gente impiden que se escuche la voz del Drogas. Debe de haber miles de personas. Se abren paso dando empujones. Marta trata de sacar la cabeza entre las espaldas de la muchedumbre. Saltan excitados. Pipe no sabe en qué momento se le tuerce la noche a Manu. Marta piensa que es por el encuentro con Olga. Happy dice que eso son tonterías, que últimamente está más serio, que le ha sentado mal el tripi. Marta hace rato que lo ha perdido de vista y Pipe le comenta que se ha ido a la furgoneta. El concierto es en el parque y no queda lejos. Marta camina con aprensión sin mirar hacia los lados para que nada la despiste. Ni la espante. Manu está en el asiento de atrás con los ojos desencajados. Marta intenta entrar, pero la puerta está cerrada, golpea con los nudillos. Manu la mira, cierra los ojos, la vuelve a mirar y abre la puerta.

—Sabía que no debía comérmelo, lo sabía.

No deja de repetirlo. Marta trata de calmarlo.

—Piensa que es un tripi. En nada se te pasa, ya verás.

—¡Déjame solo! —Al ver su expresión suaviza la voz y articula las palabras con esfuerzo—: Quiero estar solo, me agobia tanta gente. No pasa nada, de verdad. Vete, nos veremos luego.

—¿Seguro?

—Seguro.

Manu mira la espalda de Marta hasta que se pierde entre la gente. La angustia le come las entrañas. Como si la fuera a perder definitivamente. Suda. Hubiera preferido no encontrarse con Olga. No la echa de menos pero cuando la ve siente la derrota y la culpa en los huesos. El rey desnudo. En el concierto ha empezado a ver cuerpos en descomposición. Intentaba distinguir los rasgos de lo que sabía que eran personas, pero no lo conseguía. Vio la carne deshacerse en el rostro de Marta y la congoja se volvió insoportable. Le pidió las llaves de la furgoneta a Pipe. Está aterrorizado. El tripi ha abierto la puerta del foso. Manu vive instalado en una madeja de mentiras que le ofrecen el aire que necesita para tener el miedo controlado. Evitar las miradas acusadoras, su propia mirada acusadora. Casi había conseguido creérselas. Pero las mentiras crecen hasta convertirse en barreras infranqueables y se siente solo. La mente se desboca. Le atacan pensamientos lúgubres. Callejones sin salida.

Cierra los párpados para no ver las figuras que pasan por el lado del coche. Se sujeta la cabeza con las manos. Está cansado. Sobre todo cansado.

Oye su nombre y abre los ojos. La luz del día es dolorosa. Se incorpora y mira por la ventanilla tratando de entender. Se acercan Pipe, Happy y Marta, sucios, sonrientes, con las pupilas dilatadas. Manu tiene la boca seca. Abre la puerta del coche.

—Qué pasa, tío. ¿Estás mejor?

Marta le alcanza una botella de cola. Fría. Manu se la bebe de un trago. Sonríe.

—¿Vamos a desayunar? Tengo muchísima hambre.

***

Marta, sofocada, se enciende un cigarro y trata de ocultar el temblor de sus manos. Georgina da su opinión mientras Fede y Manolo hablan entre ellos. No la escuchan. Marta se acalora más al darse cuenta. Otra vez, está pasando otra vez. Está harta de que cuando una de ellas habla sigan las conversaciones como rumor de fondo. Como si fuera un intermedio o la hora del recreo. Georgina no pierde la calma.

—Deberíamos hablar de cómo nos cuidamos entre nosotros porque si no, nos vamos a quemar.

La carcajada de Miguel calla las conversaciones paralelas.

—¿Y qué quieres? ¿Que hagamos terapia de grupo? No os dejéis llevar por los nervios, que tenemos demasiado trabajo.

La discusión ha empezado porque Manolo ha preguntado por Cani, que no viene desde que salió de la cárcel. Fede ha dicho que solo había estado en el Colectivo para ver si podía librarse, que con esa gente ya se sabía, que no tenían ni idea de política. Alberto ha saltado:

—¿Hablas en serio? Deberías saber cómo salió de la cárcel, está hecho polvo. Pero no tienes ni idea porque ni siquiera te has preocupado.

—Tenemos que revisar cómo funcionamos, siempre se escucha a los mismos, joder. Además, venís con las decisiones tomadas y la asamblea solo sirve para daros la razón. —Marta intenta controlar el tono de voz.

—¿Se puede saber qué os pasa? No podemos perder la perspectiva, ya tenemos suficiente con la represión.

—Eso, lo importante son los insumisos y no estamos para gilipolleces.

—¿Y el Cani qué es? Encima ha pringado cárcel, joder. —Alberto se levanta de la silla.

—Yo también he pasado un año y estoy aquí, eso no es excusa, podría haber puesto más de su parte —Fede habla con voz grave y la mayoría asiente a sus palabras.

—¿De su parte en qué? —Marta grita fuera de sí—. Curraba como el que más, se lo llevaron al talego y nadie hizo nada. Tú, sí, Fede, claro, cada vez que hablas todo el mundo calla.

—No faltes al respeto y no personalices, es responsabilidad colectiva.

—Eso no es cierto —dice Georgina con suavidad—. Hay muchas maneras de personalizar. No escuchar y no tener en cuenta a alguien también es personalizar.

—Pero, bueno, ¿esto qué es? ¿Un motín? Tenemos puntos urgentes en la agenda —dice Miguel—. No me mires así, Georgina, que lo he dicho en broma.

—Sí, claro, en broma —interviene Alberto con rabia—. Yo me largo y que os jodan a todos.

Se hace un silencio mientras Alberto baja las escaleras y sale de la Oficina dando un portazo. Manolo propone cambiar el orden del día y hacer una lista de los temas que generan conflicto, también cree que hay cosas que deben modificarse. Varias voces lo interrumpen, empiezan a hablar a la vez, a cuestionar, a pisarse los unos a los otros. A no escuchar. Sobre todo, a no escuchar. Sentencias, bromas burdas, descalificaciones. Durante la discusión, Marta piensa en las ocasiones en las que se ha sentido ridiculizada por hablar demasiado, por discutir con pasión. Es verdad, lo suyo es personal, pero ¿qué no lo es? Piensa en Cani y se mezclan los reproches con su propia vergüenza. Marta tampoco ha sabido hacerlo. Se levanta y anuncia que también se larga. Cuatro personas más se van con ella.

Camina de regreso a casa enfadada y triste. Es como si hubiera arrancado de cuajo una parte de sí misma que le daba sentido a su manera de entender el mundo. Tampoco puede sacarse de encima la sensación de haberlo hecho mal, aunque haya actitudes que la subleven. Cree firmemente que no hay ética sin estética, como decía un profesor de la universidad. Pero la situación es jodida para los insumisos y piensa que los está abandonando a su suerte. Que se abandona.

Marta llega a casa, tensa, y se desahoga con Manu. Él sonríe con satisfacción.

—Se veía venir, van por el mundo como si solo ellos supieran de qué va.

Sus palabras conectan con el enfado de Marta. Durante unos minutos. Hasta que algo en su interior las rechaza. Se pregunta si salir del Colectivo no la ha convertido en cómplice de la represión. Georgina se ha quedado, ha sido más generosa que ella. Se pregunta de qué manera puede seguir participando. La atosigan las dudas. Su mundo se reduce.

***

Llega temprano a la Monumental y los de seguridad le revisan la mochila. Le dicen que es por normativa, más dura desde que se han incrementado las protestas contra la celebración de las Olimpiadas. «Si no hay pan, que no haya circo». Apretones de manos y palmadas en la espalda a medida que llega el resto del equipo. La plaza de toros impone. Con sus siete torres rodeando la estructura circular por el exterior y la doble gradería en el interior. Mira hacia arriba, dando la vuelta sobre sí mismo, y admira los arcos del segundo nivel, delicados y elegantes. Nunca había entrado, aunque en los últimos años se han celebrado algunos conciertos además de las corridas de toros. Manu no quiere equivocarse y en una libreta apunta las instrucciones del jefe como un alumno aplicado. Por fin, lo han llamado de una de las empresas de montaje de escenarios, iluminación y sonido de conciertos. El ambiente es de camaradería. Esta noche toca Mecano. Manu llevaba meses corriendo la voz de que buscaba trabajo en el mundillo y preguntando entre conocidos. Sin respuesta. Llegó a pensar que los señalamientos que lo persiguen habían ganado la partida. Hasta que lo llamaron para este concierto. Vivir de cualquier manera de la música es su sueño. Le han dado una camiseta negra con el nombre de la empresa. Salva, al que conoce del Colectivo, lo tranquiliza: «Tú quédate conmigo». Fue él quien le dijo a Marta que sí, que podía ir con Chus a vender bengalas al concierto. Tenían que estar en la puerta de carga y descarga media hora antes de empezar, para que pudiera colarlos. Manu no se hubiera atrevido a pedirlo. No su primer día en la empresa. No ahora que cuentan con él. Le gustaría que Marta pudiera verlo, subiendo al andamio, colocando los focos, comiendo el bocadillo del mediodía en la escasa sombra de las gradas. No encuentra las palabras para expresar lo que siente. La sensación de haber llegado a puerto. O quizás se las guarda para no mostrar su fragilidad. Conseguir que la mirada de Marta borre el laberinto del que no sabe cómo salir.

La impostura.

Últimamente la nota un poco distante. Igual es porque cursa su último año de carrera, porque ha entrado gente nueva en La Bruixa, porque salen poco o porque se está cansando de él. Habla menos y se enfada más. Cualquier detalle se convierte en un problema que la enfurece. Aunque cuando le dijo que le habían dado el trabajo saltaba por la casa como una posesa y follaron como locos en el sofá.

El jefe les ha sacado unas cervezas de los camerinos y se ha asegurado de que llevan colgadas las acreditaciones. Está contento. Manu estira los brazos. Le gusta aprender y no ha sido difícil. Espera que lo vuelvan a llamar.

Se acerca Salva.

—Marta y Chus han llegado, están esperándote en la puerta de carga.

Ya no se acordaba. Ha perdido la noción del tiempo. Se ha descubierto ágil, fuerte, preciso. Le ha gustado la sensación de formar parte del entramado, de ser uno más en la máquina engrasada del montaje que oscila entre la concentración en las partes complejas y las bromas cuando se ha logrado terminarlas.

Marta y Chus van con dos mochilas cargadas de paquetes de bengalas. Han comprado cada paquete por quince pesetas en Mataró y los van a vender a cien pesetas. Salva les explica por dónde se moverán los de seguridad, que tienen que evitar a toda costa. Vender dentro del concierto está prohibido. Saludan a los del equipo de montaje, que conocen de movidas y conciertos. Manu aprovecha para mostrarles el recinto y lo que han hecho. Cómo han montado las estructuras, que ahora parecen un extraño animal en terreno ajeno. Les cuenta algunas anécdotas. Presume. Grupos de chicas entran corriendo para ponerse frente al escenario. Como hormigas, filas interminables de personas suben las distintas escaleras para sentarse en las gradas mientras el sol se oculta. Se apagan las luces y los compases de «La fuerza del destino» suenan con fuerza. Marta y Chus, confundidos entre el público, venderán todas las bengalas, saldrán antes de que termine y se sacarán más de doce mil pesetas cada uno.

Al día siguiente, Manu y Marta irán a celebrarlo al Segura con una comida, vino, postre y carajillo.

Han entrado en una buena racha.

XI

I used to be a dreamer
But I realize that it's not my style at all.
In fact it becomes clearer that a dreamer
Doesn't stand a chance at all
Thin Lizzy, «Get Out of Here»

Compra morcillas y costillas de cordero. Cebolletas tiernas, berenjenas y pimientos rojos porque está seguro de que Marta va a querer verduras. Con el vino se entretiene más. Se decide por dos botellas de un rioja crianza y añade al carro un paquete de doce latas de cerveza. Mejor que sobren.

No hay nubes a la vista a pesar de que anunciaban chubascos. Podrán comer en la terraza. No se imaginaba lo nervioso que se pondría. Más nervioso que cuando se vieron hace un mes. Entonces se confundían las ganas y la precaución. Ahora no puede quitarse de encima el hormigueo constante. Se ríe de sí mismo. «Vamos, Pipe, que es tu amiga de siempre, no seas tonto». Tal vez le pasa porque con el asunto del juzgado y la tutela solucionado puede mirar hacia delante. Se sorprende haciendo planes que antes ni se le hubieran ocurrido. Ir a algún lugar en el que no haya estado, las Baleares o Andalucía, incluso salir al extranjero. Se imagina haciendo estos planes con Marta. Ella era la que se movía de un lado para el otro, la que viajó a Ámsterdam con Manu, la que se fue sola por ahí cuando no podía con su tristeza. Él es más de moverse por los mismos sitios, aunque tampoco hay que ir demasiado lejos para adentrarse en territorio desconocido. Como cuando fue a Madrid a visitar a la chica que había conocido por Internet y con la que hablaba por teléfono. Antes de ir a dormir. Una voz que le hacía compañía, con la que se sentía importante para alguien. Pero Madrid se convirtió en un fiasco. Ahora ella quería quedar, ahora no. Pipe fue de desconcierto en desconcierto hasta que, decepcionado, regresó a Barcelona con mal sabor de boca y sintiéndose un imbécil. Decidió concentrarse en Candela y dejarse de estupideces. Y Marta volvió a aparecer. Después de una vida. Piensa en cómo se distanciaron. La veía caer cada vez más hondo sin dejarse ayudar, sin escuchar, como una kamikaze. Pipe conoció a Clara y se enamoró. Estaba tan emocionado que dejó de estar pendiente y Marta se perdió. Como cuando alguien se aleja entre la niebla.

Pasa revista al piso. La única habitación acogedora es la de Candela. El resto, aparte del póster de los Veneno en el concierto de la plaza de la Virreïna, está vacío. Podría ser la casa de cualquiera. O la casa de nadie. Marta se va a fijar. Recuerda los detalles y el mimo con el que decoraba su casa de Sant Pere Mitjà, excepto la pared del fondo de la sala, la que estaba forrada con corcho, que ocupó Manu con sus pósteres. Sale a la terraza, mueve la mesa por tercera vez, mejor que tenga una parte de sol y otra de sombra. Tiene la barbacoa lista y el saco de carbón en el suelo. Los utensilios limpios y preparados. Enciende la televisión, elige el *Black Album* de Metallica y sube el volumen. Vuelve a mirar el reloj. Falta media hora. Va a la cocina y coge una lata de cerveza de la nevera.

Marta da vueltas por su casa con la taza de café en la mano. Pipe sigue siendo su amigo. Volvió a sentirlo cuando lo vio y escuchó el estrépito de sus propias defensas al caer. Casi todas. Lo que la asusta es saber si la historia que se construyó, su historia, se corresponde con la verdad. La historia que convirtió la realidad mezquina y dolorosa en un espacio habitable. Pero el tiempo pasa. Y no se gusta. Y no le gusta su vida. Tiene que recuperar la fortaleza y la debilidad. Mejor la fortaleza porque la debilidad ganó la batalla y la ha convertido en una tortuga a disgusto en su caparazón, pero sin el coraje suficiente para sacar la cabeza. Cuando Manu estaba en el hospital le dijo varias veces que quería hablar con ella. Marta siempre encontró excusas para no enfrentarse a lo que tuviera que decirle. Todavía se pregunta por qué. Por qué no tuvo el valor de escucharlo. ¿A qué le temía? La negación constante de lo que estaba pasando. De lo que era evidente que pasaba. Los recuerdos son borrosos pero la emoción que la embarga cuando piensa en ellos es la vergüenza. Vergüenza por su miedo, vergüenza por su impaciencia, vergüenza por su ira. Esas cosas que no se pueden reparar.

Decide ir a casa de Pipe andando. Hará tiempo y la ayudará a relajarse. Entra en el baño, se pasa el cepillo por el pelo, revisa su aspecto. No se ha arreglado, no quiere que su apariencia genere ningún equívoco. Ya les sucedió una vez y fue un desastre. Coge el bolso y cierra la puerta con llave.

Pipe mira el reloj por enésima vez. Mejor que se ponga a hacer algo. Va a buscar platos pequeños a la cocina y abre las latas. Da un respingo al oír el timbre del interfono. Al escuchar la voz de Marta se vacía de golpe. Saca dos cervezas, las abre y, con ellas en la mano, espera a que entre.

—¿Se puede? —Empuja la puerta entreabierta con una sonrisa.

—¡Qué puntual! —Pipe le da una cerveza y dos besos.

Marta avanza hasta el centro del comedor y mira las cortinas verdes, los muebles de madera laminada, la mesa a juego, las paredes desnudas. Al lado de la televisión, el póster de Veneno.

—No está nada mal, es grande, aunque yo me desharía de esas cortinas, son feísimas.

Camina hacia la puerta de la terraza, pero Pipe la detiene.

—Espera, te enseño el resto de la casa.

La cocina, de azulejos amarillo desvaído y muebles blancos atestados de cacharros y latas de comida, tiene buen tamaño. Entran en la habitación de Candela. Un ventanal que da a la calle, una cama individual, un escritorio con un ordenador, un vaso de cristal con lápices de colores, tres o cuatro libretas. Un armario y estanterías llenas de peluches, libros, fotos y un par de medallas colgadas. Una alfombra con dibujos cubre el suelo. Marta entra y se acerca a las fotos. Destaca una más grande con el marco plateado, los tres en una playa, pasándose los brazos por los hombros: Pipe a la izquierda, Clara a la derecha y Candela en el centro. Un mar azul profundo de fondo.

—Te enseño la mía y vamos a la terraza.

La habitación de Pipe es anodina. Una cama de matrimonio, cortinas finas, casi transparentes, armario empotrado y dos mesitas de noche. Le llama la atención que el edredón sea blanco. Retira la vista de la cama y sale, incómoda.

—Es un piso amplio y luminoso. A ver si lo adornas un poco y quitas esa mierda de cortinas del comedor. Tampoco le has dado una mano de pintura, cabrón, es lo primero que hay que hacer. Aún se ven las marcas de los cuadros.

—Dame tiempo, que solo hace dos meses que vivo aquí. Mira.

Salen a la terraza. Un gran rectángulo con un pino, un áloe y tiestos con margaritas blancas. En una esquina, dos plantas de marihuana pequeñas. A un lado, las cuerdas para tender la ropa; al otro, una mesa de plástico con los platos dispuestos, cuatro sillas y la barbacoa.

—Mataría por tener una terraza como esta. Debería haberte traído una planta.

—No te lo esperabas, ¿eh? No veas las que montamos aquí con los del curro. Candela también está encantada. Voy a buscar más birras.

Marta se sienta en una de las sillas con el sol de cara y se lía un cigarro. Suenan los acordes de «Angel of Death», de Thin Lizzy. *Renegade* no es el álbum que más le gusta, pero contiene la canción «It's Getting Dangerous». Muy apropiada, piensa. Pipe le alcanza la cerveza y se sienta frente a ella.

—Se está a gusto, ¿verdad?

—Sí. ¿Dónde está el aparato de música? No lo he visto.

—No tengo, es la televisión. Sabía que querrías escuchar a Thin Lizzy. —Busca la complicidad de Marta.

—Estoy tan metida en la vida de Phil Lynott que me he convertido en una detective obsesionada. Todo me parecen señales, pistas que debo seguir. A veces me pregunto por qué, justo ahora, me ha llegado el encargo de escribirla. Como si fuera un mensaje que tengo que descifrar. Alucino con las letras de las canciones que escribió, las temáticas, no sé, la ilusión, la épica, el desengaño, la rabia.

Mira a su alrededor todavía impresionada. Cuando se acuerda de soñar se imagina envejeciendo en una casa con jardín, cerca del mar. Cuidar un huerto, tomar una cerveza al aire libre cuando se pone el sol, leer en una hamaca. Tranquila.

—¿En serio? Yo no entiendo la letra. Con la música y el tono de voz tengo suficiente.

—Las de Phil te encantarían. En la mitad se ríe de sí mismo y del mundo, y en la otra mitad se desnuda.

Marta acelera el ritmo. Demasiado tiempo sola, ensimismada, dejando que los fantasmas y su imaginación lo ocupen todo. Lo deformen todo. A Pipe se le escapa una breve risa de placer. Esa es su Marta, la apasionada, la que nunca paraba de hablar de cualquier cosa, a cualquier hora. Quiere mantenerla así, mantener esa electricidad en el aire que se genera cuando se hace suyo el espacio. Solo tiene que azuzarla.

—No sé quién me contó que Lynott era un capullo que echó a Eric Bell porque le tenía celos y en el grupo solo podía brillar él.

Marta adelanta el cuerpo. Pipe lo ha conseguido. Sigue siendo fácil. Cómo se reían con Happy cuando jugaban a provocarla.

—Pero ¡qué dices! Eric se fue del grupo porque lo estaba matando. El éxito lo aterrorizó y se puso a beber como un loco. Antes de un concierto en Belfast se fue a ver a la familia y empezó a beber, bebió en el camerino, bebió al lado del escenario, bebió mientras actuaban. Tuvieron que interrumpir el concierto varias veces porque vomitaba o se quedaba ido. Se la jugó. El propio Eric dice que se eligió a sí mismo porque si hubiera seguido en el grupo, el grupo habría acabado con él. —Se sorprende a sí misma por su contundencia. Algo se le ha detonado, pero lo pasa por alto—. Acabaron la gira como pudieron y volvieron a Londres con la moral por los suelos. A veces, aquellos por los que pondrías la mano en el fuego te dejan tirado.

—Lo que quieras, pero gracias a eso hicieron la mejor formación de Thin Lizzy de todos los tiempos. ¿Y quién se acuerda de Eric Bell? Nadie, tía, nadie. —Pipe se mete dos aceitunas en la boca, escupe los huesos en la mano y los tira en el cenicero.

No ha captado la indirecta. A Marta le duele porque a ella le parece tan evidente, tan clara, que ha enrojecido al decir la última frase. Pincha unos berberechos con el tenedor. Siente como si estuvieran en una cuerda floja, cuidando el equilibrio para que ninguno de los dos caiga y se haga daño. No se da cuenta de que Pipe está más pendiente de que ella se encuentre a gusto que de sus palabras, contento porque ella esté allí, por el día que tienen por delante. Lo que Pipe quiere es hacerla reír.

—Y fue Gary Moore quien ayudó a Phil como haría siempre a pesar de las broncas que tuvieron. —A Marta se le ha vuelto a escapar el tono acusador, se recoge el pelo y se hace una coleta.

—Pues era un fenómeno. —Pipe se levanta y la señala con el dedo índice—. Voy a buscar más birras y el vino. ¿Tienes hambre? Ahora enciendo la barbacoa.

Marta se levanta y pasea por la terraza. Se acerca a las margaritas, pasa la mano con delicadeza por las hojas secas para que se desprendan.

—El otro día estuve con Happy, dice que tenemos que quedar. —Pipe la mira de reojo mientras pone el carbón.

—¡Sí! Organicemos una comida, ¿no? Y que venga Yolanda, tengo muchas ganas de verla. Venga, otra birra, que por fin conozco tu casa.

—Esa Marta, guapamente. Nos vamos a poner las botas porque veo que te pasa como a mí, cuanto más mayores más nos gusta la comida.

Marta suelta una carcajada y se acerca a la barbacoa.

—Y que lo digas. Vaya pinta. No hace falta que pongas tanta verdura...

Pipe se ríe y menea la cabeza.

—Anda, descorcha el vino y trae dos vasos de la cocina. Del armario de la derecha, según entras.

Marta aprovecha para cambiar la música y pone el *Arise*, de Sepultura. Ya está bien de Thin Lizzy.

—¿Qué? ¿Cómo está?

—Buenísimo, buenísimo.

Marta engulle más que mastica. Traga y bebe vino como si necesitara llenarse en el menor tiempo posible. Pipe está asombrado. Cuando conoció a Marta parecía que se alimentara del aire. Pocas veces la vio comer. Después de una noche de fiesta ellos comían bocadillos de media barra de pan y ella fumaba o hablaba o reía o saltaba. Por eso estaba tan flaca. Ahora se le forman michelines en la cintura. La ve guapa, aunque Marta nunca ha sido una belleza. Ella decía que era del club de los resultones. Recuerda cuando fueron a la playa después de una noche de fiesta y se quedaron sorprendidos al verla desnuda. Fueron Olga, Manu, Happy, Yolanda, Marta y él. Marta estaba particularmente callada, aunque sabían que le encantaba el mar. Fue la última en quitarse la ropa. Pero una vez en el agua le cambió el ánimo. Acabaron comiendo paella en un chiringuito.

—Marta, ¿tienes la maqueta de Veneno?

Al escuchar el nombre se le cierra el estómago. Ya no hay marcha atrás. Pipe está recostado con las manos cruzadas sobre la barriga que le sobresale de los tejanos. Los ojos enrojecidos. Duda sobre si sacar las rayas, si Marta querrá o lo mandará a la mierda. No parece ser la misma fiestera de antes. Él, en cambio, no ha dejado nunca de meterse. Aunque le cueste arrancar a los amigos de sus casas o se quede solo en la suya. Con su música. Con la música.

—Sí, la debo guardar en algún lado, pero no tengo casetera. De todas maneras, creo que no la escucharía.

—¿Por qué?

—Por las letras, por cómo acabó todo, no sé.

Se le apaga la voz y se enfada consigo misma.

—Joder, Marta, no puedes quedarte con eso.

Pipe inclina el cuerpo hacia ella, la ve tan pequeña que le gustaría abrazarla, arrancarle las malas hierbas de raíz.

—Me da miedo la impresión. Además, hace poco leí no sé dónde que todo se cura menos las heridas. Ya ves.

—Qué tontería. Claro que puedes escucharla, éramos muy buenos, lo pasamos de lujo y Manu estaba orgulloso de ti.

—¿De verdad? —Siente una oleada de calor—. No sabía que te hubiera dicho eso.

Durante años, Marta había corrido hacia delante, a ciegas. Apenas se ha dado cuenta de que no ha dejado de llevar el cuerpo de Manu colgado de la espalda. Desde que empezó la biografía.

—Pues sí, me lo dijo muchas veces. —Pipe se siente decepcionado.

Darse cuenta de que Manu sigue en el centro de los pensamientos de Marta le molesta. Se levanta, busca «Un nuevo día» en la plataforma de música y la pone. Sale a la terraza y, aunque ve el estupor en la cara de Marta, sonríe satisfecho. La escuchan en silencio. Al acabar, Marta tiene la piel de gallina, pero también esboza una sonrisa.

—Es genial esta canción. ¿Está todo en la plataforma? ¿Lo subiste tú?

—Sí, tiene pocas visitas y todas deben de ser mías, ja, ja, ja.

—Si no hubiera sido por el cabrón de Joan, Manu hubiera podido grabar la maqueta, se lo merecía.

—No hubiera podido. ¿No te acuerdas? La grabamos después de que muriera y Joan ya se había ido.

Marta admira la naturalidad de Pipe. ¿Es ella la única que da vueltas como una peonza?

Se lía un cigarro y piensa en la impresión que le daba ver a Manu en el escenario. La fuerza que desprendía cuando terminaban. La mirada orgullosa. Solo le vio esa mirada encima del escenario. En los pocos conciertos que hicieron.

—Nunca le tendríais que haber hecho caso a Joan. No puedes imaginar lo mal que lo pasó Manu cuando lo echasteis.

—Y encima, Joan, al poco tiempo, va y deja el grupo. Como si no hubiera pasado nada. —A Pipe le puede la emoción, Marta lo lleva mejor—. ¿Te apetece una raya? ¿Por los viejos tiempos?

—Hace mil años que no me meto nada. Me aburre. Y no me sienta bien. —Duda unos instantes, no quiere decepcionar a Pipe. La debilidad—. Bueno, está bien, que no decaiga.

—¿Has pensado alguna vez en las letras de Manu? Cuando murió me di cuenta de que tenían que ver con lo que pasó. Como un aviso. —Pipe se hace las rayas y no levanta la vista.

Marta se pone tensa. Ella mintió a Pipe. Le dijo que Manu no sabía nada. Repitió lo mismo a cualquiera que le preguntó. Sospechaba que si decía la verdad lo iban a machacar aún después de muerto. Marta estaba enfadada y espantada. La traición de Manu había sido demasiado bestia. Pero le dolía su muerte y la abrumaba más lo que ella no supo hacer. También la asustaba decir la verdad porque podía significar que Manu no la quería. No lo suficiente. O no como ella creía. No como ella esperaba. No como ella necesitaba. Y no estaba dispuesta a admitirlo.

—Lo pensé muchas veces.

—Si escribía esas letras, algo debía de saber, ¿no? ¿Cómo puede ser que escribiera esas canciones? ¿Tú crees que intuía lo que iba a pasar? —Pipe se mete la raya y le pasa el tubo.

—Quizás sí, no sé, habían muerto todos sus amigos del barrio. Igual las escribió pensando en ellos.

Observa como Pipe afirma con la cabeza. Quizás la explicación lo convence. O no le da mucha importancia. Igual no la tiene.

—Puede ser.

Marta respira tranquila. Pipe sabe menos que ella. Lo mira a los ojos. A menos que esté mintiendo.

—Fue cuando le hicieron las pruebas de los bultos que le salieron en el cuello. —Marta sí que miente con naturalidad. Repite, casi con las mismas palabras, lo mismo que dijo hace más de veinte años, pero hoy incorpora las dudas que la corroen—. No sé, a veces me he preguntado si sospechaba algo y se lo había dicho a alguien. ¿A ti no te comentó nada?

Marta recuerda que Manu le prohibió que le explicara a nadie que estaba ingresado en el hospital. Lo perdida que se sintió. Cómo se arrepintió de haberle hecho caso.

—¿A mí? No, yo me enteré por ti. —Pipe apura el vino que le queda en el vaso—. Aunque después se comentaron muchas cosas.

La ira recorre el cuerpo de Marta. La misma ira de entonces.

—¿Y qué decían?

—Pues que no se cuidaba. Que seguía enganchado y se lo había buscado. Ya sabes la mala leche que gastaban algunos.

—¿Y quién comentaba eso?

—Gente del Colectivo, los listos del 25/9, la tía aquella, ¿cómo se llamaba?, la que iba con Jairo.

—A esa ni caso, eran tal para cual. Estuvo detrás de Manu durante meses. A mí me buscaba las cosquillas cada vez que me veía.

La ira gana espacio. Recuerda cómo la hacía sentir aquella mujer. Los comentarios intencionados que hacían diana.

—Por muchas vueltas que le demos no cambiará lo que pasó.

A Pipe casi lo convencieron de que Manu los había engañado a todos. Lo pensó durante algún tiempo y ayudó a que se extendieran los rumores. Pero no se lo va a decir a Marta. Le queda claro que ni se lo imagina. Qué descanso. Creía que era uno de los motivos por los que Marta se había alejado.

—Sí, tienes razón. Pero me quedé con la sensación de que me ocultaban cosas. Hubo gente que se apartó de mí como de la peste.

—No queríamos movernos por el centro. Y tú tampoco estabas mucho por la labor. Había sitios a los que no querías ir y personas de las que no querías ni oír hablar.

—Joder, no sabía dónde meterme y no podía más. —Está cansada. Ha tenido suficiente. Quiere relajarse y disfrutar. Superar la tentación de volver a su casa en este momento exacto—. He visto que lo único que tienes colgado es el póster de Veneno. Aquel concierto fue bárbaro. El último de Manu. Vino aquella amiga mía de la facultad. Fue cuando empezó a moverse con nosotros. Tú le ibas detrás pero no funcionó, nunca me dijiste por qué.

—Era demasiado seria para mí. —Pipe se ríe—. Guapísima, eso sí.

Oscurece y sopla una suave brisa.

—Vamos a recoger esto y, si quieres, entramos.

Pipe se levanta y hace viajes a la cocina. Marta quiere aprovechar la luz que queda. La mirada larga. Se imagina las plantas que pondría si la terraza fuera suya. Hibiscos, begonias, kalanchoes, una buganvilla morada que trepara por la pared. Quitaría la mesa de plástico y pondría una de teca, grande, con un áloe vera en el centro y seis sillas para invitar a los amigos. Sonríe irónica. No recuerda la última vez que tuvo gente en casa. Ahora le apetecería estar en grupo, entre gritos y risas. Se echa de menos a sí misma. Cuando piensa en sus veintipocos años es verano, hay luz, hace calor y están en la calle. Se siente a gusto en la terraza, pero el instinto le dice que es mejor no alargarlo. Se promete que en un par de cervezas regresará a casa. Pipe se acerca con la sudadera de Marta y se la alarga. Saca el *speed* dispuesto a repetir la operación.

—No, a mí no me hagas. Con una tengo suficiente.

Marta observa la decepción de Pipe, pero ya no necesita quedar bien. No quiere pasarse la noche sin dormir, no quiere quedarse a pasar la noche. Pipe se da cuenta. Y no va a ser él quien insista. Lo hizo una vez y le salió el tiro por la culata. Piensa en qué ha sido lo que ha fallado. Pero no ha fallado nada. Las cosas son así. Con Marta las cosas siempre han sido así. ¿Por qué tendrían que cambiar ahora?

—Venga, vamos dentro que hace frío. Me voy a preparar un cubata. Tú sigues con la birra, ¿no? Tengo que aprovechar los fines de semana que no está Candela. ¿Sabes que vienen los Maiden? Tenemos que ir.

Marta se ha puesto los auriculares y avanza por las calles más iluminadas deshaciendo el camino de ida. Cuando llegue a casa le costará dormir, pero le da igual, tiene tanta energía que ha decidido que se pondrá a trabajar. Le hierven las ideas. Canta en voz alta. No hay nadie en la calle, pero a diferencia de otras veces no siente temor. Mañana llamará a Marisa. Va siendo hora de que cuente lo que sabe y se deje de insinuaciones. Se reafirma mientras camina. No sabe por qué está contenta. Cree saberlo, pero no lo sabe. Hasta que duerma tres horas y se levante con una resaca tan teñida de tristeza que no sepa qué hacer con su cuerpo.

«Vamos, Pipe, que el mundo no se acaba». Al contrario. Lo han pasado de puta madre. Han hecho planes para ir a ver a los Maiden. Van a organizar una comida con Happy. Entonces, ¿por qué se siente derrotado? Vuelve a poner la maqueta de los Veneno. «Qué buenos eran, joder». A pesar de los fallos de grabación, de algunas entradas medio segundo tarde de la batería, de que la voz iba un tono por encima. Prepara otro cubata. Se quedará escuchando música y después verá alguna película. Comerá un bocadillo a las cinco o seis de la mañana y podrá dormir. Busca el teléfono y lo encuentra en su habitación. Tiene varios mensajes. De sus exsuegros con una foto de Candela. De Happy, que le da recuerdos para Marta. Y no, no se lo está imaginando, tiene un mensaje de Clara. Lo abre. «Espero que estés bien. A ver si podemos vernos y tomar una cerveza». ¿Qué querrá? El tono es conciliador. Sus pensamientos acelerados repasan posibilidades. No vaya a ser una trampa. Con Clara nunca se sabe. Pero la curiosidad le puede. No solo la curiosidad, aunque no se atreva a confesárselo. Contesta: «Pues igual cuando Candela esté con tus padres. Ya me dirás».

1992

Pipe está en el Gallego. Llega Manu.

—Perdona, tío, pero me han hecho esperar un buen rato. Ya sabes cómo van estas cosas. Darío, ponme un zumo de melocotón.

Manu es discreto. Sabiduría de calle, hay que saber convertirse en pared, en calzada, en nadie. No llamar la atención. Conoce de sobras los comentarios que circulan sobre él. Le enoja que la gente hable sin tener ni puta idea. Hay cosas inexplicables que no se pueden compartir si no es con quien ha pasado por lo mismo. O lo está pasando.

—Tranquilo, acabo de llegar.

Pipe sí que se hace notar. Le da un billete de mil duros a Manu, que le pasa una papelina. El dueño del Gallego se ha dado cuenta y Manu le da la espalda, incómodo.

—¿Te hago una clencha?

—Aquí no, tío, no vamos a quemar este bar. No seas ansias. Mejor después, en La Bruixa, que está Marta.

Manu lleva todo el día de un lado para otro. Necesita un poco de calma. Por la mañana ha ido a visitar a su madre. La ha acompañado al mercado del Carmen y se ha dado cuenta de que le costaba andar y se detenía a menudo a coger aire, para apoyarse en su brazo. Ella le ha dicho que no era nada, el calor, que tiene que adelgazar. Su madre le ha preguntado por Marta. Al principio Manu se reía y la usaba como coartada. Le decía que estaba con ella a todas horas y su madre se relajaba. Ahora es Manu quien le cuenta cosas de Marta. Después de dejar a su madre en casa, ha vuelto a salir. Ha vendido aquí y allá, aprovechando el tiempo en que no trabaja en el nuevo estadio para los Juegos Olímpicos. Ha ido a ver a Cani, lo ha invitado a comer un bocadillo y a hacerse un par de petas. Cani no está bien, no quiere salir, no quiere ver a nadie. Se pasa el día metido en su habitación. Manu intenta pasar por su casa una vez a la semana y sacarle un rato a la calle.

—Hoy me he discutido con el jefe y necesito fiesta.

Es cierto que Pipe ha tenido una bronca. Pero eso no le quita el sueño. Se ha peleado muchas veces con su jefe. En el fondo se caen bien. Todo lo bien que te puede caer un jefe empeñado en ganar más y pagar menos. No, esa no es la razón. El motivo es que ayer quedó con Mónica, una amiga de Olga, para ir al cine. Y no pasó nada. Nada de nada. No entiende qué le ocurre con las mujeres. Si hasta Happy tiene novia y se va a casar.

—¿Cómo está Marta? ¿Ha acabado los exámenes? —Pipe se pide un cubata.

—Sí, tío, ha aprobado. Es la hostia. Mira que la he visto estudiar, pero ir a clase, poco. En una semana nos vamos a Ámsterdam, todavía no me lo creo.

—Qué suerte tienes con Marta, cabrón.

—Ya, pero no se lo digas, no vaya a ser que se lo crea. —Apura el zumo y deja veinte duros encima del mármol—. ¿Vamos?

Caminan por la calle Hospital. En una esquina, dos hombres y una mujer, sentados en el escalón de una portería, se preparan las *chutas*. Manu distingue al Belga, no lo saluda pero se reconocen con la mirada. Pasan de largo. Pipe le saca una cabeza y es corpulento, anda erguido, orgulloso. Manu va más encogido, las manos en los bolsillos, saludando con la cabeza a los vecinos con los que se cruza sin dejar de hablar.

Abren la puerta de La Bruixa y Marta les da la bienvenida desde la barra. Manu se acerca y la besa.

—Me encanta cuando vas de negro. El negro te sienta bien, ¿a que sí, Pipe?

—¿Qué es eso que me han dicho, señora licenciada? —Pipe le da dos besos.

—¡Sí! Hoy nos toca fiesta grande. Ya llevo un par de birras encima.

—Pues voy al lavabo y entráis en cinco minutos. Está tranquilo, ¿no?

—Sí, ahora vamos. —Marta se acerca a su compañero de turno, que lava los vasos—. ¿Quieres una raya?

Jordi, unos años mayor, pelo corto y pendiente en la oreja, le sonríe.

—Claro, tenemos que celebrar lo tuyo.

Marta va hacia el lavabo, golpea suave con los nudillos.

—Pipe, haz otra más.

***

Para Manu fue el primer viaje de vacaciones al extranjero. Para Marta una celebración de cierre de su etapa de estudiante. El trayecto en autobús duró más de veinte horas. Conocieron a cuatro chicas que, como ellos, huían de la invasión de turistas que llegaban a Barcelona por las Olimpiadas. Manu había trabajado dos meses en el acondicionamiento del nuevo estadio. Al día siguiente de la inauguración cogieron las mochilas y se fueron a la Estació del Nord. Esta vez quien puso la mayor parte del dinero fue Manu. Además del sueldo de la empresa encargada del montaje del estadio, ganó bastante con los trapicheos que hizo con el equipo. Era increíble lo que la gente consumía para aguantar el ritmo de trabajo bajo el sol, las órdenes, el calor inaguantable, la falta de medidas de seguridad. Manu, en el autobús, miraba por la ventana mientras Marta, de rodillas en el asiento con las manos en el respaldo, hablaba con las cuatro amigas. Les explicaba a qué *camping* podían ir, con ellos, si querían. Las casas okupadas con las que habían contactado estaban llenas y les pusieron algunos problemas. Decidieron ir a su aire. Manu solo se giraba de vez en cuando para hacer alguna broma. Al cruzar la frontera con Francia, miraba los paisajes que se sucedían, los pueblos ordenados y limpios, los kilómetros de viñedos, las casas con tiestos llenos de flores, el extrarradio sucio y abigarrado de París. Sus pensamientos volaban con el mundo a su disposición. Sintió que Barcelona quedaba muy lejos, como si además de kilómetros estuvieran pasando años. Atrás dejó la preocupación a que saliera algún asunto pendiente del que no supiera nada y no le dieran el pasaporte. Le habían explicado cómo falsificar los *traveler's checks*, pero Marta se negó. No quería problemas. Manu cedió, estaba demasiado contento. Marta se acabó durmiendo a su lado hecha un ovillo. Él trataba de imaginar lo que había leído en los fanzines sobre la escena holandesa. Dormitó algunas horas. Se espabiló cuando entraron en la ciudad. No despegó la cara de la ventana. Las bicicletas, la gente variopinta, los canales, los edificios como de cuento, con los techos de pizarra negra y grandes ventanales. Bajaron en la Central Station y subieron al ferri que los llevó al otro lado del Gran

Canal, junto con las chicas que habían conocido en el autobús. Atravesaron barrios humildes, más parecidos a Bellvitge que a las casas estrechas y elegantes del centro. El *camping* estaba al lado de un bosque umbrío de grandes fresnos. Montaron las tiendas y en poco más de una hora volvían al ferri. Ni ducha ni nada. No sentían el cansancio del viaje sino la excitación que provoca mirar las cosas como si las estrenaran ellos. Entraron en un *coffee shop*, compraron hierba y fumaron unos porros entre conversaciones en un tono mucho más elevado del que están acostumbrados los holandeses. Marta y Manu fueron a pasear por la plaza Dam, el Barrio Rojo, el mercadillo de flores.

Manu apoya el cuello en el sofá de casa mientras recrea la imagen de Marta sonriente, apoyada en el barandal de Prinsengracht, con el canal a sus espadas. Manu volvió a sentirse un niño. Libre.

No pararon a pesar de que el dinero se les escurría de las manos. Alquilaron bicicletas y fueron por el campo, se gritaron el uno al otro, comieron en los parques y en los prados. Fueron al Melkweg y tomaron cervezas escuchando música hasta que empezó el concierto de los Seein' Red. Se emborracharon y acabaron en una casa okupa, con un grupo de *reggae*, casi todos ghaneses. Marta bailaba al son de los bongós y Manu chapurreaba palabras en inglés y reía a carcajadas mientras se hacía porros más grandes que la palma de su mano. Marta descubrió a un Manu distinto, sin contención, expansivo. Discutieron muy poco. Cuando fueron al mercado de las pulgas, Manu se volvió loco con las camisetas, las sudaderas con estampados de grupos de los que Marta no había oído hablar. El dinero les alcanzó para tomar un último café con leche antes de subir al autobús de vuelta.

Llevan un mes en Barcelona, pero Manu sigue con la cabeza y algo más en Ámsterdam. La facilidad para conocer gente, decidir sobre la marcha qué hacer, la camaradería rápida, las frases que ha aprendido en inglés y que ahora suelta entre risas cuando explica anécdotas del viaje en el 25/9, en el local de ensayo, en todas partes. A todas horas. Le llevó a su madre un imán de regalo para la nevera. Pasó la tarde contándoles el viaje y respondiendo a sus preguntas. Le pareció percibir un brillo de orgullo en los ojos de su padre. O de envidia. Cuando Manu era niño, su madre le contaba anécdotas de su vida en París, donde él nació. Volvieron a Barcelona cuando Manu apenas tenía seis meses. Pero para Manu, París es una ciudad imaginaria poblada por los contornos brillantes que dibujaban las palabras de su madre mientras lo bañaba o esperaba, sentada en la cama, a que se durmiera. Un lugar de mimos y arrumacos. París es la risa de su madre. Antes de que los problemas se la borraran. En cambio, la ciudad de Ámsterdam que Manu ha conocido es real. La ha pisado él. Ahora camina por Barcelona con otra mirada. Le cansan los trapicheos, estar pendiente de los que no pagan, de los que no cumplen, de la mierda que a veces le cuelan, de la policía. Quiere continuar en el montaje y desmontaje de escenarios con la gente que ya es su gente. Tal vez pueda volver a viajar. Con un poco de suerte. Con Marta.

Mejor no pensar en el futuro, mejor no pensarlo.

Se trata de resistir.

Sonríe al escuchar la puerta.

—¡Hola! —Marta grita y levanta una bolsa de plástico—. Mira lo que traigo, hoy cenamos helado de chocolate, del bueno, lo he comprado en la Sirvent.

XII

He's just a boy that has lost his way.
He's a rebel that has fallen down.
He's a fool that's blown away
To you and me he's a renegade
Thin Lizzy, «Renegade»

Lleva dos días sin moverse de la mesa de trabajo. Solo se levanta para ir al baño, para comer algo o para dormir cuando los ojos se le cierran frente a la pantalla. Se siente un poco mareada, como si estuviera ida. No piensa en la fecha de entrega porque tiene tiempo. Se vieron con Luis para valorar los avances y le sugirió algunas mejoras. Con delicadeza, le comentó que a varios párrafos les hacía falta un poco de aire para que el lector pudiera sentir cómo se configuraba el universo interior de Phil Lynott. Luis la trató con respeto. Marta dejó abandonadas sus inseguridades en la mesa de la cafetería en la que se reunieron. Se dio cuenta de que lo que la asustaba era una de sus mejores armas para escribir. La confusión y el deseo de hacerse cargo de su propio pasado. Darle luz. Si es que eso es posible. El diálogo que había establecido entre la biografía y su vida. Aprovecha para escribir la rabia que sintió cuando hablaba con Marisa. La que le produce el trato de Phil a su novia Gale. Que utilizará para describirlo. Gale estaba enamorada, lo cuenta ella misma. Lo que no dice, pero Marta deduce, es que era una mujer con una personalidad fuerte. Marta llega a esta conclusión porque en su testimonio Gale se ríe de sí misma y señala los defectos de Phil sin ambages ni subterfugios, con un cariño que es cariño por su propia juventud, por ella misma. Imagina el esfuerzo de Gale por no perder la independencia ante la capacidad de seducción de Phil y la contradicción que suponía que fuera celoso. Podía ser muy déspota. Podía ser cruel. Era egoísta. Y también dependiente. Y romántico. Y excesivo. Gale no podía más y cuando él, en un arranque de rabia, le dijo que se fuera de casa, ella lo hizo y no volvió. Decidió lo mejor para sí misma. En cambio, Phil no aprendió nada. O eso parecía. El abismo, cada día más hondo, entre su ser y sus máscaras. Y la soledad que produce ese abismo. Marta lo sabe bien.

Teclea furiosa. Está enfadada con Phil, con Manu. Consigo misma. Quedó con Marisa y el reflejo en el que se convierten algunas conversaciones le devolvió una imagen de su pasado que no coincidía con sus recuerdos ni con sus emociones. Se enfada por haberse centrado en proteger su máscara, esa máscara que ya no le sirve. Marisa se envalentonó cuando Marta le explicó lo de la biografía, su reencuentro casual con Alberto, la comida con Pipe, cómo desenterraba recuerdos, sensaciones.

—¿Sabes? Pensábamos que eras tonta. Que Manu se había liado contigo porque podía hacer lo que le diera la gana. No me mires así, luego te conocimos mejor. Sé que no eres tonta, pero, hija, lo parecías.

Cómo odia Marta a las personas que utilizan el plural para esconderse. Le genera una terrible impotencia. ¿Quiénes son nosotros? ¿A cuánta gente incluye? Cómo odió a Marisa en ese momento. Su voluntad de disparar a su línea de flotación. ¿Por qué lo hacía? Qué miserable. Y qué fácil simplificar de esa manera. Se rebela, se rebela ahora, que está sola, frente al ordenador. Ella se recuerda valiente, con algunas inseguridades y muchos planes. Quizás ingenua, pero no tonta. Debería haberla mandado a la mierda, pero quería saber más.

—¿A qué te refieres?

—Te engañaba, tía, te engañaba y tú seguiste con él.

—¿Sí? ¿En qué me engañó?

—Pues en qué va a ser, en lo que hacía, en sus correrías de un lado al otro. ¿Sabes que se dijo que puso en riesgo tu vida? ¿Y que no le importó? ¿Es cierto?

Esto le dolió más. No lo de las correrías sino lo de su vida. Porque es la clave.

—Que se dedicaba a los trapicheos lo sabía, ¿cómo no iba a saberlo si vivía conmigo? Y lo otro, ¿quién te lo ha dicho? Porque sí le importó y mucho.

¿Por qué se defendía? Sintió que Marisa la despojaba de algo muy íntimo y dudó del sentido de su búsqueda. ¿Quién tenía la verdad? ¿Qué narices esperaba encontrar?

—No sé. Es lo que se decía. Yo no lo conocía demasiado, pero no te enfades. Se comentó. La gente estaba preocupada por ti.

—Superpreocupada. Tan preocupada que nadie me dijo nada. Venga ya, Marisa. Seguí con él porque quise. ¿Y sabes qué te digo? Que no me arrepiento.

—Vale, no te mosquees que yo te quiero mucho. ¿Nos pedimos otra birra? Te tengo que contar lo que me pasó en el curro.

«Eres patética». Marta no puede dejar de pensar en esa frase que la golpeó como una bofetada. Estaban en la calle de la Cera, discutían, y se la soltó Manu después de que Marta le reprochara algo, no recuerda qué. Esa frase se le quedó grabada. La hirió porque a veces se sentía patética. Manu la soltó como un ladrido, entre dientes, con desprecio. No puede disociar lo que dijo de cómo lo dijo. Separar lo que sintió al escucharla de la intención de Manu al decirla. Se le hace difícil hablar con sus propios demonios. Preguntarse por los resortes que esa aseveración brutal tocó, una percepción de sí misma que debió construir mucho tiempo antes. O quizás sea una excusa para justificar a Manu. Para justificarse a sí misma. Esa frase le dolió como si le hubiera arrancado el disfraz y todos sus esfuerzos para que Manu amara lo mejor de sí misma hubieran fracasado. Patética es una palabra que siente propia, como un tatuaje molesto.

También cree haber descubierto por qué le sonaba Manu cuando lo conoció. Ha necesitado más de dos décadas para asociar las imágenes. Parada de metro de plaza Catalunya, frente a las taquillas. Marta tendría unos diecisiete años y había quedado en Canaletes con unos amigos del instituto. Llevaba la chaqueta de cuero verde oscuro que le había dado su padre la última vez que lo vio. De sopetón, un chico muy delgado, con la cara desencajada y un destornillador en la mano convulsa apuntando a su barriga.

—Dame todo lo que tengas. Rápido.

Marta lo miró. Aún eran las cinco de la tarde. La gente pasaba tranquilamente bajo la luz blanca de los fluorescentes.

—¿Qué?

—¿Eres imbécil? Te he dicho que me des todo lo que lleves. —Los ojos inyectados en sangre.

Una mujer pasó mirando de reojo.

—No llevo nada.

Levantó las manos, lo esquivó con rapidez y caminó hacia la salida sin mirar atrás. Cuando llegó a la plaza subterránea del metro se volvió y vio que no la había seguido. Le temblaban las piernas. Subió por las escaleras mecánicas conteniendo la respiración hasta que salió a Les Rambles.

1992

A Manu le ha bajado la hinchazón que deformaba su cara. Mientras duró la infección de la muela no se movió de casa. Le contó a Marta que había ido al dentista de su madre y tomó los antibióticos durante ocho días. No bebió alcohol. No se metió nada. A Manu le ha venido bien. A veces no sabe cómo cuidarse. No sabe cómo hacerlo cuando Marta quiere salir de fiesta, o cuando los colegas lo invitan o cuando están en el local de ensayo con Veneno. No quiere dar explicaciones y está harto de sus propias mentiras. Es agotador controlar qué ha dicho y a quién. Los días que ha estado en casa le han permitido descansar, comer, escuchar música tranquilamente y no preocuparse por nada. Se ha dejado mimar por Marta. Lleva unos días sin molestias y tienen las entradas para el concierto de Suffocation en el H2O, de Terrassa. A Marta se le notan las ganas de desmadre. De salir de casa. Se encuentran con los amigos en la estación de tren. Manu está expectante. Ir a conciertos es una de las cosas que más placer le generan. No es de los que dan saltos o se tiran del escenario. Se pone en un lateral, con los brazos cruzados y la vista fija en el escenario para no perder detalle. Como mucho, mueve la cabeza arriba y abajo al ritmo de la batería. Van al bar de al lado de la sala de conciertos. Está lleno de *heavies* y punks. Algunos se sientan con ellos a la mesa. Excitación y risas. Nada hace presagiar el desastre que se avecina. Todo lo contrario. El concierto es mejor de lo que esperaban. La fuerza y la energía del grupo se contagian al público, Marta salta entre la gente que baila y se empuja, las espaldas llenas de sudor, muchos cuerpos sin camiseta. Cuando termina, con ganas de seguir la fiesta, vuelven al bar y preguntan dónde hay un antro que tenga música y ambiente. Se encaminan hacia allá, un grupo de ocho. Llueve. Raúl y Manu van los primeros con Chus muy cerca. Detrás, Vicky, Ana y Pedro. Los últimos son Alberto y Marta que comentan el concierto. Están tan emocionados que se detienen a menudo y se distancian de los demás. Se oye un grito y ven venir a los tres que iban antes que ellos corriendo. Sin esperar, por instinto, Marta y Alberto se giran y también corren. No saben lo que pasa. Cuando Marta escucha el «*Sieg Heil*» y el ruido de las botas militares sobre la calzada, se da cuenta de que los nazis los persiguen. Siente que le falta el aire, que las piernas no responden, pero corre como no ha corrido en su vida. No se atreve a girar la cabeza. Alberto la apremia: «Vamos, vamos, más rápido, más rápido». La coge de la mano. El sonido de las botas disminuye. Sigue lloviendo. Ya solo se escuchan las gotas de agua al caer sobre el asfalto. Marta apoya las manos en las rodillas para recuperar el fuelle. En apenas unos instantes aparecen Vicky, Ana y Pedro. El terror en los rostros. ¿Dónde está Manu? ¿Y Raúl? También falta Chus. Los esperan y miran alrededor por si los *skins* vuelven. El miedo es una piedra y la preocupación gelatinosa. Una certeza fatídica. A Marta la angustia se le instala en el cerebro y su cuerpo hierve de puro frío. Tiembla de forma incontrolable. Alguien propone volver al bar de donde salieron, el de al lado de la sala de conciertos. Quizás Manu, Raúl y

Chus vayan hacia allá. Un resquicio de esperanza. Caminan inquietos. En el bar no están. Preguntan a la poca gente que queda. No los han visto pero les cuentan de otras palizas, de lo peligroso que es ese grupo que está convirtiendo las calles de Terrassa en un coto de caza. Marta sale fuera. Mira alrededor. A lo lejos, distingue a dos figuras que se acercan y el corazón le da un bandazo doloroso y agudo. Manu lleva la cara y el pelo chorreando sangre, también los pantalones, pero lo que la acaba de partir en dos es su expresión desolada. Un desamparo absoluto. Chus lo acompaña y parece que está bien. Luego, les contará que se escondió en una portería y oyó cómo le daban la paliza a Manu. Marta lo abraza. «Qué te han hecho, joder, qué te han hecho». Entran en el bar y todos los rodean. Marta rompe a llorar. Lo lleva al baño y trata de limpiarle la sangre. Alcanza a ver dos tajos grandes y profundos en el culo y uno más pequeño en la pierna. Le mira la cabeza, tiene el pelo apelmazado, una ceja rota, la barbilla abierta, el pómulo rojo. Manu pensó que de esa no salía. Los tenía encima como buitres. Los insultos, las risotadas. Los escupitajos antes de largarse. No puede creerse que siga vivo. Ve a Marta borrosa. Escucha su voz pero no le llegan sus palabras. No entiende qué dice. Ha tenido suerte. Suerte de la posición fetal en la que se puso en cuanto lo tiraron al suelo. De cubrirse la cabeza con los brazos. Suerte de que Chus lo ayudara a levantarse, lo llevara hasta el bar. Las piernas no lo sostienen y, con cuidado, lo acomodan en una silla. Sonríe con timidez. Le alcanzan un vaso de agua. El dueño del bar los apremia para que lo lleven al hospital. Manu dice que no, que al hospital no, que no quiere, que no es nada. Pero la sangre no deja de manar y tiñe la madera de la silla, la atraviesa y gotea en el suelo. Vuelve Raúl caminando como si estuviera borracho. Tiene una brecha profunda en la cabeza. También le han dado dos puñaladas. Deben llevarlos al hospital. Intentan parar un taxi que les dice que no, que le van a ensuciar la tapicería del coche. Marta le grita, le insulta, le implora. Chus intenta tranquilizarla, así no van a conseguir quién los lleve. Se acercan dos coches y paran frente a ellos. Los ha llamado el dueño del bar, son amigos suyos. Atraviesan las calles a toda velocidad. Ha dejado de llover. Entran por urgencias. Al rato sale una enfermera y los tranquiliza, no tienen nada grave, el cuerpo magullado, algunas brechas, heridas de arma blanca que no suponen peligro. Aprovechan para tomar café y unos cruasanes que ha ido a buscar Pedro. Repasan una y otra vez lo que ha sucedido. Al girar la calle les salieron al encuentro y como Manu y Raúl iban delante debieron de tirarse encima. Eran más de quince. Qué cabrones, qué cobardes. Siempre en grupos grandes, siempre armados, siempre escondidos tras las esquinas para saltar por sorpresa. A las nueve de la mañana sale Raúl, doce puntos en la cabeza más los de las puñaladas. Les explica que después de pegarle le pusieron una pistola en la boca y le dijeron que iban a disparar. «Un mierda menos», bramaron entre risas. Estaba seguro de que lo iban a matar. Raúl habla con la voz entrecortada. Se pasa las manos por las piernas como si quisiera cerciorarse de que el cuerpo aún le pertenece. El odio ocupa el lugar de la angustia. Quieren devolverles el golpe. Detenerlos. Acabar con esa plaga que no deja de crecer y arrasa con todo. Aunque el médico les dice que tienen que denunciar, que el hospital denunciará de oficio, ellos no van a hacerlo. La justicia protege a los nazis, los medios de comunicación dicen que son peleas de tribus urbanas, la gente se desentiende. Hablan de organizarse mejor, de pararles los pies.

Finalmente, a la una y media del mediodía, Manu entra

en la sala de espera acompañado de una doctora. Lleva puntos en la ceja, la mandíbula, la cabeza, el culo y la pierna. El ojo derecho está tan hinchado que apenas puede abrirlo. La doctora dice que no es grave, pero que ha faltado poco para que una de las cuchilladas atravesara el intestino.

Apenas un centímetro ha marcado la diferencia.

Un centímetro.

Ha perdido mucha sangre y debe tomar hierro. Mira a Manu mientras habla. Quiere convencerlo. Buena alimentación. Antibióticos para que no haya infección en las heridas, que hay que limpiar a diario. Reposo. Manu asiente. En cuanto la doctora se da la vuelta, los apura, «Vámonos de aquí».

La ciudad respira normalidad. Como si no hubiera pasado nada. Como si no sucediera nada. Gente paseando, de compras, tomando algo en las terrazas. Como cualquier domingo.

No pasa nada.

***

Le han quitado los puntos. El morado del ojo ha pasado a ser amarillento. Los primeros días, con el cuerpo dolorido, solo dormía y se levantaba para comer. Marta cocinaba espinacas y bistec, día sí, día también. Está solícita y afable, aunque a veces asoma el fastidio, las ganas de irse, y tardar en volver. Manu debería empezar a salir. Pero tiene la entraña agarrotada. Le cuesta tomar decisiones y se siente seguro en casa. Desearía que el mundo se detuviera y no tener que pensar en nada. Para evitar conversaciones con Marta se mete en la cama en cuanto termina la comida y se hace el dormido. Cuando ella se va hacia La Bruixa, Manu se levanta y va al comedor a poner música. No puede dejar de darle vueltas a lo que le dijo la doctora. Había perdido demasiada sangre y eso, en su estado, era peligroso. Está harto. Por mucho que lo intente, cuando cree que va a conseguirlo, pasa algo que se carga sus esfuerzos. Putos nazis, lo han dejado acojonado. Y no será porque Manu no haya tenido broncas en la calle con los colegas del barrio. En aquel entonces estaba cabreado con todo y con todos. Ahora piensa que es un inútil que ha tirado su vida por la borda. Y la culpa lo persigue, una culpa inabarcable cuando piensa en todo lo que fue capaz de hacer cuando habitaba en el infierno. Él, Manu. Tiene suficiente con las miradas reprobadoras, como la de la doctora de Terrassa, que lo tocó lo menos posible. Y a eso no está dispuesto. Canta con Veneno y tienen conciertos. Ha ido a Ámsterdam. Trabaja de vez en cuando en lo de los escenarios. No quiere que lo miren con asco o lo dejen de lado.

Marta regresa por la noche con un sobre en la mano y el rostro alterado. Se encuentra a Manu sentado en el sofá con la música alta, fumando un porro. Tarda unos segundos en reaccionar y recordar qué le parecía tan importante. La carta. El Hospital de Terrassa denunció de oficio, es una carta de los juzgados para que Manu vaya a testificar.

—No pienso ir, paso de líos.

Marta hace el gesto de leerla, pero él la interrumpe:

—No hace falta, sé de qué van, me apuñalaron a mí, no me pueden hacer nada por no ir. Si voy, me van a estar esperando.

XIII

But my home is where my heart is.
My heart it's not at home.
Now that we are parted
I feel so all alone
Thin Lizzy, «Sweet Marie»

Pipe no sabe qué pensar y ha llamado a Marta. Necesitaba compartir sus dudas. También reivindicarse un poco. Ella, después de un silencio prolongado, le ha dicho que hiciera lo que le diera la gana. Que era su vida. Que pensara en sí mismo. En lo que sentía. Pero ¿cómo saber qué siente si sus emociones cambian a una velocidad inalcanzable? ¿Cuál es el camino correcto? ¿Cómo no equivocarse? Pipe suele ser de dejarse llevar, de no darle demasiadas vueltas a las cosas. Las encrucijadas le generan ansiedad. Le cuesta asimilar que después de lo que han pasado, después de lo que se han hecho, Clara lo llamara y quedaran para tomar unas cervezas. En el bar al que iban a tomar el vermut cuando aún vivían juntos. Fue extraño. Hablaron de la gente del barrio, de las últimas ocurrencias de Candela, del trabajo. Al despedirse Clara le dio un abrazo y le buscó los labios. Se besaron, pero el desconcierto de Pipe fue tan evidente que ella no insistió. Pipe volvió a su casa tarde y confundido. Recibió un mensaje de Clara: «Te he echado de menos». Lleva más de veinticuatro horas dándole vueltas y más vueltas y, por mucho que lo piense, no comprende nada. Hace más de un año Clara no quería ni verlo y le decía que le había destrozado la vida, que lo peor que le había pasado había sido perder tanto tiempo con él. ¿Qué es lo que ha cambiado? Pipe le tiene rencor, le queman algunas imágenes que no puede borrar, algunas palabras que siguen resonando en su cabeza. Pero la extraña. O quizás lo que sucede es que se siente solo. Solo y mayor. Si Candela no está con él, no sabe qué hacer. Perseguir a los amigos para salir a tomar algo es una agonía. Excusas, pareja, trabajo, hijos, reuniones familiares, salud. Cree que la gente, a medida que pasan los años, pierde el gusto por la buena vida, la que le gusta a Pipe. La casa se le cae encima. Al final, lo único que desea es que llegue el lunes para trabajar o las vacaciones para largarse al pueblo. Ha pedido un permiso sin sueldo para ir con Candela un mes entero. En la escuela no le han puesto ningún problema si hace los deberes. Pipe suele asegurarse de que así es, va a las reuniones de madres y padres, a las tutorías con la profesora y se preocupa por estar al día de todo. Ahora necesita marcharse. Los amigos del pueblo tienen la habilidad de hacerle sentir a gusto en su piel. Ayer no quiso comprometerse al contestar el mensaje de Clara. Tampoco quería dar la callada por respuesta. Escribió lo que le pareció un mensaje neutro: «Yo también lo he pasado bien, descansa». Le costó dormir. Repasaba lo que hablaron, los gestos, los tonos. Intentaba asimilar su propia alegría. Se advertía. «No te fíes. Ten cuidado, no te fíes». Se ha despertado tarde y después de desayunar ha llamado a Marta. Desde el concierto de los Maiden que no la ve. Algunos mensajes por teléfono y poco más. Parece estar ocupada. Le jode esta distancia. Otra vez. Y eso que en el concierto lo pasaron de fábula. La vio llegar segura, alegre, con un cigarro entre los dedos y prisa por tomar una cerveza. Iba vestida de negro, las botas, los tejanos estrechos, la camiseta. Compraron unas latas y se sentaron en las escaleras de acceso al Palau Sant

Jordi, como en los viejos tiempos. Compartieron la emoción de ver llegar a la gente, muchos con la camiseta de la gira. La expectación, casi sagrada, que genera ver en directo a los grupos que te han acompañado a lo largo de la vida, que te siguen acompañando. Se pasaron el concierto cantando y contándose las canciones como si las descubrieran en ese momento mientras la encargada de su zona los regañaba una y otra vez por fumar. Al salir fueron a tomar unas cervezas por el Poble Sec. Pipe añora la camaradería que tuvieron en el concierto. Que tuvieron en el pasado. ¿Qué le pasa a Marta? Se le vuelve a escapar. Cuando están juntos la siente muy cerca. Se entienden rápido y Pipe tiene la sensación de que todo es posible. Luego, desaparece y no sabe de ella en varios días. Se da cuenta de que él no entra en sus planes. Y le molesta. Le enfada. Marta tiene su vida, su propia vida, aunque Pipe no tenga ni idea de cómo es. Al principio la imaginaba sola en su casa, trabajando. Por eso creyó que se verían más a menudo, que sería como antes, compañeros de confidencias y juergas. Se sorprendía cuando llamaba y el teléfono comunicaba. ¿Con quién hablaba? Por algunos comentarios se dio cuenta de que Marta salía poco, sí, pero tenía amigos y amigas que él no conoce de nada. Que Marta no le ha presentado. Para ella es más fácil. Los amigos de Pipe son los mismos. Ella los conoce a casi todos. Cuando Pipe le cuenta historias puede situarlos, le pregunta sobre sus vidas, se ríen juntos del paso del tiempo, de lo que les ha hecho. Pero ¿qué ha sucedido con el tiempo de Marta? No lo sabe. «Mis amigos son del trabajo, de algunos cursos que he hecho, gente maja». También dice: «No te vayas a creer, muy normales, no son de nuestra cuerda». ¿Qué quiere decir? Pipe se imagina a gente seria y aburrida. Le cuesta imaginar a Marta con ellos.

Escucha el ruido de la llave en la cerradura y la voz de Candela.

—¿Papá?

Pipe sale de la cocina secándose las manos con un trapo. Se aproxima a su hija y le da un achuchón. Candela se escabulle con una risa y un movimiento rápido. Lleva una bolsa con ropa y la mochila de la escuela, y se dirige a su habitación. Pipe la sigue de cerca.

—Hija, no te entretengas mucho que vamos a comer. Hoy toca pasta y pollo rebozado.

Candela asiente. Con la mirada clavada en la pantalla del móvil. Pipe piensa en preguntarle cómo está su madre. Así sabrá de qué ánimo se ha levantado Clara. Cómo van las cosas. Pero no lo hace. No quiere incomodarla. Pueden ir al cine por la tarde, hace tiempo que no van y a su hija le encanta.

—Princesa, pon la mesa que la comida está lista. Cuando acabes, coge el periódico y elige una película. Hoy nos vamos al cine.

1992

Friega los vasos acumulados con desgana. Es lo que menos le gusta de su trabajo. Peor si hay alguien pidiendo sus bebidas en la barra, mirándola fijamente, con cara de impaciencia. Entonces Marta odia al mundo, al bar y a la gente borde que no puede esperar ni un momento. Esa gente que cree que ella está para servirla. Qué rápido aprovechan su pequeño y miserable poder. Que se fastidien. Por el rabillo del ojo ve cómo se acerca Jordi, su compañero de turno, y le sirve las cervezas al imbécil que murmura por lo bajo que ya está bien, que se apresuren. Marta ve como el tipo se las lleva a una de las mesas del fondo, donde lo esperan tres hombres más. Vienen a menudo con exigencias, pose de estar de vuelta de todo y chistes de los que solo ellos se ríen. Marta va a cumplir más de dos años en La Bruixa y está cansada de impacientes, borrachos, listillos y demás fauna. Le da vueltas a la idea de dejarlo. Le jode un poco tener que alejarse de Jordi, con el que coquetea sin complicaciones y le proporciona la alegría necesaria para que las horas de trabajo no se le hagan eternas. Con Manu han entrado en una monotonía predecible que la asusta, aunque le proporciona la seguridad que necesita para estar tranquila. Pero se aburre y lo ve más encerrado en sí mismo, más apático, con menos ganas de moverse. Ahora que Marta ha conseguido lo que quería, saber por dónde anda, se da cuenta de que se aburre. Manu, desde la paliza de los fachas, suele estar en casa, recibiendo a amigos y regalando casetes grabados de los últimos discos que ha comprado. Se ausenta cuando trabaja en algún concierto o va a los ensayos de Veneno, aunque por lo que le cuenta, hay menos, están un poco parados, siempre hay alguien que lo anula. Al volver de La Bruixa, Marta sabe que va a estar en casa. Y allí está. Le falta algo. Más planes, salir con sus amigos, moverse, metas nuevas. La vida se le escapa. Los fines de semana que no trabaja lee novelas sentada en el sillón mientras Manu graba los casetes. Alguna vez salen a tomar algo al Joanet o vienen Pipe, Happy, Yolanda y Joan, y pasan la tarde juntos. Les cuentan los últimos cotilleos. Luego se marchan a seguir la fiesta y Marta y Manu se quedan, terminan las cervezas, discuten, hacen el amor, ven la tele y se duermen a la una o las dos de la madrugada. Marta, en estas visitas, tiene celos de Yolanda y se hace mala sangre. Le gustaría ocupar su lugar. El que le parece que era el suyo hace pocos meses. Cuando observa la complicidad entre Pipe y Yolanda siente como le sube la bilis a la boca. Le da miedo convertirse en una amargada pero una pereza inmensa se ha apoderado de ella. La desgana. Quizás este vacío es por la ausencia de proyectos. Dejó el Colectivo y ha terminado la carrera. Le toca pensar qué hacer en adelante. Sin embargo, no sabe cómo empezar. Por dónde empezar. Su vida ha entrado en una lógica de rutinas que podría hacer con los ojos cerrados. Se siente espectadora, exiliada del centro de la vida. Como si no le acabara de pertenecer. Hace listas de lecturas y planes de estudio. Se entusiasmó cuando una amiga le contó la historia de su padre y sus dos tíos en un ambiente sórdido de posguerra. El suicidio de su tío menor cuando todavía era un chaval. Pensó que podría escribir sobre ello. Investigó. Y lo dejó porque no sabía cómo empezar. No sabe cómo empezar. Pone el último vaso en el escurridor y atiende a dos chicas que le piden un cubata. Jordi se acerca a la barra, le pellizca un brazo y le pide cinco medianas para el grupo que está en el piso de arriba. Marta se las da y vuelve a quedarse perdida en sus pensamientos.

Ayer, Manu se la encontró sentada y con unas hojas de papel encima de la mesa.

—¿Qué haces?

—Estoy intentando escribir pero no me sale nada, solo se me ocurren estupideces.

—Tienes que escribir una novela en la que yo sea el protagonista. —Manu se sentó a su lado.

—Ja, para eso tendrías que contarme muchas cosas y no te veo muy dispuesto.

—Lo que te pueda contar es muy aburrido, es mejor que escribas lo que quieras. No me importa, pero déjame bien, ¿eh? Que te conozco.

Trató de mirar lo que tenía escrito. Marta arrugó el papel, con más garabatos que frases.

—Qué va, te pasarías el día dándome la lata.

—Pues la escribes cuando ya no esté. —Manu buscó los ojos de Marta.

—Entonces no la escribiré nunca.

Manu se queda fascinado cuando Marta le cuenta historias o interpreta cualquier cosa que les haya ocurrido. Piensa que es una exagerada. Ve motivos ocultos en la gente, intereses secretos que cuenta sobre la marcha y acaban siendo culebrones. Cuanto más se ríe Manu, más exagera Marta sus historias hasta convertirlas en fantasías retorcidas y un poco crueles. Algunas veces la tiene que calmar porque sus relatos tienen que ver con algo que la ha hecho enfadar o que ha malinterpretado. Entonces Marta respira rabia hasta sacar las cosas de quicio. La tiene que cortar en seco para que no se pase. No logra entender por qué está desanimada y pospone sus deseos. Nunca es el momento, siempre falta algo: tiempo, condiciones, dinero, ganas. Su madre hace un par de meses que le ha conseguido algunos trabajos de correctora. A Marta le gustan, pero no pagan lo suficiente para poder dejar La Bruixa. Se da la vuelta para cambiar la música. Se ha acabado el doble directo de los Creedence. Se queda mirando los discos. Finalmente pone Kortatu, «Mierda de ciudad»: es lo que siente. Jordi se acerca, le lanza una de sus sonrisas luminosas y da unos pasos de *ska*. Marta se ríe y pone dos cañas. Una para ella y otra para él. Brinda con Jordi y se suma a la clientela que canta la canción a gritos. Su vida le parece insulsa. Aunque décadas después piense que esos fueron sus mejores años y los añore con la fuerza y la necesidad de sentir que algo valió la pena.

***

Pipe está harto de Manu. A veces llega una hora tarde a los ensayos, a veces no aparece. Y también de sus excusas: su madre no está bien, tiene trabajo o actúa quien sea en el KGB. Sospecha que miente. Y se enfada. Y no lo entiende porque Manu disfruta cuando canta. Se le nota. Con Veneno han hecho varios conciertos y suenan más contundentes. Como el de la sala Dolce Vita con el Kaso Urquijo. Les grabaron una entrevista y el concierto en vídeo. Pipe lo mira constantemente para ver en qué tienen que mejorar. Dónde están los fallos. Manu lo hace mejor. Y cuando va al local suele traer alguna letra nueva. Por eso, le da tanta rabia que no cumpla con los ensayos. Así no pueden avanzar. Además, es la situación perfecta para que Joan siga con su campaña. Empezó con insinuaciones, ahora es más categórico. «Con él no vamos a llegar a ningún lado». «Conozco un cantante que encajaría mejor». «Solo los grupos que ensayan mucho consiguen algo».

El otro día Pipe habló con Marta en su casa en un momento en que Manu había bajado a comprar. Le preguntó si sabía qué le pasaba, que aparecía poco por los ensayos. Marta lo miró, pensativa.

—No sé, yo creía que estabais un poco parados, pero ahora que lo dices, Manu lleva un tiempo serio, como preocupado. ¿Habéis tenido alguna bronca?

—Varias. Joan, cada vez que llega tarde o aparece después de unos días, le echa un sermón y Manu se mosquea, pero es que si no viene no podemos hacer nada. A ver si puedes decirle algo.

Él prefería no hablar con Manu porque se cerraba en banda y a Pipe no le gusta discutir. Es cierto que se le veía más distraído. Manu nunca había sido de muchas palabras, pero ahora apenas se comunicaba. Estaba recluido en su mundo y Pipe no creía que tuviera relación con el grupo. Pensaba que igual tenían una crisis de pareja, pero o disimulaban muy bien o ese no era el problema.

—Bueno, le preguntaré. —Marta sonrió al escuchar la puerta y ver la cabeza de Manu asomar—. ¡Qué rápido has ido!

No sabe si Marta y Manu hablaron, pero hoy ha vuelto a faltar al ensayo. A Pipe lo llamaron del Colectivo para proponerles que actuaran en un concierto a favor de la insumisión en la plaza de la Virreïna. Van a tocar un montón de grupos. Les dijo que sí sin preguntarles a los demás. Y en el ensayo lo quería anunciar y preparar el concierto incorporando las cuatro últimas canciones que han compuesto. Joan ha aprovechado que Manu no estaba y ha vuelto a la carga. Les ha soltado un ultimátum. «O Manu o yo». Happy se ha puesto rojo y Pipe ha reaccionado:

—Pero ¿estás loco o qué? Os estoy diciendo que tenemos un concierto en dos semanas. Ya lo llamo yo. Mañana volvemos a quedar. Hoy podemos trabajar la parte instrumental. Y no se hable más.

—Lo que quieras, pero cuando pase el concierto os voy a decir lo mismo.

—Pues eso, hasta que no pase el concierto, te callas.

Ha sido un ensayo accidentado. Cada uno se ha ido por su lado sin apenas despedirse. Pipe está cabreado. Decide acercarse a casa de Marta con la furgoneta. Va a ver a Manu aunque tenga que esperar. Aparca cerca de Arc de Triomf. Camina por Sant Pere Més Alt con el ruido de las persianas anunciando la hora de cierre, baja por Argenters, estrecha, oscura, y al doblar la esquina, en la portería, llama por el interfono. Desde la calle escucha el timbre rebotar en las paredes. No hay nadie. Duda. Si Manu no está, igual es cierto que ha pasado algo. Decide ir al bar de Alberto. Están abriendo. Cani detrás de la barra carga cerveza en la nevera.

—Hombre, Cani, cuánto tiempo sin verte. ¿Has vuelto al curro?

—Ya ves, estaba harto de estar en casa con mi padre detrás de mí dándome consejos todo el día. Aquí escucho música, me tomo mis birras y este cabrón me da para pipas...

—No te quejes que a mí no me alcanza para nada. Tengo más gente en la lista de deudores que dinero en la caja. —Alberto sale del almacén con cara de sueño—. Qué pasa, Pipe, ¿estás de vacaciones?

—Qué va, he venido a ver a Manu pero no hay nadie en casa. ¿Sabes algo de él?

—Esta mañana me lo he encontrado, iba al Hospital del Mar porque han ingresado a su madre con una arritmia. Estaba bastante agobiado.

—Joder, no sabía que estaba tan chunga. Manu me comentó algo, pero pensé que no era serio. —Pipe niega con la cabeza.

Si Manu no fuera tan hermético. Por lo menos podrá callar a Joan. Hasta que vuelva a la carga porque se la tiene jurada. Pipe no cree que sea solo por Veneno, a veces también Joan se escaquea y no aparece. En el grupo los únicos constantes son Happy y él. Tiene que ser por otra cosa. Mira su reloj, Marta sale de La Bruixa a las nueve y decide esperarla. Si no ve a Manu, la verá a ella. Hace tiempo que no están a solas. O está con Manu o trabaja. La última vez que hablaron con calma fue después de la muerte de la madre de Pipe. Marta se presentó a la salida de la oficina de mensajería, lo invitó a unas cañas y le habló de trivialidades. Pipe, al cabo de un rato, le comentó que andaba jodido, que su padre parecía un alma en pena por la casa sin saber qué hacer, en qué ocupar el tiempo, y él no encontraba la manera de animarlo. Su padre y Pipe nunca habían hablado mucho, era hombre de silencios y ausencias, de trabajar entre semana, de película de la sobremesa de los sábados, de lectura de periódico con el café los domingos. Pipe perdió el pulso de su casa. Solo iba a dormir. Cuando iba. Sin su madre la vida era más difícil. La casa se convirtió en un lugar asfixiante, las plantas secas, los platos acumulados en el fregadero. Pipe ponía orden. Su padre le dejaba hacer. Como si se hubiera convertido en un niño desvalido. Contrataron a una mujer para que ayudara con la limpieza y la ropa, Pipe trató de pasar más tiempo con él. Se sentaban juntos a ver la televisión, le comentaba las noticias tratando de provocar pequeñas muestras de interés y, cuando se iba a dormir, Pipe salía de casa y se marchaba de fiesta. Más ansioso, más acelerado.

Esa fue la última vez que habló con Marta a solas. Uno de esos momentos solemnes en los que sabes que puedes contar con alguien, que va a estar para ti cuando haga falta.

XIV

Tell my mama and tell my pa
That their fine young son didn't get far.
He made it to the end of a bottle
Sitting in a sleazy bar
Thin Lizzy, «Got To Give It Up»

Marta hace recuento de los conciertos de Thin Lizzy: de marzo a octubre de 1971 dieron ciento veinte conciertos. Ciento veinte conciertos en ocho meses. Un concierto cada dos días. La tristeza que la embarga, como una invasión de seres hostiles, le hace sentir ese número extraordinario como una losa. Le parece excesivo. ¿Tanto se tiene que trabajar para hacerse valer? ¿Por qué es necesario hacerse valer? Marta piensa que por mucho que te guste la música, por mucho que te guste lo que haces, ese ritmo frenético es una brutalidad capaz de acabar con el cuerpo y la mente más fuertes. Detrás del tópico de «Carretera y manta» y su aureola están los kilómetros, las pensiones cutres, las discusiones, las emociones, los excesos, el dinero prometido que se convierte en humo, los conciertos que salen bien y permiten sentir que la magia existe, los que son un desastre, aquellos momentos en los que solo se piensa en dejarlo, en que no se soportan las manías de los demás, la añoranza de casa, el bar en el que siempre se desayuna, una comida caliente, las sábanas limpias. Una dinámica frenética y agotadora que, cuando podían parar y pasaban los meses, volvían a desear como la única cosa capaz de hacerlos sentir vivos. Como si la rutina fuera una muerte en vida que añoraban cuando no la tenían pero que luego los sepultaba. La vida tiene que ser algo más que eso. Marta también tenía sus rutinas; las buscaba, las generaba aunque dijera lo contrario. Ahora aún más. Se pone nerviosa si algo las altera. Prefiere estar entre las cuatro paredes de casa, con sus libros, sentada a la mesa de trabajo frente al ordenador, regar los geranios, darse cuenta de que lleva dos o tres días sin salir al ver la nevera vacía. O música o silencio. Deja que las horas se deslicen, suaves e indoloras, una detrás de otra. Sin sobresaltos. Y cuando la soledad deja de ser placentera para convertirse en un páramo llama a alguno de sus amigos, queda para unos días después y sale durante unas horas. Escucha «Me dejó marchar», de Coque Malla. Tal vez sea eso, tal vez seguir viva cuando tenía las probabilidades en contra la dejó seca por dentro. La vida es arbitraria, con tanta facilidad para desvanecerse que no se ha recuperado del susto. El terror aparece desde la esquina más insospechada y se siente desarmada. Sonríe con tristeza porque es la tristeza la que guía sus pensamientos en bucle y recuerda cómo Manu afinó su capacidad para escribir letras, para buscar en su interior y volcar lo que pugnaba por salir en el papel. Cree que expresaba en las canciones lo que su orgullo le impedía decir cara a cara. O tal vez se permitía la honestidad que solo se puede expresar a través del arte. Quizás a ella le pasa lo mismo.

Trata de volver a concentrarse en la biografía, en la parte de la aparición de Cecil, el padre de Phil, en escena. Vio a su hijo en los medios de comunicación, localizó el teléfono de su madre y la llamó. Ella reconoció su voz al instante a pesar de llevar más de dos décadas sin saber nada de él. Es lo que tienen las voces. Era difícil pensar en lo que la ausencia del padre había provocado en la imaginación de Phil. Marta se debate sobre si es mejor confrontarse con la realidad o mantener la historia que uno se había construido en la mente. Marta todavía no ha elaborado el duelo por la ausencia de su propio padre. Le tiene rabia. Probablemente lo quiere y eso incrementa la rabia. Siente que la resonancia de la palabra «patética» en su interior pertenece a su padre, a alguna de sus habituales bromas. Marta era una niña y competía con sus hermanos por su atención, pero sucumbía a las bromas y lloraba. Entonces estas aumentaban de intensidad. La marcha de su padre de la casa familiar le produjo un vacío y un alivio. Aunque ahora transcurran años entre una visita y otra, han llegado a una especie de entendimiento. De paciencia mutua. De evitar algunos temas porque las explicaciones sobre el pasado se han ido alejando entre sí y no quedan puentes para elaborarlas de forma común. Cuando termina la visita, vuelve a sentir alivio.

Marta ha tenido poca relación con los padres de sus amigos, de sus parejas. Los padres solían tener poca presencia. No eran muy creíbles. Su poder real era escaso. Manu rehuía a su padre. A veces parecía que ni existiera. Marta tampoco guarda buen recuerdo de él. Cuando Manu murió y Marta fue a casa de sus padres se lo encontró solo y la única reacción que él tuvo fue pedirle que lo acompañara a ver a la madre de Manu, que también estaba en el hospital, y le dijera que su hijo seguía vivo. Le pidió que la engañara.

Marta lo hizo.

No entiende cómo fue capaz. Aún no habían enterrado a Manu. Pero lo hizo. La madre murió cuatro meses después sin saber que su hijo la había precedido. El padre esperó fuera de la habitación del hospital, con Pipe, y no se atrevió a entrar hasta que Marta hubo salido. La madre estaba en la cama de una habitación austera, con la cortina echada para mantener la privacidad de la otra ocupante, que roncaba a escasos metros. Con los ojos fijos en Marta, el pelo gris enmarañado, más flaca, y un hilo de voz, preguntaba por Manu. Marta no recuerda muy bien qué excusa le puso para justificar que no hubiera ido a verla. Tampoco sabe si la creyó.

El padre le dijo que iría al entierro de su hijo pero no apareció. No se despidió de él ni vivo ni muerto.

1992

A Manu le abruman las quejas de Marta. Incluso escribió una canción en la que le decía que su miedo a vivir era real. Marta la leyó y no se dio por aludida. Le dijo con una sonrisa ausente que estaba bien. Manu no le contó que la había escrito pensando en ella. En su necesidad de autocontrol, en sus miedos disfrazados bajo una sociabilidad que buscaba la aprobación del resto y nunca se daba por satisfecha. No entiende por qué se queja con lo fácil que lo ha tenido todo. Que lo tiene. Viene del Eixample, ha podido estudiar, su madre siempre la apoya, tiene hermanos con los que parece que hablen un idioma distinto, propio, de clan. Aunque Marta se esfuerce por mimetizarse es evidente que no pertenece al barrio. Nadie se lo ha echado en cara nunca. Pero a Manu le molesta que tenga respuesta para todo y aun así no acabe de estar contenta con nada. O la satisfacción le dura cinco minutos antes de decir «Sí, pero...». Pocas veces se relaja de verdad, pocas veces se deja llevar. Le parece que se quiere poco. O que se quiere mal. Cada vez que hay un problema se lanza como una avispa y hace lo que haga falta. En eso es infatigable. En eso. Pero cuando se ha solucionado, vuelven las quejas. Si Marta hubiera vivido lo mismo que él, vería las cosas de otra manera. Se lo dice cuando discuten y al instante se arrepiente, porque Marta se queda con la boca abierta, como si la hubiera golpeado. Entonces le dice que no le dé tantas vueltas a las cosas. Pero Marta es incapaz. Solo la ve tranquila cuando lee. Concentrada, tan metida en el libro que no oye lo que le dicen, ni los gritos de los vecinos ni la música que Manu pone a un metro de ella. Y solo se deja ir cuando follan. Al terminar le cuesta varios minutos regresar a la realidad, lo hace con la respiración acelerada y los ojos acostumbrándose de nuevo a las cuatro paredes de la habitación. Se enciende un cigarro y se cobija en el cuerpo de Manu. Sin hablar. Un largo rato.

Alguna vez Manu ha pensado en aprovechar ese momento para soltarse y explicarle lo que hace tiempo que calla. Pero no se atreve. Le da miedo que Marta lo deje, le da miedo quedarse solo. Pasan los días, las semanas, los meses, los años y el abismo se hace más grande. A Manu el suelo le parece todavía más inestable desde que su madre está con el corazón delicado. Según el médico, si hace dieta y toma la medicación, mejorará. Pero él siente que su madre está peor de lo que dicen. No sabe cómo explicarlo. Algo en sus ojos, un velo de tristeza. Manu va a su casa para ayudarla a hacer la compra, limpiar el piso, comprobar que se cuida y toma la medicación. Su madre ríe suavemente al verlo afanado, recupera un poco el brillo de la mirada, pero se cansa enseguida. Se sienta en el sillón y le deja hacer. Manu se va cuando se queda dormida. En el camino de regreso pasa por Los Tres Mosqueteros y compra costo, va a la tienda de discos, elige un par de novedades y vuelve a casa, la casa de Marta. Él también nota cambios en su cuerpo. Desde la paliza de los nazis está más delgado. Si lo llaman para trabajar en un concierto, el esfuerzo que tiene que hacer para seguir el ritmo lo agota; se queda sin aire, le duelen hasta los músculos de la cara por mantener el rictus de la sonrisa. Y lo vuelvan a llamar. Se olvida de sí mismo y se entretiene. Pero se agota. Regresa a las tantas de la madrugada y duerme doce horas seguidas. Se levanta dolorido y hambriento. Como hoy. Disfruta de la casa vacía cuando Marta sale. Deja la cama con calma y, después de poner la cafetera, se dirige al baño y se mira largamente en el espejo. Los pómulos afilados, la forma del cráneo más visible, la nuez abultada en un cuello cada vez más delgado. Escucha la música de Bambino, que se cuela por la ventana. Otra vez la pesada de Lauri. ¿Es que no puede poner la música más baja?

Manu se hace el primer porro del día, apoya el cuello en el sofá y mira el techo. Siente en su mano el pelo suave de Nessa, la gata, y su ronroneo en la pierna. Adora a esa felina que lo sigue por toda la casa buscando mimos. Le calma esta soledad fría instalada en los huesos. Como si estuviera en una barca, solo y sin remos, a la deriva.

Por la tarde tiene ensayo con Veneno. Pipe lo espera. El proceso de crear canciones, de cantarlas, es de las pocas cosas que lo llenan. Aunque escuchar las quejas del pelmazo de Joan desborde su paciencia, aunque los planes de futuro del grupo le produzcan congoja y, a veces, rechazo. Y culpa. Pero después de los ensayos se siente tranquilo, relajado. Está haciendo algo que puede permanecer.

***

Marta sabía que Manu tenía un hermano diez años mayor que él. Un hermano con el que compartía madre, pero no padre. Se marchó cuando Manu tenía doce años. Vivía en Costa Rica y trabajaba en Tabacalera Española. Al principio se comunicaban semanalmente por teléfono pero las llamadas se fueron espaciando. Cuando Manu se enganchó a la heroína volvió a llamar cada dos o tres días, a instancias de su madre, para convencerlo de que lo dejara. A veces con argumentos, a veces con gritos, a veces con ruegos. Siempre con impotencia. Y ahora lo están enterrando en el cementerio de Montjuïc. Marta mira a Manu, que rodea con el brazo el hombro de su madre para sujetarla. Son seis personas. Los padres de Manu, dos mujeres que Marta no conocía, Manu y ella. El sol apenas calienta. Los operarios cierran la tumba. Cuesta aceptar que lo que sellan con cemento sea el cuerpo de una persona que hace tan solo unos días tenía proyectos de futuro. Un cuerpo de treinta y cuatro años. Marta observa a Manu, que tiene la mirada perdida más allá de los nichos, como si pudiera atravesarlos y ver lo que hay detrás. Los ojos secos. Trata de imaginar en qué piensa, qué recuerdos de infancia lo invaden. Su madre llora con gritos agudos. La mano abierta. Marta busca al padre de Manu y lo ve un poco más allá, el rostro demudado. No se acerca a su mujer pero la mira de soslayo. A Marta le sube una arcada y traga saliva. Piensa en la fiesta de hace tres noches. En las risas, el campeonato de futbolín que ganaron Alberto y Ana, las canciones a gritos, las charlas irreverentes. Se estremece al pensar que, mientras ellos disfrutaban, la madre de Manu recibía la llamada que le notificaba que su hijo había muerto en un accidente de tráfico y que el cuerpo repatriado llegaría poco después. No le dieron mucha información, que llovía y el *jeep* se había salido de la carretera y había caido por un terraplén. Que Tabacalera pagaba la repatriación, el entierro y una pequeña indemnización a la familia, puesto que su hijo no tenía descendencia. Manu se enteró cuando fue a ayudar a su madre. Al volver le dijo a Marta, sin mirarla, que iban a enterrar a su hermano. Ella lo acribilló a preguntas:

—¿Cómo ha sido? ¿Cuándo? ¿Qué ha pasado?

Manu gritó que él no sabía nada, que todo era una mierda. Marta no supo qué decir. Bajó a comprar unas cervezas y algo para cenar. Al volver, encontró a Manu sentado en el sofá con los ojos cerrados y Marta vio el surco de lágrimas. Abrió una cerveza, le dejó un vaso lleno, le acarició la mano y se fue a la cocina. Preparó un arroz con salsa de tomate mientras fumaba un cigarro tras otro. Puso la mesa y fue a avisarlo de que la cena estaba lista. Manu abrió los ojos un momento y negó con la cabeza. Volvió a cerrarlos. Su vaso de cerveza estaba intacto. Marta se sirvió un plato y en cinco minutos lo había terminado. Se quedó sentada frente al plato vacío hasta que dejó de oír la música y la casa quedó en silencio. Regresó a la sala. Manu se había tumbado y estaba dormido. Le puso una manta por encima. Marta intentaba imaginar a ese hermano que se marchó a Costa Rica y jamás volvió. Pensó en cómo debía de estar su madre. A Marta le fascina la relación de Manu con ella. La ternura compartida. Esa forma que él tiene de intentar compensar el sufrimiento que le causó cuando estuvo enganchado. Como si algo así pudiera compensarse. O como si hiciera falta. Su madre buscó ayuda, le aguantó los monos, calló cuando algo de escaso valor desaparecía de la casa. Habló con otras madres que pasaban por lo mismo. Aguantó a las vecinas que decían que no había sabido educarlo. Preguntó, cada vez con menos vergüenza y más seguridad, qué era la heroína, qué era la metadona, qué podía hacer. Se tragó el miedo cuando algún chico del barrio aparecía muerto de sobredosis, alguna chica muerta de una puñalada. Como Pili, la primera novia de Manu. Si llegaba una noticia de detenidos por la policía, corría a la comisaría. Aguantaba el mal trato hasta asegurarse de que su hijo no estaba entre ellos. Si conseguía que le dieran los nombres, se apresuraba a informar a sus madres para que pudieran hacer algo. Era una escabechina en el barrio, en la ciudad, en el país. Sintió un inmenso orgullo cuando Manu se desenganchó y recuperó un poco la vivacidad que lo caracterizaba. La segunda vez, a pesar del miedo y la decepción, no le recriminó nada, sabía qué hacer y lo hizo. Y Manu también. Fue mucho más rápido que la primera. Marta se ha dado cuenta de que Manu y su madre no suelen hablar del padre. Si su madre hace alguna referencia, de pasada, para demostrarle que también colabora, Manu contesta «Más le vale».

Esta mañana se han preparado con prisa, sin hablar. Han ido directos al cementerio. El autobús los ha dejado en la puerta y han caminado cogidos de la mano, desorientados, hasta que un trabajador les ha indicado dónde se realizaba el entierro. Al girar por uno de los senderos, han visto a la madre y al padre de Manu. Él le ha soltado la mano y ha caminado hacia su madre. La ha abrazado mientras ella lloraba desconsoladamente. El padre ha saludado a Marta y se ha separado un par de metros. Han llegado una mujer y una chica mayor que Manu, rondaría la treintena. Se han presentado a Marta como tía y prima. Han ofrecido palabras de consuelo. Nunca imaginaron que tendrían que darlas por este hermano. El entierro es rápido. Su madre avanza hacia la lápida, la acaricia, saca un pañuelo y la limpia. Manu le vuelve a pasar la mano por los hombros y, lentamente, la gira y la ayuda a caminar hacia la salida. La prima le cuenta a Marta que cuando eran pequeños vivían en la misma calle y el hermano de Manu era muy simpático, muy bromista, los llevaba a las atracciones, les enseñó a ir en bici y a jugar al fútbol. Era un loco del fútbol. En las fiestas familiares les daba cerveza a escondidas. Dice que era el héroe de Manu, que lo seguía por todas partes y que lo pasó muy mal cuando se marchó a Costa Rica. No le perdonaba que lo hubiera abandonado. Baja la voz cuando señala al padre y le murmura que Manu le echó la culpa de que su hermano se fuera. Ella no sabe por qué, pero siempre le echó la culpa. «Ya sabes que no es el padre de su hermano, ¿no?». Marta asiente. «Nosotros nos fuimos a vivir a Sabadell y nos vemos poco. Alguna vez por Navidad, lo normal». Marta está agradecida con esta prima locuaz que la toma del brazo mientras habla sin parar. En la puerta del cementerio se despiden de la tía y la sobrina. La madre mira a Marta y le dice: «Era muy bueno, muy buen hijo, muy buen hijo, cada mes me mandaba dinero para que no nos faltara de nada». Manu mira por la ventana del autobús. Cuando llegan al Paral·lel, su padre dice que tiene algo que hacer y se va. Caminan hacia la casa, la madre vuelve a llorar. Manu la acompaña al sofá. La ayuda a sentarse. Le quita los zapatos y le pone las zapatillas. Le seca la cara con un pañuelo de papel. Marta pregunta si hace algo de comer. La madre responde: «Sí, hija, hay una sopa preparada. ¿La puedes calentar?». Marta, aliviada, entra en la cocina. Escucha el rumor de la televisión y la conversación, de la que entiende palabras sueltas, «cuidar», «pena», «sola», «padre». Piensa en quién será el padre de ese hermano. Por qué no ha ido al entierro. Si sabe que su hijo está muerto. Si sabe que tiene un hijo. Enciende el fuego y pone la olla a calentar. Manu entra con una cerveza fría y se la ofrece. Parece más tranquilo. Marta corta pan. Tiene los hombros tensos. Le gustaría irse, ahora, ya. Pero no puede. No debe. Apaga el fuego y lleva la olla a la mesa. Cuando va a servir la sopa, Manu la detiene con un gesto. La sirve él. La madre lo mira agradecida. Comen en silencio.

—Mamá, esta noche me quedo contigo.

—No hace falta, hijo, no hace falta...

—Me quiero quedar y me voy a quedar. Marta tiene trabajo y luego necesitará descansar. Ya nos veremos mañana.

Marta siente como se deshace el nudo de su garganta y dirige la mirada hacia su plato.

Se muere por irse.

XV

It's just another black spot
Where far too many people have died
It's just another grave yard
And there's not too many people left alive
Thin Lizzy, «Toughest Street in Town»

Abraza a Happy. Siente la sorpresa en su espalda. Antes solo se daban dos besos pero Marta ha aprendido a abrazar. A abrazar a quien quiere. O al menos lo intenta. Pipe los mira regocijado.

—Tienes muy buena cara. —Marta se sienta—. Pipe me contó lo de tu enfermedad, pero te veo muy bien. Nos tienes que explicar la fórmula.

—Se hace lo que se puede. Voy más lento pero me dedico a la buena vida. El perro me saca a pasear por las mañanas. Cocino, me echo la siesta y espero a que lleguen mi hija y Yolanda.

—¿Por qué no ha venido Yolanda? Me hubiera gustado verla.

—Está cuidando de su madre, pero me ha dado muchos recuerdos para ti. Tienes que venir a casa, está cerca de la playa y te encantará el pueblo.

Mira a Pipe con ansiedad. Marta se da cuenta.

—Sí, busquemos un fin de semana que os vaya bien. Hace mucho que no salgo de Barcelona.

—Con el tren llegas en media hora, no tienes excusa. Podemos organizarlo para mayo, falta poco y hace un tiempo ideal para pasear.

—Os tengo que contar novedades —interrumpe Pipe—. El otro día volví a liarme con Clara. Estuvimos de fiesta toda la noche y acabamos en su casa.

—Vaya... ¿Y cómo estás?

Marta se enciende un cigarro. Aunque Pipe le había comentado algo por teléfono, creyó que había sido un beso accidental. ¿O habla de otro día? Cómo es posible que Pipe se haya acostado con Clara después de lo que le contó. Marta sigue enfadada con ella. El pensamiento, fugaz, de no querer verlos juntos, aunque eso implique no volver a quedar nunca más, pasa por su mente. Exactamente igual que hace años. Intenta expulsar la idea de su cabeza. Cada uno hace lo que puede. O lo que quiere.

—Confundido. No sé lo que piensa. Hemos vuelto a quedar la próxima semana. Si podemos vernos de vez en cuando y estar a gusto, ¿por qué no? Ni me acuerdo de cuándo fue la última vez que nos acostamos con tanta pasión.

—Qué buena noticia, Pipe, hay que disfrutar la vida. —Happy suelta una risita y mira a Marta—. ¿A que sí? Además, llevabais juntos muchísimo tiempo.

Vaya argumento de mierda, piensa Marta. Que más dará que llevaran mucho o poco. Como si no les quedaran otras posibilidades. Pero no quiere juzgar. Tampoco mentir. Está harta de mentiras.

—Mejor que no vuelvas a vivir con ella. Cuida tu espacio, que te ha costado mucho recuperarlo.

—Ja, ja, ja, ja. Sabía que dirías eso. —Pipe está radiante—. No te preocupes, que lo tengo muy claro y no quiero volver loca a Candela. No me la voy a jugar. Así no hay malos rollos y tenemos más ganas.

—¿Y cómo se despertó al día siguiente? ¿Qué te dijo?

—Muy cariñosa. Si Clara está bien, es fantástica. Se

me había olvidado. Pero me fui rápido, no quise estropearlo.

—No tengo claro que se pueda retomar una relación cuando os habéis hecho tanto daño. El rencor acabará saliendo. —Marta, ante la expresión de disgusto de Pipe, recula y cambia el tono—. No me hagas caso. Nunca se sabe.

—Iré poco a poco a ver qué pasa, pero la otra noche nos reímos muchísimo. Aunque me da miedo cagarla, tengo la sensación de que irá bien. Marta, a ver si te echas novio y podemos irnos de fiesta los seis.

—Lo que me faltaba por oír, no necesito ningún novio para salir de fiesta. Ni para nada. Tampoco me gusta tanto salir.

—Con Yolanda tampoco cuentes y yo no estoy para demasiados trotes. Tomar un vermut, eso sí, cuando queráis.

—Sí que estáis mal. —Pipe se ríe y le da un trago a la cerveza—. Joder, tenemos que darnos un homenaje, como en los viejos tiempos.

—No me jodas, la ciudad no es la misma. Ni la fiesta, tío, ni la fiesta.

—Ni nosotros —interrumpe Happy—. Además, no fue todo tan maravilloso.

Pipe no piensa dar su brazo a torcer. Por supuesto que aprendieron a perder, aunque tampoco querían ganar. Querían exprimir cada segundo. Y él quiere mantener viva esa chispa.

—Sí, es verdad. Manu murió y fue una mierda. Pero también se quedaron en el camino Mireia, Silvia, el Gordo, Óscar, Lety, que se suicidó... Tantos que ni me acuerdo. Pero lo pasamos de puta madre, no me digáis que no.

—Sí, éramos libres, eso nadie nos lo puede quitar. —Justo en el momento de decirlo Marta vacila. No tiene claro que «libre» sea la palabra. Vivían como si tuvieran inmunidad a pesar de lo que veían a su alrededor, a pesar de lo que sabían. O quizás es lo que necesitan pensar ahora—. ¿Os acordáis de Cani? Me encontré a Alberto y me dijo que había muerto de un ataque al corazón.

A Happy se le enturbia la mirada, Cani y él se entendían muy bien, pero no pierde la compostura. Pipe protesta:

—¿Por qué no me lo habías dicho? ¡Qué putada! Cani era un tipazo.

—No sé, hablamos de otras cosas.

—No se merecía morir, no es justo, con lo mal que lo pasó. Como Manu. ¿Os dije que se despidió de mí?

—¿Quién? —Marta mira fijamente sus labios.

—Manu —Happy titubea—, aunque entonces no me di cuenta. Fue extraño, por eso pienso que se estaba despidiendo, murió una semana después. Me llamó para saber cómo estaba. Y me dijo que yo era un tío de puta madre, que tocaba la guitarra como nadie. —Se ruboriza—. Que se alegraba mucho de que estuviera con Yolanda. Y que lo había pasado muy bien conmigo.

—¿Y qué le contestaste? —Pipe vuelve a interrumpir.

A él, Manu no lo llamó. ¿Estaba enfadado? O igual le dijo algo cuando se vieron y no se dio cuenta. Él cree que era más amigo suyo que de Happy.

—Que a ver si nos veíamos pronto. O algo así. ¿Cómo iba a saber que se estaba despidiendo? Cuando me di cuenta pensé en lo que me hubiera gustado decirle. Que lo quería mucho, que me sabía mal lo del grupo, no sé, pero pensar en su llamada me hizo sentir mejor.

Marta trata de procesar la información. Manu llamó a Happy. ¿Y a quién más llamó? Fue generoso. O lo necesitaba. La conmueve. También intentó hablar con ella y ella no lo dejó. Marta fue cobarde. Pero ¿por qué Manu no quiso que nadie supiera que estaba en el hospital si antes había llamado para despedirse? ¿Por qué le prohibió avisar a su madre, a sus amigos?

Marta respira hondo. Da un trago largo a la cerveza y mira el mar. Se hace un silencio y escucha los gritos estridentes de una gaviota.

—Todas las muertes son un palo. —Pipe le hace un gesto al camarero para que traiga otra ronda—. ¿Que son injustas? Pues sí. Lo sabíamos entonces y lo sabemos ahora. Pero al mundo le importa una mierda. ¿Y qué vamos a hacer? Pasarlo lo mejor posible, es la única manera de darles en las narices.

—No sé, todo ese dolor para nada. ¿Qué ocurre con la gente que murió? Fue una auténtica masacre, pero es como si no hubieran existido nunca, como si tuvieran que taparse, como si olieran mal.

—Y qué quieres que les hagan, ¿un monumento?

—Tiene razón Pipe. Pensarlo solo sirve para sentirte culpable y la culpa es para los cristianos. Nosotros somos del día de la bestia. —Happy le guiña un ojo a Marta—. Yo con tratar de no hacer daño a nadie tengo suficiente.

Marta no sabe muy bien de qué los quiere convencer, si es que los quiere convencer de algo. Duda de sí misma y de la honestidad de su malestar. Se pregunta si la impotencia es un sentimiento o un estado. O una coartada para no mirar alrededor, para no preocuparse, para no ocuparse. Es lo que le parece en las palabras de Happy y Pipe. Y sospecha que ella hace lo mismo. Se pregunta si se la puede sacudir de encima. Si le queda algún resquicio por el que lanzarle una pedrada al espejo. O si está vencida. Irremediablemente.

1993

Manu se pasa los dedos por el cuello. No es uno, como pensaba, sino tres los pequeños bultos que deforman levemente su piel. Aprieta con el dedo índice. Son duros, podrían ser de grasa. Apenas son algo más grandes que una picada de mosquito. Sale a la calle y se sube la cremallera de la chupa de cuero. Hace frío. Camina a buen paso con las manos en los bolsillos atravesando el centro de la ciudad. A esta hora de la mañana el movimiento es intenso. Los limpiabotas de Les Rambles trabajan diligentes a los pies de hombres con traje que leen el periódico. Viejos ociosos sentados en las sillas bajo los plataneros miran a la gente pasar. Un quiosquero ordena la prensa y las revistas. Frente al mercado de La Boqueria, mujeres afanadas, algunas con un pañuelo en la cabeza y el cesto colgado del hombro, entran a hacer la compra. Manu ha quedado en el bar de la esquina de la calle Nou de la Rambla para encargarse de una mudanza. No les pagan mucho, pero hace dos meses que no lo llaman para trabajar en los conciertos. Puta crisis. Sigue con los trapicheos pero menos que antes. Le molestaban las llamadas al interfono a las tres o cuatro de la mañana. Las quejas solapadas de los vecinos. La impaciencia de Marta. Ahora solo pasa costo. Es más cómodo. Más tranquilo.

Entra en el Bar Leonés. Pide un café con leche. En la barra un grupo de taxistas discuten, mirando las noticias de la televisión, sobre el hallazgo de los cadáveres de las chicas de Alcàsser. Las imágenes son obscenas. Las víctimas semienterradas, el dolor de los familiares, el pueblo aplaudiendo cada noticia de una nueva detención, la cara ávida de la periodista. Manu desvía la vista de la pantalla.

—Qué pasa, tío, qué fuerte lo de esas chicas, ¿verdad? —Cani se sienta en el taburete de al lado.

—Es muy bestia pero estoy harto del tema. Marta está abducida, todo el día con la televisión puesta. ¿El dueño de la casa nos vendrá a buscar?

—No, en quince minutos tenemos que estar en la portería. Alberto no puede venir. Yo de ti comería algo.

—No tengo hambre. —Manu se enciende un cigarro.

Un hombre de unos cuarenta años los espera. Se dirige a Cani:

—Me dijo tu padre que seríais puntuales. Está todo metido en cajas menos los muebles. Cuanto antes esté listo y lo llevéis a Arenys, mejor.

—Muy bien. Manu, vamos al piso, bajamos primero los muebles y después las cajas.

Las escaleras son angostas y con poca luz. El piso que tienen que vaciar es el tercero. Manu y Cani se miran a medida que suben. El dueño los acompaña y dice que su hija se quedará arriba y él en el portal para asegurar que nadie se lleva nada. Deciden empezar por lo más pesado y bajan la lavadora.

—Mejor vamos a nuestro ritmo o nos vamos a quedar secos. ¿Has visto la cantidad de cosas que tienen? Lo llego a saber y le pido el doble a mi padre. Cuando llegue a casa me va a oír.

Manu siente un placer doloroso cuando se le tensan los músculos. Los dedos sujetan los cantos de los muebles, los muslos se cargan, siente el latido del corazón en la vena del cuello. Después de cada viaje necesita parar y recuperar el aliento. Cuando dejan la cama de matrimonio desmontada en la portería, se apoya en la pared, cierra los ojos, abre la boca para conseguir el aire que le falta y trata de recuperar el equilibrio. Se marea.

—¿Te encuentras bien? Espera, quédate aquí, voy a buscar una botella de agua.

El dueño de la casa se pasea impaciente por la acera.

—¿Dónde vas?

Cani le hace un gesto tranquilizador con la mano, entra en la tienda, compra la botella y sale, mostrándosela.

—Faltan las cajas, pero hay mucho más de lo que me dijo mi padre, así que tranquilo.

Entra en la portería y le alcanza el agua a Manu que se bebe la mitad de un trago, respira hondo y asiente. Se arrepiente de haber ido. Les pagan una mierda. Encima con exigencias. Le echa una mirada de odio al dueño, que se encoge de hombros y desvía la suya. Trabajan en silencio. En el piso, la niña está sentada en el suelo con un libro de cuentos en el regazo. Cuando Manu baja la última caja tiene la mente en blanco. Le duele cada centímetro de piel.

Cani detiene la furgoneta de su padre frente a la portería.

—Esto ya está. Pararemos a almorzar por el camino. Llame a su mujer y dígale que estaremos allí a las tres.

—Está bien. Pero no lleguéis más tarde

El hombre sonríe. Ha ido mejor de lo que esperaba. Aunque no va a quedarse tranquilo hasta que su mujer lo llame y le diga que han terminado. No las tenía todas consigo cuando el padre de Cani le dijo que su hijo y unos amigos podían hacerle la mudanza. Si uno había estado en la cárcel, no quería ni imaginar como serían los otros. O el otro, porque solo han ido dos. Sin embargo, no han roto nada y le va a salir barato. Sube para recoger a su hija y cerrar el piso. Se irán a comer una paella. Que se espabile su mujer.

Cani arranca y aprieta el acelerador para pasar el semáforo en verde.

—Ahí te quedas, hijo de puta. —Suelta una carcajada y mira a Manu—. Menudo cabrón. ¿Y este es amigo de mi padre? Es que yo alucino. No ha dejado de dar por culo en toda la mañana y no ha movido ni un dedo.

—Un explotador de mierda. —Manu se pasa la mano por el cuello. Le pica.

—Vamos a ir a almorzar a la mejor hamburguesería del Maresme. Verás qué bocatas. ¿Me enciendes un cigarro?

Manu saca dos de la cajetilla, enciende uno y se lo pasa a Cani. Con el otro se hace un porro y se recuesta. Enciende la radio y gira el dial hasta que encuentra una emisora en la que está sonando «Hungry Heart», de Bruce Springsteen. No es santo de su devoción pero le recuerda a Marta. El otro día le comentó que iba a dejar La Bruixa. Manu sabe lo que significa, menos dinero y más broncas. Por eso está haciendo la mudanza. Pasan por Badalona y reconoce algunos edificios del barrio de Sant Roc. Hace tiempo, también en invierno, el Rubio lo llevó a buscar caballo. La policía había hecho una redada y no encontraban nada. Fue donde Fer y no tenía, indagó en los bares, preguntó por ahí. Manu andaba desesperado. Por la calle se cruzó con otros que también buscaban. Se reconocían a distancia. La mirada violenta, las manos en los bolsillos, los músculos tensos como si tuvieran cien mil agujas clavadas. Encontró al Rubio, que lo llevó a Sant Roc. Conocía a una familia que siempre tenía. Esperó en un portal a que bajara y a trompicones fueron debajo del puente a meterse el chute. Se quedaron un rato sintiendo cómo el calor volvía al cuerpo. El paraíso del infierno. A Manu no le gusta recordar esa época. El placer duró muy poco. El ansia lo llenó todo, todos los minutos, todos los días, todos los años. Fue capaz de hacer barbaridades para calmarla. Barbaridades que lo persiguen. El Rubio acabó cayendo. De una sobredosis.

A la salida de Mataró, Cani aparca la furgoneta en la explanada que hace de *parking* del bar de carretera. Se sientan al lado de la cristalera. Manu estira los brazos y mueve la cabeza hacia los lados.

—¿Qué es eso que tienes en el cuello? —Cani lo mira con curiosidad—. Está bastante rojo. ¿No te habrá picado algo en la casa? Había mucha mierda.

—Qué va, me di cuenta ayer por la noche. Se habrá puesto peor cuando llevábamos el armario, lo notaba apretándome el cuello. —Se vuelve a pasar la mano.

—Parecen picadas. Igual son pulgas. A ver si dais las crías, que no se puede vivir con una casa llena de gatos.

—Es una locura. Marta está encantada, como si fueran sus hijos. Si vieras a Nessa fliparías de lo flaca que está, le están chupando la sangre con tanto mamar. Es una invasión. —Manu se ríe. Puede que sean pulgas. Solo les faltaba eso. Una plaga de pulgas—. Pipe nos dijo que se iba a llevar uno este fin de semana.

—Pues el viernes veníos todos al Barbeto. A ver si también se apuntan Yolanda y Happy, que desde que se casaron no hay manera de verlos.

—Sí, hace tiempo que no nos juntamos. —A Manu le ha regresado el buen humor—. ¿Vamos?

Se pierden por las calles de la urbanización hasta que dan con la casa. Parece de autoconstrucción. Aparcan delante de la verja. Ven venir a una mujer menuda, con un jersey de lana de cuello alto. Bajan las cosas con rapidez. La mujer les entrega un sobre con el dinero y da las gracias con timidez. Vuelven a la furgoneta y Cani mira el sobre.

—Por lo menos la vieja es más maja que su marido. Mira, nos ha metido mil pelas de más. Vamos a tomarnos unas birras al Barbeto.

Manu preferiría irse directo a casa.

—Venga, pero solo una.

***

No hay nadie en La Bruixa. Y más vale que siga así porque Jordi está enfermo y le toca trabajar sola hasta que lleguen los del turno de noche. Marta se sirve una caña. Son sus últimos días de trabajo en el bar. Pone el casete de música variada que le grabó Manu. Suenan los acordes de «Under Pressure», de Queen. Sube el volumen. Se siente identificada con la letra. La constricción del tiempo en un reloj de pulsera que apunta a las personas como una pistola en la cabeza, los prejuicios generalizados y el miedo constante a quedar fuera de juego. La necesidad de romper las alambradas. Las internas y las externas. Y el amor como tabla de salvación. Baila por el bar ordenando las sillas y limpiando ceniceros. Se sacude la aprensión que siente. Una incertidumbre que no sabe dónde colocar. Algo no va bien. Escucha el ruido de la puerta, mira, Yolanda entra sonriente y Marta siente un calor repentino.

—¡Hola! ¿Cómo estás? —Se quita la chaqueta.

—¡Qué pronto has venido! Te esperaba más tarde.

—Tenía ganas de verte. ¿Me pones una caña?

—Estás guapísima. —Marta le da dos besos.

Es el turno de «Because the Night», de Patti Smith. A Marta le gustaría ser como Patti. Con el aspecto andrógino, el rostro anguloso y la mirada fiera. No siempre. A veces preferiría ser tan exuberante e inteligente como Marilyn Monroe. Pero eso queda muy lejos de sus posibilidades.

—El otro día estuve en el ensayo. Esperaba verte.

—A partir del lunes podré ir más. Sabes que me voy de La Bruixa, ¿no?

—¿Y qué vais a hacer? Manu me dijo que lo llaman muy poco para conciertos.

Marta suspira en lugar de gritar. Que es lo que querría.

—Tirar con los textos que me encargan. Me dan más que al principio. Ojalá Manu encontrara un curro mejor pagado, pero es que no hay. No sé, no anda muy fino.

—Me enseñó los bultos que le han salido. ¿Le duelen?

—Él dice que es una tontería pero están más grandes que al principio. Le insisto para que vayamos al médico pero no quiere ni oír hablar de eso. Me da miedo que sea cáncer. Mira lo que le pasó a la madre de Pipe. —Marta mira a Yolanda buscando respuestas.

—Si quieres, se lo digo. Igual entre las dos lo convencemos.

—No, no, si le dices algo, se va a cabrear conmigo y va a estar de morros toda la noche.

—Como quieras. Es posible que tenga razón y sea una chorrada.

—Mejor cuéntame, ¿qué tal la vida de casada?

—De fábula, aunque Happy me está dando la lata para que compremos un perro y yo lo que quiero es tener un hijo. Me muero de ganas.

—¿En serio?

Desde que abortó, Marta no piensa en la maternidad. Se siente en tránsito. No tiene una imagen nítida de lo que quiere para el futuro. No se lo imagina de ninguna manera. Le parece que hay que estar muy centrada para tener hijos.

—Sí y no creas, Happy también quiere, pero no tiene tanta prisa como yo. Pero llegará pronto, no tomamos ninguna precaución.

—Entonces hacedme madrina, seré una tía genial.

Marta piensa que igual tiene razón y es mejor tener hijos joven. Pero ¿y si luego se separan? ¿Y si se quedan sin trabajo? Envidia su valentía. La capacidad de tomar decisiones y tirar adelante con ellas. Como si fuera lo más natural del mundo.

Lo más natural.

Suena «Out in the Fields», de Gary Moore y Phil Lynott. Yolanda mueve la cabeza al son de la música, exagerada, imitando los movimientos de Happy, de Manu, de Pipe. Las dos estallan en carcajadas mientras Marta sale de la barra y se le une, moviéndose por el bar como si tocara una guitarra eléctrica. Cantan y bailan.

—¿Qué pasa aquí? Menuda juerga lleváis. —Pipe entra, le siguen Manu y Happy—. Luego pon el último de los Maiden, es una pasada.

Se detienen sudorosas y sorprendidas, no han escuchado la puerta.

—A sus órdenes, mi general.

Marta mira a Manu. Qué guapo está con el jersey de lana azul y gris que le regaló. Se le contrae el vientre.

—¿Qué tal la tarde? —Manu le recoge con los dedos un mechón de cabello que se le ha escapado de la coleta y se lo ordena por detrás de la oreja.

—Suerte que ha venido Yolanda, si no iba a morir de aburrimiento.

Vuelve a meterse tras la barra. Saca unas cervezas.

—A ver, dame el casete de los Maiden.

Pipe le da la cinta. La guitarra inicial de «Fear of the Dark» le pone los vellos de punta. También la voz susurrante de Bruce Dickinson: «*I am a man who walks alone*».

Como todos, piensa Marta, como todos.

XVI

Who do you think you are.
Are you a poet a lover a father a rock and roll star.
Who do I think I am.
Who do I think I am

Phil Lynott, «Somebody Else's Dream»

Sigue metida en la película que acaba de ver. Por eso prefiere ir al cine sola. Le molesta profundamente que le hablen nada más terminar la sesión. Que la arranquen de un tirón de la historia en la que ha estado inmersa, de las emociones que le ha generado, del estado de gracia que provoca vivir otras vidas con su propio cuerpo. Ha ido a ver *La ley de la calle*. Cuando Marta tenía dieciséis o diecisiete años la vio de estreno, con su hermana, en el Coliseum. La película quedó incrustada en su memoria. Se pregunta hasta qué punto influyó en su mirada sobre el mundo, o si más bien puso imágenes y palabras a ideas que ya rondaban por su mente. Leyó en el periódico que la reponían en la Filmoteca y quiso comprobar qué efecto le produciría ahora. «*Hey, Rusty James*», la voz le susurra mientras camina por la Rambla del Raval. Atardece y las sombras se extienden sobre la acera. Ha dejado de llover, la gente vuelve a la calle a charlar, a tomar algo, a perder el tiempo. O a ganarlo. Siente el estupor que le produce la certeza de los naufragios. Esos que se ven venir. O que se cumplen cuando se es la única que no los espera. Es lo que parece cuando los revisita con el tiempo. Cuando vio la película con su hermana, la historia le generó desazón. Y también la seguridad que proporciona creer que se sabe más que los personajes. Que a una nunca le pasará lo mismo. La embargaron la tristeza y la curiosidad por la realidad que reflejaba. Cuanto más encerrados estamos, más peligrosos somos para nosotros mismos y para los demás. Como los peces de Siam. Ahora es más fatalista. Depende de dónde nazcas lo vas a tener muy jodido. Por muy inteligente que seas, por muchas ganas que le pongas. Marta no cree en las gestas individuales. ¿Dónde está la rabia? La rabia colectiva. Mira a un hombre con chilaba, sentado en una de las sillas de La Rambla, que se lía un cigarro con parsimonia. Ya no existen la calle Cadena, ni Sant Rafael ni Sant Jeroni. Las eliminaron a golpe de excavadora y expulsaron a los vecinos. ¿En qué lugar vivirán ahora?

Entra por la calle Aurora en dirección a Carretes. Le apetece tomar una cerveza en una terraza y aprovechar para releer el último capítulo que ha escrito. Observa a lo lejos a una mujer sentada en la acera. A medida que se acerca distingue la luz de una llama bajo una cucharita. Como si aún no hubiera salido de la sala del cine. Pasa por su lado en el momento en el que rellena la jeringuilla. No levanta la cabeza ni mira a Marta, que no se esperaba esta escena. Recuerda cuando eran tan comunes que dejaron de impresionarla y pasaron a formar parte del paisaje. Gira por Sant Pau y se sienta en la terraza de La Confitería. Observa como el sol desaparece y el cielo se tiñe de tonos anaranjados. La belleza la deja asombrada y quieta. No escucha los sonidos de la calle. La tristeza se disipa al ritmo suave de la luz solar. Cuando creyó que iba a morir se dio cuenta de que una de las cosas por la que más lo lamentaba era por dejar de sentir el sol en la piel. No pensó en nada trascendental. Los baños en el mar, la familia, las risas, la amistad, la música, la lectura. El amor. La exaltación y el miedo que lo acompañan. Sonríe. Tal vez eso sea lo trascendental. No ha cambiado tanto. Si volviera a hacer una lista, se parecería bastante. Piensa que lo único que le falta es el amor. Desea y teme al amor. La pérdida de control, la desconfianza de quien espera por dónde van a llegar los golpes, su propia capacidad de hacer daño. Marta está convencida de que todos los finales son abruptos. Piensa en emborracharse. Hace tiempo que no lo hace. Se gira hacia la puerta para pedir su segunda mediana. Saca la carpeta del bolso y lee:

«Cuando Caroline conoció a Phil Lynott dijo que rezumaba sexualidad. Ella tenía dieciocho años, rubia, alta, provenía de una familia conservadora y protestante. Era la tercera de cinco hijos y su padre, un presentador de televisión de éxito. Caroline había tratado de desprenderse de la telaraña familiar: se fue de casa, disfrutó del entorno de liberación y música, se buscó la vida».

Para Marta, la atracción que sintió Caroline por Phil es parecida a la que sintió ella cuando empezó con Manu.

En cambio, el infierno que Caroline vivió con él posteriormente le recuerda a la terrible relación de maltrato en la que Marta entró un año después de la muerte de Manu.

¿No quería castigo? Pues lo tuvo.

Aquella relación alejó a Marta de todo y de todos. Esa es la verdadera razón del distanciamiento con Pipe. Se siente culpable de haberlo permitido. Justo cuando creía que ya no se podía sentir más vergüenza, cayó en un pozo sin fondo que la redujo a una sombra de sí misma. Acabó de desgajarse y no supo encontrar el camino de regreso. La distancia con el mundo, consigo misma, se convirtió en un océano imposible de atravesar a nado. Intentó no pensar en ello mientras escribía. Aunque Marta atisbó posibles razones del horror que invadió su vida después de la muerte de Manu. O no. Quizás el hombre con el que estuvo, el maltratador, se aprovechó de la situación de vulnerabilidad de Marta. Sin más. Ni menos.

Cuando escribió sobre el cambio que se había producido en el carácter de Phil, expuso las explicaciones que daban sus amigos, que tenían que ver con la presión del éxito, la gestión del grupo, el uso y abuso de las drogas, la fama mal digerida. Marta piensa que debieron influir otros aspectos, más insondables, que se fueron con él a la tumba. Es uno de los problemas de las personas exigentes consigo mismas. Nunca tienen suficiente. Son demasiado sensibles a las presiones externas, a la necesidad de reconocimiento. Se pueden convertir en unos déspotas insufribles.

En una comida con su madre y su suegra, Caroline fue al baño, y al regresar y sentarse de nuevo, la cabeza se le inclinó hacia su plato de comida hasta que mojó unos mechones de pelo en la sopa. Literalmente. La imaginación de Marta vuela hacia la única vez que vio a Manu en ese estado, unos días antes de que desapareciera para ir a la clínica de desintoxicación. Antes de que Marta se pasara un mes buscándolo. Estaban en un bar con la gente del Colectivo y Manu se quedó traspuesto, en un equilibrio imposible, con la cerveza en la mano. Recuerda un par de miradas como diciendo «¿Ves lo que pasa?». Y Marta lo ignoró. Se rodeó de ese silencio tan ruidoso. Porque la imaginación es mucho más ruidosa que la verdad. Marta se desespera por haberse perdido las claves de su propia historia, de la historia de Manu. Quiere otra cerveza y pide también un bocadillo. Es de noche pero la farola ilumina suficiente. Se acerca la hoja y vuelve a leer:

«La boda fue portada de la prensa sensacionalista y no faltaron los medios que destacaron a Caroline como una mujer que no sabía ser lo que se esperaba de ella; la habían multado por posesión de drogas, había trabajado como bailarina de toples, tuvo a su primera hija fuera del matrimonio y estaba esperando un segundo hijo de un hombre negro, irlandés y estrella del *rock* duro».

Marta piensa que debía de ser un despropósito para una sociedad que culpaba a la música, las drogas y los jóvenes de todos sus males. Eran los tiempos de eclosión del punk y de Margaret Thatcher. De las reconversiones industriales y las huelgas. Del juego sucio, el paro generalizado y la pobreza. Del «Sálvese quien pueda» como nuevo mantra. Igual que cuando ella era joven. Igual que ahora.

Marta se puso una foto de la boda apoyada en la lamparita de su mesa de trabajo, al lado de la pantalla del ordenador. Mirarla le provocaba un regusto agridulce. Ese regusto del tiempo que se detiene en un momento de felicidad que no puede evitar lo que vendrá después.

«Tras el concierto en Dublín, Phil llamó a su madre porque Caroline estaba ingresada en un hospital. Le contó que ella lo quiso atacar y él la había pegado».

Una excusa demasiado conocida para Marta. Lo vuelve a leer y le duele otra vez. Físicamente. Levanta la vista y mira alrededor. La terraza se ha llenado y ahora escucha las voces, las bromas, las risas de la gente. La siguiente escena que ha escrito también es terrible. La madre de Phil acudió al hospital y le gritó a Caroline que no podía explicar a nadie lo que había pasado porque la culpa era suya. La amenazó. Marta siente la profundidad de la herida. Caroline no dijo nada. Otra vez el silencio. Ese silencio criminal.

La segunda hija del matrimonio de Caroline y Phil nació un día después del catorce cumpleaños de Manu. Marta no tiene ninguna foto de él antes de conocerlo. Le gusta pensar que debía de andar con las hormonas revueltas, enamoradizo, pasional, invencible.

Marta pide la última cerveza.

1993

Lleva el chándal de Deicide que compró en el mercadillo de Ámsterdam y debajo una camiseta blanca de los Defecation. Se ha dejado bigote y una barba de perilla, recortada. Con los huesos de la cara marcados, tiene un aspecto lobuno. Camina de un lado al otro de la plaza con una sonrisa distraída. Marta, Pipe, Ana y Yolanda charlan en la barra. Han terminado la prueba de sonido. El ambiente entre grupos ha fluido: ni tonterías ni exigencias extrañas. Happy y Joan hablan con la gente de Monstruación, que son cabeza de cartel, y uno del Colectivo, que organiza el concierto. Veneno tocan los segundos de cinco grupos. Va a ser su puesta de largo. Es al aire libre, gratuito, los grupos no cobran y lo que se saque de la barra será para los insumisos, los gastos legales y lo que haga falta. Manu sigue su recorrido por la plaza, alguien lo coge por el brazo y lo saluda. Es la hermana pequeña de Marta, Almudena.

—¡Hola, Almu! Marta te está esperando.

—He quedado con una amiga pero llega tarde. ¿Estás nervioso?

—Un poco, sí, un poco. Esto se va a poner bueno.

Manu ríe. Almudena le cae fenomenal, es espabilada para sus quince años. Van hacia la barra.

—Marta, mira a quién te traigo.

Marta se abalanza sobre su hermana y le da un abrazo. La presenta a los demás con orgullo.

—No se parece nada a ti. —Pipe le guiña un ojo a Almudena—. Es más guapa.

Ella no le hace caso, mira alrededor, reconoce a su amiga y se va. Manu enciende un cigarro y le da un acceso de tos. Hoy no van a tocar ninguna versión, todas las canciones son suyas. Han venido sus amigos de Los Pescatas. La mayoría lo van a ver cantar por primera vez. Se acercan en grupo. Greñas, chupas de cuero, parches y tachuelas, tejanos elásticos de pitillo, bambas de bota. Lo saludan a voces: «¿Estás listo?», «¿Esto cuándo empieza?», «Tío, que yo he venido por ti», «A ver si te luces, ¿eh, cabrón?». Manu se sonroja. Se dan palmadas en la espalda, puñetazos en el hombro. Suenan los acordes del primer grupo y se encienden los focos. La gente dispersa se acerca al escenario. Ellos se quedan en la barra. Marta mira a Manu hablar con sus amigos. Sus carcajadas entrecortadas llegan hasta ella. Reconoce la adrenalina. Y el miedo. Se acerca Miguel, del Colectivo, y les dice que tienen que prepararse, que al primer grupo solo le quedan diez minutos. Pipe y Joan lo siguen. Happy se entretiene un poco con Yolanda. A Manu lo jalean sus amigos, como hinchas en la final de un campeonato de fútbol, y le cuesta escabullirse. Alcanza a Marta, que le aprieta la mano.

—¿Estás bien?

—Me dijeron que vendrían pero pensaba que me estaban vacilando. Están todos, joder, todos. Hasta Alberto me ha dicho que ha cerrado el bar por el concierto. Si no sale bien, me darán la vara por el resto de mis días.

—Va a salir de puta madre, ya verás.

Marta se queda delante del escenario. Quiere hacer buenas fotos. Manu se junta con el resto en la parte de atrás. El grupo que está tocando se despide. Aplausos y voces. Marta se gira y observa la plaza medio llena. Para ser el segundo grupo no está mal. Ve un poco más atrás a su hermana, que la saluda con la mano. La enfoca con la cámara y hace la primera foto.

Joan cambia los platos de la batería. Pipe y Happy sacan el bajo y la guitarra de las fundas, se las cuelgan y las enchufan a los amplificadores. Manu es el último en subir al escenario. Se acerca al micro y lo prueba. Distingue a Marta cerca de la tarima rodeada de sus amigos. Se quita la sudadera. Se gira hacia Pipe y Happy, que asienten hacia él. Joan choca las baquetas tres veces y «Un nuevo día» suena como un latigazo. Manu ve a la gente como una masa informe. El calor se extiende por sus extremidades. Las palabras que canta son sólidas y su cuerpo pierde peso. Empalman las tres primeras canciones. Al finalizarlas Pipe se acerca al micro y grita:

—Gente, muchas gracias por venir, y ya sabéis: ¡ningún servicio al Estado, ni civil ni militar! ¡Al enemigo, ni agua!

El público aplaude y se desgañita. Se corea el eslogan. Manu se acerca al borde y mira a sus amigos, que le hacen cuernos, levantan pulgares, «Ese Manuuuuuuuuuu». Se crece. Alberto le acerca una cerveza. Le da un trago y vuelve al micro. Dirige la mirada hacia el fondo de la plaza y suelta un rugido gutural. Manu es todo rabia.

A golpes, defienden sus ideas, a golpes.
No es hora de ser cristiano,
no pongas la otra mejilla,
defiéndete, defiéndete.

Marta aguanta manotazos para enfocar la cámara y tener primeros planos. La gente baila y grita, levanta el puño, empuja. Pipe mira a Happy con incredulidad, con alegría. Les está saliendo un concierto redondo. Manu se pasea entre ellos sacudiendo la cabeza arriba y abajo. No ve nada y lo ve todo. Les queda una canción. Se acerca al micro en los escasos segundos de silencio.

—Esta va para Cani, insumiso preso, al que dejasteis más solo que la una. «Preso». Va por ti.

Joan, detrás de la batería, frunce el ceño. Cani salta y los amigos lo suben al escenario. Rodea con su brazo a Manu y canta con él una estrofa. Luego, se tira del escenario.

Preso estoy entre cuatro paredes,
preso, me falta el espacio,
no puedo respiraaaaar.

Los tres instrumentos acaban en seco. Pipe se vuelve a acercar al micro.

—Gracias, peña, hasta la próxima. Somos Veneno.

Detrás del escenario se cruzan con malas caras de algunas personas del Colectivo, aunque otros los felicitan calurosamente. Manu mira a Pipe y a Happy. Podría salir volando.

—¡Hoy te has lucido, cabrón!

Pipe le da una palmada en la espalda que casi lo hace tropezar.

—El mejor que hemos hecho. —Happy se cambia la camiseta.

Joan habla con uno del Colectivo. Se le acerca mucho para que no lo oigan. Mueve las manos y el del Colectivo afirma con la cabeza. Manu lo mira mientras se pasa una toalla por la cara y el cuello.

—Nos vemos en la barra.

Sale de detrás del escenario y los colegas se le echan encima. Por el rabillo del ojo ve a Marta que levanta el pulgar. Está con su hermana. Manu se deja agasajar. «Qué callado te lo tenías», «Joder con el Manu». Cani se le acerca un poco tambaleante, le da un abrazo y le dice al oído: «Gracias». Van hacia la barra. Los espera Alberto con catorce cervezas puestas en fila.

—¡Esto hay que celebrarlo!

Brindan. Marta da saltos con Yolanda y Happy. Pipe llega con Marisa. A ver si de una puta vez liga. De algo tiene que servir tocar en un grupo. Marisa le da dos besos a Marta.

—No veas qué pasada. Mira que a mí la música tan dura no me gusta pero ha sido alucinante. No me imaginaba a Manu cantando.

—Se transforma, ¿verdad?

—Sí, es espectacular.

Manu se dirige a Marta:

—Me voy a buscar la toalla, me la he dejado detrás del escenario.

La coge de encima de una caja de cervezas. Joan se para enfrente.

—Oye, ¿el jueves estarás en casa?

—No sé, ¿por qué?

—Tenemos que hablar del concierto, del grupo, y con Pipe y Happy hemos pensado que podríamos vernos en tu casa.

Joan oculta sus ojos bajo el mechón de pelo. Manu lo mira y detrás de su hombro ve acercarse a Marta con la expresión interrogante.

—Vale, el jueves en mi casa.

***

La sala de espera está desangelada. Una fila de sillas de plástico gris sujetas entre sí por una barra de hierro. Las paredes desnudas. Una papelera en una esquina. Tres personas. Un chico, de unos dieciocho años, lee un libro. Tres asientos más allá, una pareja de mediana edad. Ella, con el pelo castaño crepado y algunas canas rebeldes, una falda negra y un jersey fino de color burdeos, con la cesta de la compra entre las piernas, se queja de la espera. Todavía tiene que ir al mercado, comprar los medicamentos, hacer una lavadora, preparar la comida. A su lado, un hombre de poco pelo, vestido con tejanos y un polo viejo, se mueve incómodo. Manu bromea y habla rápido pero Marta no lo escucha. El día después del concierto, Manu se levantó temprano. No había dormido ni cinco horas. Trató de no hacer ruido y se fue directo a la cocina. Necesitaba moverse. Limpió los cacharros. Barrió y fregó. Quería dejar la casa limpia y preparar el desayuno antes de que Marta se despertara. Se miró de refilón en el cristal de la ventana. Levantó el brazo haciendo fuerza. Casi no se veía músculo. Le daba igual, tenía la energía de un huracán. Apareció Marta, desgreñada, somnolienta. Miró a su alrededor.

—Hostia, qué limpio todo.

—Vuelve a la cama y no te levantes hasta que te avise, anda. —La tomó por los hombros y la condujo a la habitación—. Ah, y el lunes vamos al médico, a ver si me dicen de una puta vez qué pasa con estos bultos.

Sale una enfermera, dice un nombre y la pareja va tras ella a la consulta. Entra en la sala de espera una chica joven, muy delgada, bien vestida y maquillada. Se sienta y saca una revista del bolso. Manu comenta con entusiasmo el concierto, la fiesta de después. Le dice que el jueves ha quedado con los del grupo, le pregunta si ella estará y Marta contesta con un lacónico «No puedo». Desearía que Manu se callara. Estar en silencio un rato. Se abre la puerta y sale la pareja. Marta se fija en que ella llora y el hombre, pálido, farfulla. Manu se queda absorto por unos instantes. Entra el chico del libro. Los próximos son ellos. Manu le dice que esta tarde se pasará a ver a su madre, que hace más de una semana que no va. ¿Irá Marta con él? Ella preferiría dejarlo para otra ocasión, tiene que acabar un texto. Le dice que si es rápido sí, que si no prefiere trabajar. Manu le acaricia la mejilla. «Tranquila, quédate en casa, ya vendrás otro día». El chico sale a toda prisa. Desde la consulta gritan su nombre. Los dos se levantan pero Manu se gira. «No, mejor espérame aquí». Marta asiente, vuelve a sentarse y ve como Manu cierra la puerta tras él. Abre el bolso y saca el libro *Las mentiras de la noche*, de Bufalino. Está obsesionada. No conocía al autor. En cuanto se sumergió en él sintió que entraba en un mundo con una temperatura distinta. Algo que le pasa con pocos libros. Libros con fiebre, los llama ella. Libros en los que siente como si una mano le agarrara las entrañas y las sacudiera. La sala está en silencio. Por fin. Las voces al otro lado de la puerta son un rumor lejano. Se sumerge en la lectura. Desaparece. Hasta que un ruido le hace levantar la vista. Manu sale con un sobre en la mano dando las gracias.

Marta se levanta.

—¿Cómo ha ido?

—Bien, bien, ahora te cuento.

Sus ojos esquivos se enfocan en la puerta de salida. Bajan en silencio las escaleras. Marta saca un cigarro y en cuanto salen a la calle lo enciende.

—Dime, ¿qué son?

—No lo sabe, me tienen que hacer más pruebas. Puede

ser por cualquier cosa. Mañana tengo que volver para que me hagan un análisis de sangre. —Contiene el tono de voz.

—Mejor si te hacen pruebas, así estamos seguros de qué son.

—Sí, sí, mejor.

Caminan hacia el metro. Huele a primavera, a abril, a cuerpos que se despojan de jerséis y chaquetas, a vida. Manu coge a Marta de la mano. Relaja la espalda.

—Dame el sobre, te lo guardo en el bolso.

Manu duda un segundo y se lo alarga. Marta lo mete dentro sin dejar de andar. Mira los escaparates. Hace tiempo que quiere comprarse unas botas y ayer le pagaron la corrección de un librito de cocina. Se detiene en una zapatería y entran los dos.

—¿Qué te parecen esas negras? Son guapas, ¿verdad?

Manu tarda en contestar:

—No están mal, pero son un poco caras, ¿no?

—Son guapísimas. Vamos, me las voy a probar.

Se las pone. Se pasea frente al espejo. Le encantan. Se siente distinta.

—Te quedan muy bien. Esta tarde, cuando vaya a casa de mi madre, cojo dinero que tengo guardado y te las regalo yo.

—¿En serio? —Se vuelve a mirar en el espejo—. Me encantan.

Salen de la zapatería y llegan a Passeig de Gràcia. Entran en el metro. Está lleno. Van en silencio. Marta se apoya en la barra, mete la mano en el bolso y saca el sobre. Lo abre. Manu la mira con ansiedad. Marta coge el papel y lee la descripción del motivo de la visita, las características de los bultos, la citación para el análisis y a su lado, en letras grandes y claras, «VIH positivo». Levanta la cabeza, perpleja. Antes de que Manu le diga nada, vuelve a leer la hoja, lentamente. Siente los latidos del corazón en las sienes. La empuja la gente que entra en la siguiente parada. Se queda pegada a Manu. Lo mira a los ojos.

—¿Esto qué quiere decir?

XVII

[...] all is lost.
The system has broke down.
Romance has broke down.
This boy is crackin' up.
This boy has broke down
Phil Lynott, «Old Town»

Marta, subida en la escalera de mano, revuelve entre los trastos que tiene guardados en el altillo del armario. Busca un dibujo que le regaló Manu, su regalo de despedida, pero no lo encuentra. Lo que recupera debajo de las mantas de invierno es una libreta con dibujos de juguetes antiguos en las tapas de cartón duro y su propia letra menuda, apretada, en las hojas. En algunas casi ilegible. Otras, con la letra más clara. Baja de la escalera y pasa las páginas. La primera entrada es del 15 de enero de 1992. La última, del 25 de julio de 1993. Nueve días después de la muerte de Manu. Había borrado la existencia de este diario de su memoria. Como tantas otras cosas que ahora la asaltan en cualquier lugar, en cualquier momento. Lee algunas frases sueltas y, abochornada, lo deja encima de la mesa del comedor. Le cuesta adentrarse en ese mundo narcisista, que gira sobre su propio eje. Tan ciego, tan ensimismado, tan cargado de autocompasión. Ridículo. O no. Quizás tiene que aprender a respetar su propia voz. Darle su lugar, hacerla crecer. La libreta la atrae y repele a partes iguales. Posterga la tentación de seguir leyendo. Mejor por la tarde. Bajará a comprar una botella de vino, apagará el teléfono, se sentará en el sofá, junto a sus álbumes de fotos, y leerá, leerá hasta que pueda tomar de la mano a esa Marta confusa y confundida, y regañarla, reírse de ella, hablar con ella. Explicarle lo que le espera. Dejar de idealizarla, dejar de avergonzarse. Poner la luz necesaria para delimitar las sombras. O eso cree.

Sentada frente al ordenador, abre el documento de la biografía. Le quedan por escribir dos o tres capítulos. Atravesar el declive de Phil Lynott tiene, para Marta, sabor de venganza y de dolor. Por distintas razones. La intención de reflejar el interior del hombre está siendo fallida. ¿Cómo pudo creer, ni por un instante, que se podía alcanzar el mundo interior de alguien y habitarlo? Solo puede ensayar aproximaciones, inventarlas. Desquitarse. Desplazar la mirada para tener otro lugar desde el que pensar, pensarse. Sigue girando sobre su propio eje.

Relatar la época de mayor éxito de Thin Lizzy ha sido un paseo. Aunque el camino que les llevó a la plenitud tiene sus trampas. Sus heridas. Las piedras con las que se acabará construyendo la propia tumba. Fue su época de colaboraciones creativas con amigos y experimentación con distintos estilos de música. Casi siempre rodeado de gente. Algo en su interior le hacía creer que podía salir impune. Impune a todo.

El reconocimiento, el dinero, la soledad. Los excesos, los caprichos, la soledad. Las canciones compartidas, las giras, la soledad. La camaradería, la desconfianza creciente, la soledad. El amor, la paternidad, los chismes de las revistas, la soledad. Los conciertos multitudinarios, las mujeres de paso, la soledad. El desgaste del grupo, la responsabilidad de la gestión y las entrevistas, la soledad. El desamor, el alejamiento de sus hijas, la soledad. Las drogas, la soledad.

¿Dónde quedó el chico amigo de sus amigos, enamoradizo, irónico, amante de la poesía y de la música? Phil era capaz de lo mejor y de lo peor. Tan vulnerable y tan insoportable. La diferencia más tangible la encuentra entre sus dos discos en solitario. El primero, recién casado y con su primera hija, es experimental y risueño. El segundo, recién separado y con la banda en proceso de desintegración, tiene el tono inconfundible del infortunio. Entre ellos pasaron dos años.

Dos años.

Marta tiene que cruzar mucha información para no ver la evolución en fragmentos separados. Como si la vida se pudiera compartimentar. La pública, la privada. Aunque Phil afirma que sabía separar al personaje de su persona, a Marta le parece que los confundía constantemente. Hasta que se perdió a sí mismo. Marta tuvo que volver a la parte triunfal para detectar qué fallaba. Hay un tema que se repite. Creían que podían consumir lo que quisieran y controlarlo a la vez. Pero la heroína no perdona. Hay que tener una voluntad de hierro y mucho apego a la vida para salir de la heroína. Aunque la vida posible sea una vida de mierda. O precisamente por eso.

A Manu no le gustaba hablar de los años en los que estuvo enganchado. Las pocas veces que los mencionó, Marta imaginaba una oscuridad sin fondo que se lo tragaba todo. Detectaba en sus evasivas el desaliento de una culpa insondable. ¿Qué hacer cuando uno sabe de lo que es capaz? ¿Cómo reconstruirse? Manu calló para no enfrentarse a las miradas de los demás. Ese fue su mayor error.

¿Qué pasa cuando la vida se deshace como un papel bajo la lluvia?

Echaron a Manu de Veneno en el momento en que estaba más asustado. Marta no se enteró hasta dos semanas después. Manu no quiso decírselo, según él, para que no se enfadara. Hasta un mediodía que fueron a comer al Segura. Marta le preguntó por el grupo y él, con la vista fija en la mesa de mármol blanco, revolviendo los restos de carne con el tenedor, le dijo que le habían dado la patada. Que le habían dicho que necesitaban a otro cantante. A alguien más entregado. Marta vio la sensación de fracaso en sus ojos y sintió un puñetazo en la mandíbula. Como había predicho Manu, se enfadó. Vaya si se enfadó. Con Pipe, con Happy y, sobre todo, con Joan. Se la comía la rabia. Y la impotencia. No solo porque lo echaran justo en el peor momento. También por ella. Aunque no lo reconociera. Encima Joan abandonó el grupo unos meses después de la muerte de Manu. Esa espina sigue clavada. Aunque Manu fuera poco disciplinado, su vida cobraba sentido. Un sentido distinto al que había imaginado para sí mismo. Y sus letras eran como un vómito íntimo. Se enfada consigo misma por no haberse dado cuenta. Como con las letras de Phil. Esas que los amigos lamentaban no haber atendido más, entendido mejor. Pero Phil todavía tuvo tiempo de volver a intentarlo con otro grupo, aunque fuera un desastre, la estocada final.

Para Manu no hubo segunda oportunidad, ni grupo ni nada. No hubo tiempo.

1993

Solo han hecho dos ensayos. No hay manera de ponerse de acuerdo con las fechas y siguen sin cantante. Joan les ha dicho que ha hablado con dos o tres que funcionarían muy bien, pero no ha llegado nadie al local para probar. Pipe está perdiendo la paciencia. Le pide una cerveza a Alberto. Quiere una buena fiesta. Con ellos. La última vez que vio a Manu fue en su casa, cuando le dijeron que no continuaría en el grupo. Pipe llevaba los argumentos preparados. Le había dado muchas vueltas. Necesitaba convencerse a sí mismo de lo que iban a hacer. Joan, a última hora, dijo que no podía ir y se escaqueó, así que fue sencillo culparlo de la decisión y no hablar de la facilidad con que se pusieron de acuerdo. Happy no iba a decir nada. Comentaron un poco el concierto de la Virreïna y los fallos que habían tenido, que Manu había tenido. Manu se sorprendió, no es lo que le habían dicho, no es lo que él sentía. Pero no lo discutió. Dijo que con unos ensayos más los corregirían. Los corregiría. Tenía varias ideas y un par de letras nuevas. Happy, completamente rojo, empezó a liar un porro y se concentró en el movimiento de sus manos. Pipe se lanzó. Le dijo que no tenía nada que ver con él, que eran colegas y lo tenían que seguir siendo, pero faltaba a los ensayos y, si querían ir en serio, era mejor que dejara el grupo. Que Joan decía que, si no, se iría él. Había mejorado mucho pero no era suficiente. Le sabía muy mal pero las cosas estaban así.

Pipe tenía preparada toda la artillería para una confrontación.

Sin embargo, Manu bajó la mirada y contestó que vale, que no pasaba nada, que no se preocuparan. Estaba centrado en conseguir más curro con los conciertos y no tenía mucho tiempo para los ensayos. Pipe no esperaba esa reacción. Sintió apuro. Pero estaba hecho. No creía que Manu se enterara de que la última vez que lo hablaron con Joan él no había opuesto resistencia, solo Happy protestó un poco. La puntilla había sido lo que Manu dijo en el concierto sobre Cani. Algunos del Colectivo se les echaron encima. O quizás lo provocó Joan, que siempre se disculpaba antes de que nadie le recriminara nada. Pipe reconocía que Manu había metido la pata al dedicar una canción a Cani porque los del Colectivo lo habían abandonado, pero en el concierto lo admiró. Tenía agallas.

Ante su aceptación mansa, Pipe no supo qué decir y se hizo un silencio incómodo que rompió el propio Manu.

—¿Habéis escuchado el último de Venom? Es la tralla.

Lo puso fácil, lo puso muy fácil aunque no le debió hacer ninguna gracia. Sus movimientos precipitados lo delataban. Pasaron el resto de la tarde hablando de grupos, de música.

Alguien le pone la mano en la espalda. Es Marta. Viene sola.

—No sé si darte dos besos o una hostia. ¿Cómo se os ocurre hacerle caso a Joan? Sobre todo tú, capullo, sobre todo tú.

—Tía, Manu fallaba mucho. Se lo dijimos muchas veces.

Joan nos dio un ultimátum. Él es muy bueno y es más difícil encontrar a un buen batería que a un cantante. —Pipe mira hacia la puerta—. ¿No va a venir? ¿Está mosqueado?

—Está en casa de su madre. Llegará enseguida. Se quedó puteado, joder, que lo conozco. ¿Cómo se os ocurrió hacerle caso a ese imbécil? ¿Quién se cree que es? Vaya cabrón. Por lo menos invítame a una birra, ¿no?

—Eso está hecho

Pipe la ve pálida y tiene ojeras. Parece dolida. Dolida con él. Se le encoge el estómago.

—No le digas a Manu que te lo he comentado, me hizo prometerlo. Voy al baño.

Marta se levanta. No sabe cómo hablar, cómo reaccionar. No le duele nada pero se siente enferma. Está aturdida. Y exhausta. Es tan gordo lo que le contó Manu cuando vio el VIH positivo en el papel del médico que no sabe qué hacer. Qué pensar. Lleva un mes como una zombi. Le cuesta concentrarse en el trabajo, se equivoca y tiene que pasar noches sin dormir para entregarlo a tiempo. No se lo quiere decir a nadie. No se lo puede decir a nadie. Le da pavor que la señalen. ¿Cómo pudo mentirle? ¿Cómo pudo? Y durante tanto tiempo. Casi desde el principio. Joder. Si se había quedado embarazada y había abortado. Por eso no la acompañó. ¿Cómo pudo? Eso no es amor, ¿eso qué coño es? Se mira en el espejo. No se reconoce, es ella pero no lo es. Hay una distancia insalvable entre su imagen y ella misma. Su cuerpo se ha convertido en su enemigo, un nido de síntomas invisibles. Le preguntó a Manu por qué no se lo había dicho, por qué no se lo había advertido. Manu le contestó que lo sabía desde que entró en la segunda clínica de desintoxicación. Le hicieron una analítica al llegar que incluía el test de ELISA. Sintió como si cayera en un pozo y aún no hubiera llegado al fondo. Como en un laberinto de esos que no tienen salida. Lo que no le dijo es que por lo menos debía de hacer seis años que estaba infectado. La segunda vez que se enganchó no compartió ninguna jeringa, se picaba solo y a escondidas. Le explicó a Marta que le habían dado una medicación en la que tenían muchas esperanzas. Él, aparte de los bultos, se encontraba bien, un poco cansado, pero bien. Marta se paró en mitad de la calle Sant Pere Més Alt, frente al Palau de la Música, y le volvió a preguntar por qué no le había dicho nada. Subió el tono de voz hasta que acabó gritando que había puesto en riesgo su vida, que qué narices le pasaba por la cabeza, que era un hijo de puta. Lo hubiera matado. Manu miró alrededor, vio como la gente que pasaba ralentizaba el paso y se les quedaba mirando, susurró que no se preocupara, que volvería a casa de su madre. Había pensado muchas veces en decírselo, pero no se había atrevido.

¡No se había atrevido!

A Marta sus palabras la sacudieron con tanta fuerza que se quedó aturdida. Todas sus coordenadas se fueron a la mierda. Ya no sabía quién era, qué había vivido, qué era verdad, qué era mentira. Le dio pánico pensar en los juicios, todos los juicios. Tuvo miedo. Tiene miedo. A que la llamen estúpida, a ser apartada, a enfermar, a morir. Siente su interior como un incendio oculto, el que empieza con un rayo que atraviesa la tierra y alcanza la raíz de un árbol y puede durar semanas sin salir a la superficie, invisible. Pero cuando crece lo suficiente, en el momento menos esperado, aparecen las llamas arrasando el árbol entero y todo lo que lo rodea.

Todavía no entiende por qué le dijo a Manu que no, que no hacía falta que se fuera a casa de su madre. Que se tenía que quedar con ella y apechugar con lo que había hecho. ¿Lo hacía por él? ¿O era una manera de ocultar la realidad a los demás y a sí misma? ¿De no tener que dar explicaciones si se separaban? ¿Cómo había podido? Sí, él era un cobarde y ella, una estúpida. Se encerró en sí misma. Se sentía lejos, desconectada del entorno, moviéndose en una pesadilla. Manu limpiaba, iba a la compra, cocinaba. Marta, perdida en un mar de dudas, aflojaba y luego se enfadaba otra vez. No quería salir de casa. Solo lo justo para entregar los trabajos y cobrar. Las voces le llegaban en sordina. Le parecía que había pasado una eternidad desde que salieron de la consulta y su alrededor todavía parecía previsible, seguro. Tardó tres semanas en atreverse a ir a visitar a su familia. Al llegar les dijo que andaba muy liada con las correcciones, que iba tirando, que si podía hacer una lavadora. Se sintió desleal. Comió con ellas. Hizo un esfuerzo titánico en seguir la conversación. En aparentar naturalidad. Hablaron del trabajo de Marta, de los estudios de su hermana pequeña, del viaje de su otra hermana, de su hermano, que vivía lejos, de las vacaciones de su madre. Volvió extenuada y con necesidad de ducharse. Marta no acompañó a Manu a hacerse el análisis ni al médico. Al llegar a casa él le dijo que tenía que seguir con el tratamiento y las visitas de control. Nada más. Marta no levantó la vista del texto que corregía. No se fiaba de nadie. Menos de él. ¿Qué debía hacer? No sabía cómo actuar, qué era lo correcto. Debería mandarlo a la mierda. ¿Y luego qué? ¿Contarlo todo? Se moría de vergüenza. Además, lo quería, joder, lo quería. ¿Cómo había podido hacerle esto? En las noches de insomnio lo miraba dormir. Unas veces pensaba en asfixiarlo con la almohada y acabar de una vez, otras la invadía la ternura. Volvieron a hablar cuando Marta se dio cuenta de que Manu estaba aterrorizado. Lo vio en sus ojos, en su mirada perdida, en su cuerpo encogido, y se le cruzó el pensamiento fugaz de que podía perderlo. O quizás volvieron a hablar cuando se sintió muy sola. Pero algo dentro de ella se hizo piedra. Se negaba a aceptarlo, sobrepasaba su imaginación, la desbordaba. Pasaría. Encontrarían el tratamiento adecuado, aunque no parecía que fuera la prioridad de nadie, la gente pensaba que ellos se lo habían buscado. Ni siquiera se le ocurrió hacerse la prueba. Dio por supuesto que lo tenía y, a la vez, no se lo creía. No quería ni pensarlo. Quería desaparecer.

Marta se lava las manos y se arregla un poco el pelo. Sale del baño y ve a Manu y a Pipe hablando. Se viste con una sonrisa forzada. Coge la cerveza y se bebe la mitad de un trago.

—¿Cómo está tu madre?

—No sé por qué le dieron el alta. Yo no la veo bien. Le han doblado la medicación y he tenido bronca con mi padre. ¡No la ayuda en nada! Se pasa el día fuera de casa y cuando vuelve espera tener la comida en la mesa. Es un cabrón.

La mirada de Manu se opaca. Nada viene solo. Ahora que Marta sabe que tiene VIH, siente que se ha quitado la carga más pesada, la impostura, la traición, pero la sentencia se ha hecho real. No sabe cuánto tiempo le queda, le asusta pensar que no es mucho. Estaba seguro de que iba a perder a Marta. Está asombrado de que no lo haya echado de casa, que haya decidido quedarse con él. Se maldice por no habérselo dicho antes. Pero a veces solo necesita calma, silencio, que lo dejen en paz. También Marta. Últimamente le aprieta para que vuelva a trabajar. Como si no pasara nada. Que hace falta más dinero, dice Marta, que con lo suyo no llegan. No se atreve a llevarle la contraria. Por lo menos no tiene que ir a ensayar. Le alegra que todavía no tengan cantante. Que se jodan. Que no lo encuentren, a ver qué hacen entonces. O que sea un petardo. No le ha preguntado a Pipe si han hecho público que lo han echado. Imagina que sí. Le duele lo que pueda pensar la gente. Siempre lo mismo.

—¿Y qué ha contestado tu padre?

Marta se enciende un cigarro. Debería ir a ver a la madre de Manu, pero siente un hondo rechazo desde que él le dijo que ella también lo sabía.

—Que me calle, que no vivo allí, que mi madre está así de todos los disgustos que le he dado.

—Ni puto caso, Manu. Vamos a dejar de hablar de cosas tristes. He pillado un *speed* que os vais a cagar.

Pipe se levanta del taburete, se saca la cartera del bolsillo trasero de los tejanos y la mueve delante de ellos con gesto cómplice.

Manu mira a Marta. No es buena idea, pero espera que conteste ella. A ver qué inventa. Pipe no es fácil de convencer. Marta desvía la vista de Manu, sonríe a Pipe, sus ojos tienen un brillo temerario.

—Vamos, que la vida son dos días.

—Esa es mi Marta. ¿Y tú, Manu?

—Está bien, hazme una, pero pequeña, ¿eh? Pequeña, que te conozco.

***

Marta tiene dolor de cabeza. Como si tuviera un ladrillo expansivo que empujara las paredes de su cráneo. Pasea la mirada por el comedor, por el hule de cuadros rojos y blancos de la mesa, por los marcos de la ventana pintados de azul griego, por el cristal desde el que alcanza a ver la pared del patio interior, por el póster de Marilyn Monroe sentada en una acera con medias de rejilla. Está sola en casa. Encima de la mesa tiene una libreta con las tapas de cartón duro y juguetes antiguos en la portada. Hace mucho que no escribe. Cómo poner palabras a la grieta que se ha abierto bajo sus pies. La última entrada es del 30 de enero. Han pasado ciento cuatro días. Con sus noches. Lee la primera frase: «Quiero romper el cerco que me he creado». Qué extraño. Siente una presión detrás de los ojos y los cierra. No quiere seguir leyendo. Está muy lejos de esa Marta, la Marta que no sabía nada, que no se enteraba de nada, que le daba vueltas a nimiedades que hoy le parecen absurdas. Estupideces sin sentido. Ahora sí que siente un cerco que la oprime, un cerco inconmensurable. Abre los ojos, coge el bolígrafo y le da vueltas con los dedos. Se aparta el pelo de la frente. Pasa la página para iniciar una nueva. Tiene el color de las hojas caducas en otoño. Pone la fecha cuidadosamente. Con esmero. ¿Por dónde empezar? El dolor de cabeza persiste. Piensa en los meses anteriores a que la sombra monstruosa del sida apareciera en su vida. Llenar ese vacío entre la última entrada y el momento en el que leyó el papel del médico le parece un despropósito. ¿Para qué? Intentar describir lo que pasó cuando nadaba en la ignorancia desde el conocimiento que le ha roto los puentes sería un juego macabro. Hurgar en la herida. Pero ¿escribir no es hurgar? Lo que gira en su cabeza como un remolino son preguntas. Preguntas que la persiguen, que la acusan. Preguntas que la vuelven loca. Se tiene que centrar en las cosas cotidianas. Podría empezar a escribir por lo que ocurrió ayer mismo, cuando fue a cobrar el libro escolar que había corregido. Tenía que pagar el alquiler, estaban retrasados y con lo que le dieran podía completar el mes. Quería zanjarlo y regresar a casa. Al entrar en la oficina de la calle Tarragona se encontró con la mirada severa de la responsable de las correcciones y la edición. Le devolvió el libro y le dijo que había hecho un trabajo pésimo. Tenía que rehacerlo entero. No le pagarían hasta que lo entregara en condiciones y no le harían más encargos. Marta balbuceó una disculpa sobre una gripe mal curada mientras metía los papeles en una carpeta verde y recogía precipitadamente los que se le caían al suelo. El fracaso era una ola que la barría de la oficina. La decepción y la exigencia en los ojos de la mujer. Cree recordar que se llama Berta. Pulcra, meticulosa, de hablar lento y afabilidad de profesora retirada, que se transformó en piedra pómez al quejarse por la mala calidad de su última entrega. Era el tercero que corregía para ellos. Una editorial de libros de texto de una congregación religiosa. No era el trabajo que más le gustaba, pero ayudaba a llegar a fin de mes. No pudo pagar el alquiler. Mira las páginas mecanografiadas que aguardan en una esquina de la mesa. El original y su corrección. Tantas horas inútiles. No se siente con fuerza para hacerlo de nuevo. Debería devolverlo y renunciar. O pedir la baja. Pero tendría que ir al médico y no quiere ni pensarlo. Además, si renuncia, el dinero no les alcanzará. Y Marta no quiere pedir prestado. No soporta las deudas. El orgullo se lo impide. Joder. Esta tarde tendrá que ponerse a trabajar.

Esta tarde.

Aún no ha escrito ni una palabra en el diario. Se le acerca Nessa, la gata, que le maúlla insistentemente. A Marta le crispa los nervios su tono lastimero. Se levanta y coge los dos recipientes de plástico rojo del suelo, vacíos. En la cocina llena uno con agua del grifo y el otro con lo que queda de la caja de pienso. Casi pisa a Nessa, que camina entre sus piernas con urgencia. «Ojalá mi vida fuera así —barrunta Marta—, maullar y que me den comida, que me limpien la casa, dormir tumbada sobre las baldosas, en el rectángulo de sol que entra por la ventana. Y no pensar, no pensar en nada. Sobre todo no pensar». La gata se acerca al agua y bebe. Al terminar ronronea frotándose con su pierna y desaparece hacia la sala. Marta vuelve a sentarse.

Escribe «Voy a morir».

Y lo tacha pasando el bolígrafo con rabia una y otra vez.

XVIII

Now when I'm down,
My friends, they come around
And when I'm upset,
My friends, they help me forget
Thin Lizzy, «No One Told Him»

Las terrazas rodean todo el perímetro de la plaza. Vendedores ambulantes ofrecen latas de cerveza, mecheros, juguetes de plástico que se lanzan hacia el aire.

Le ha dado vueltas al final de la biografía con la sensación de que no sabrá encontrar las palabras. Necesita terminarla, acabar con la interpelación de su vida, de la de Manu. No está encontrando respuestas, aunque, por lo menos, le parece que sus preguntas son más certeras y se aproximan al centro de la herida. Puede oler el pus acumulado que pugna por salir.

Ayer habló con Pipe por teléfono. Ni Marta propuso un encuentro ni tampoco él. Es posible que se sienta más cómodo así. Ella tampoco tiene la misma urgencia por verlo que hace unos meses. Pero le gusta mantener el contacto, saber que ese hilo no se ha roto, hablar de todo y de nada. Es un chute de energía que no corre el riesgo de estropearse. La voz en el oído, la complicidad intacta mientras Marta camina por su casa con el teléfono pegado a la oreja. Sale al balcón, arranca las hojas secas de los geranios entre carcajadas y exclamaciones. Saber que está bien. Alguien lo ha logrado y no la desespera. De momento. Deben de estar de camino del pueblo, los tres, Candela, Clara y él. Todo parece más sencillo cuando lo cuentan los demás. ¿Cuánto hace que Marta no viaja? Años. No puede ser. ¿Y si fuera a Irlanda? Decide que cuando entregue la biografía irá a conocer esos espacios que ha descrito en el papel. Hace cálculos mentales para una semana de estancia. Podría conocer a la madre de Phil, sabe dónde vive. Siente la energía de los planes nuevos. De tener planes. Se imagina recorriendo las calles, visitando los *pubs*, el cementerio de Howth, el parque de Saint Stephen's. Alejarse de todo un poco. ¿Cómo no se le ha ocurrido antes? Sí, a veces las cosas pueden ser sencillas. Se trata de decidir. Y ya está.

¿No?

Ona y Montse llegan juntas. Risueñas. Besos y saludos. Son algo más jóvenes que Marta. Las dos trabajan en editoriales que le encargan correcciones. Aparece Susana. A ella la conoce de hace más tiempo. Desde el principio sintieron una corriente de simpatía mutua y Marta la quiere mucho. Quizás porque un día le contó que su primer novio había muerto en un accidente de moto. O porque es divertida y parece no tenerle miedo a nada.

—El Glaciar. —Susana mira alrededor—. Hacía muchísimo tiempo que no venía, me encanta este bar.

—Yo tampoco suelo bajar al centro, con tanto turista es un agobio. —Ona coge una patata frita.

—Pues a mí no me hacía mucha gracia venir, aquí tuve la última discusión con mi ex. Fue tan fuerte que no nos hemos vuelto a ver desde entonces. Dimos el cante y nos llamaron la atención los camareros. A uno le di un golpe. —Montse mira a su alrededor—. Por suerte, creo que no está.

—¿En serio? —pregunta Marta—. Dinos que acabó pagando él, por lo menos.

Se ríen.

—No le quedó más remedio, llevábamos muchas rondas y yo corrí hasta Les Rambles y pillé un taxi. Le mandé un mensaje diciéndole que el lunes recogiera sus cosas mientras yo estaba en el trabajo.

—En este bar tienen que haber visto de todo. —Susana eleva la voz—. Si te contara las que hemos liado aquí...

—¿Y cómo lo llevas ahora? ¿Sabes algo de tu ex? —Ona aprieta el brazo de Montse.

—No. Pero la gente me cuenta en qué anda, nadie pierde la oportunidad de ver mi reacción. Vive en Tarragona y está con una chica. —Su tono de voz se aligera—. ¿Sabéis? He descubierto que si me pongo triste y doy saltos con los pies juntos por la casa, arriba y abajo, acabo riéndome sola y se me pasa. Así, con los pies juntos. —Se levanta y salta como un canguro alrededor de la mesa.

Marta reflexiona en cómo ella conjura la tristeza. Antes le gustaba bailar. Ahora escucha música pero no suele levantarse. Vive en un cuatro, esa forma que adopta el cuerpo sentado en una silla, intercalando pequeños paseos por los treinta metros de su casa. Y de vez en cuando camina por la ciudad.

—A mí siempre me da por comer —interviene Susana—. Engordo y adelgazo según mi estado de ánimo.

—Debes de estar en una buena época. —Ona le sonríe—. A mí, la psicóloga me dijo que debería aprender a gritar. Unos gritos para soltar lo que llevo dentro. Lo he intentado pero no me sale, me siento ridícula. ¿Y tú, Marta?

—No hago nada. —La voz le sale cortante.

—¿Cómo que no? Algo harás, es imposible estar sin hacer nada.

—Pues no sé, no hago nada especial. Leo, me pongo una película, me voy a dormir.

—Ja, ja, ja, ja. Siempre has sido muy rara.

Rara. Marta sonríe con una mueca.

—Solo falta que me digáis que me eche un novio, como Pipe...

—No, no, eso no, que sola se está muy bien —afirma Montse.

—¿Y ese quién es?

—¿Pipe? Un amigo de toda la vida. No lo conocéis. Es un cachondo.

—A ver si me lo presentas, que a mí me hace falta un buen revolcón. —Susana se ventila con las manos. Vuelven a estallar las risas.

—Qué va, se separó de su compañera pero han vuelto.

—¿La conoces?

—Sí. Bueno, no, en realidad no mucho... Cuando la conocí me pareció una borde. Fue una mala época, se había muerto alguien importante para mí. Encima me busqué el novio más horrible que os podáis imaginar. Supongo que lo relacioné todo y me cayó aún peor.

—Si se separaron, por algo sería. —Ona pide otra ronda con la mano.

—Ya, pero depende de quién te lo cuente.

—Cuando me separé, si hablabas con sus amigos, yo era la mala. Si hablabas con los míos, el cabrón era él. Claro que era un cabrón de la hostia.

—Seguro. —Marta mira hacia la fuente de la plaza—. Pero si vuelven es distinto. Y si ella lo buscó de nuevo tampoco le debía parecer tan mala persona como decía.

—Él se lo pierde, con lo maja que soy —dice Susana—. En fin, a ver si me presentáis a alguien interesante que ya me toca.

—Conmigo no cuentes, se me ha olvidado cómo se liga.

—Marta, eso es como andar en bicicleta, no se olvida nunca, pero a casa no te van a ir a buscar.

Marta pasea la mirada por la terraza del Glaciar mientras ellas hablan. Se da cuenta de que pueden estar en la misma mesa en la que conoció a Manu una mañana en la que Pipe, Happy y Joan estaban allí de empalme.

1993

Le han hecho preguntas y comentarios. Dónde se ha metido, cómo se ha adelgazado tanto, si le han contratado para ese concierto o va a hacer la temporada completa. Parecían contentos de verlo y Manu se ha dado cuenta de que los echaba de menos. El calor de la gente, tener las manos ocupadas y la mente en suspenso. Intenta no hacer las tareas más pesadas sin que se note y se centra en ayudar. Alcanzar las herramientas a los que trabajan en las alturas, ajustar los herrajes de los módulos de las tarimas, apretar las palometas de los focos. No lo reclaman porque se adelanta a las necesidades y está en el sitio justo cuando hace falta. Aun así, se cansa. Como cuando le piden que ayude a trasladar tres módulos de madera. Pesan y siente una tirantez en el cuello. Traga saliva y aguanta. Las horas pasan lentas. A mediodía las estructuras que faltaban están terminadas. Van a la zona de *catering* a comer. Les han preparado una mesa larga con ensalada, potaje de garbanzos y pollo con patatas. Cada uno se sirve lo que quiere. El vino corre generoso. Manu bebe agua y escucha las anécdotas que cuentan sus compañeros. Noticias sobre desalojos, manifestaciones y detenciones. También cotilleos. Lo normal.

—Jaime la ha palmado. No ha durado ni dos semanas en el hospital. Le dieron por imposible.

—¿Y te extraña?

—Su familia descansará tranquila.

—Yo comí con él hace un mes. Me caía bien. Él decía que estaba limpio.

—Sí, hombre, eso dicen todos.

Manu no sabe dónde mirar, se levanta, da la vuelta a la mesa y se sirve más patatas con la vista fija en la bandeja.

—El otro día me explicaron un chiste buenísimo. En una reunión de gente con familiares enfermos le preguntan a uno, tú, a tu hermano que tiene el sida, ¿qué le das? Amor, compasión... ¿Y tú a tu tía? Cariño, ayuda... ¿Y tú a tu padre? Yo, Tranchettes. ¿Y cómo es que le das Tranchettes? Porque es lo único que cabe por debajo de la puerta.

Las carcajadas son generalizadas. Manu se queda con la pala de servir suspendida a medio camino. Lentamente la deja en la bandeja, se acerca a la basura y tira las patatas que acaba de servirse junto con el plato de plástico.

El encargado se acerca y los apremia. Las quejas se extienden por la mesa. Manu y un par de chicas van hacia el escenario.

—Menudos gilipollas —gruñe la más veterana—. Estoy hasta las tetas de sus chistes. Son un hatajo de garrulos.

—Algunos tenían gracia —ríe la más joven.

Manu se gira y observa cómo los demás caminan hacia ellos en distintos grupos. Va detrás del escenario con la veterana, que le pide ayuda para subir un chivato extra por la rampa.

—¿Que tal está Marta?

—Bien, vendrá luego. Salva ha dejado su nombre en la taquilla.

—¿Le gusta Elton John?

—Seguro que sí, aunque ella dice que lo que le mola es el ambiente.

—Ja, ja, ja. Yo digo lo mismo. Le he visto hace un rato paseando por los camerinos. Me ha saludado y me he emocionado. Está gordo y viejo, pero es un grande.

El piano de cola lo han instalado y afinado unos hombres tatuados e imponentes como armarios, con sentido del humor y un castellano macarrónico. El equipo pone las vallas metálicas de separación entre el escenario y el público. Las últimas comprobaciones se suceden sin problemas. Manu va a la sala donde guardan las cosas. Se sienta en uno de los bancos y le pasan una cerveza que se bebe de inmediato, agradecido. Queda media hora para que abran las puertas.

—Voy a buscar a Marta.

—Espera, te acompaño y así la puedes pasar.

Salva y Manu salen por la puerta de carga y descarga, y dan la vuelta al Palau Sant Jordi. La cola de gente es larga. Manu ve a Marta sentada en las escaleras, levantando el brazo hacia ellos. Va vestida de negro. Lleva las botas que vieron en la zapatería al salir de la consulta del Clínico y que Manu le compró cuando se hizo los análisis. La besa y se da cuenta de que se ha pintado la raya de los ojos. Está guapa aunque no sonría.

—¿Qué tal? —Salva la coge del brazo—. Ven, que te llevamos nosotros, como a una vip.

Marta se ha pasado la tarde escuchando el disco de grandes éxitos de Elton John como en su época de adolescente. Ha sentido una punzada de añoranza al pensar en sus quince años. Le parece que entonces su vida era luminosa, sin dobleces. Sin trampas. Un refugio. Ha subido andando hasta el Palau Sant Jordi. No se ha fijado en la belleza de las acacias en flor ni en los brotes primaverales de los grandes plátanos de la avenida Miramar. Ha caminado ausente mientras se ponía el sol tras el verde oscuro de la montaña.

Entran en el recinto y Marta saluda titubeante. Insegura. La mayoría del equipo no va a salir a ver el concierto. Les parece una horterada cursi y empalagosa. Se van a poner de rayas, porros y cervezas hasta arriba porque en tres horas tendrán que desmontarlo todo. Manu, en cuanto suena el griterío, sabe que se han apagado las luces y toma a Marta de la mano, que se la suelta enseguida.

—¿Vamos?

—Vamos.

Salva los acompaña. Marta se da la vuelta y mira hacia las gradas. Miles de mecheros brillan. Una emoción similar a la alegría se abre paso por su cuerpo. Suenan los acordes de «Crocodile Rock». Marta se contagia de la euforia general y cierra los ojos. Avanza la canción y el sonido es horroroso. No se lo puede creer. Se ríe con una risa nerviosa, herida. Salva envía a Manu a buscar más cervezas y se acerca al oído de Marta.

—No voy a volver a llamar a Manu para trabajar. Está muy delgado, no tiene fuerzas y lo pasa fatal. Lo que debe hacer es cuidarse y recuperar peso. Cuando esté mejor, me avisas.

Marta le busca los ojos y ve en ellos una preocupación auténtica. No sabe qué contestar, no sabe qué sabe o qué adivina. Le parece detectar en su voz una recriminación velada. Siente un remordimiento punzante.

—De acuerdo, se recuperará enseguida, ya verás.

—Al acabar el concierto os vais, yo lo cubro. Lo cobrará todo, no te preocupes por eso. Me inventaré cualquier excusa para que no se sienta mal.

—Gracias.

Marta ve venir a Manu sonriente y con tres cervezas entre sus manos. Salva tiene razón. Se le notan claramente los huesos debajo de la piel. No tiene apenas carne y está muy pálido. Los brazos salen como alambres de su camiseta sin mangas. Por primera vez se le ocurre que Manu estaría mejor sin ella. Más tranquilo. Se sobrecoge. Siente el frío de la culpa en las palmas de las manos, en sus pies, como una semilla de crecimiento rápido. Marta coge la cerveza y Manu le pasa la otra a Salva, que le da una palmada suave en la espalda y desaparece entre el público.

***

El sol cae a plomo sobre los edificios, que parecen recortables contra un azul sin mácula. Ha llegado pronto para que su madre le dé las instrucciones del cuidado de la casa mientras está de vacaciones con unas amigas. Marta irá una vez cada dos días para regar las plantas, dar de comer a la gata siamesa y evitar que se vuelva loca de soledad. Su madre le pregunta por qué no ha venido con Manu, hace tiempo que no lo ve. Marta contesta con una excusa vaga pero las preguntas no se detienen: «¿Cómo está? ¿Ha conseguido trabajo? ¿Qué tal las correcciones? ¿Ya coméis bien? No tienes muy buena cara». Marta trata de imprimir humor a sus respuestas para atajar el interrogatorio. Controla la ira que tiene instalada en su interior como un niño no nacido. Para lograrlo tiene que reforzar la sensación de distancia, de estar viendo una película, de ser un personaje. Le explica lo absurdo del texto que corrige. Un libro de religión para EGB. Se indignan juntas, se ríen juntas. No le cuenta que se lo devolvieron y que es la segunda vez que lo corrige. No le dice que su vida se ha ido al garete. Toman café. Unos puntitos luminosos invaden su campo de visión. Se levanta y dice que se va, que tiene un trabajo pendiente y no puede quedarse más. Besa a su madre y vuelve a la calle. Baja caminando hasta su casa. Media hora de descanso sin tener que actuar, sin tener que fingir.

Manu la recibe con una sonrisa relajada, baja el volumen del aparato de música y le alarga una bolsa de plástico.

—Te estaba esperando. Los he ido a comprar para ti.

Marta mira en el interior y saca un disco. Lee el título, *Roll the Bones*, de un grupo que no conoce, Rush.

—Son muy buenos, te gustarán.

Ella todavía no sabe que se convertirá en la banda sonora del dolor y la ausencia. Se lo pasa a Manu para que lo ponga y mira el otro. Se queda perpleja. Es un CD de música clásica. Los *Nocturnos,* de Chopin. Le da la vuelta, lo mira otra vez y le interroga con los ojos.

—El otro día decías que te gustaría saber más de música clásica. El de la tienda me ha dicho que es muy bueno. ¿Quieres que lo ponga?

—No, ahora no. Deja ese de Rush, suena bastante bien.

Marta abre la caja del CD de Chopin. No recuerda haber hablado de música clásica. Últimamente dice cosas por decir. En el interior, un libreto en inglés. No distingue muy bien las letras. Es un regalo diferente. Lo cierra cuando se da cuenta de que está buscando algo más, no sabe muy bien qué. Besa a Manu en los labios. Los tiene fríos. Limpios. Le molesta que le traiga regalos.

—Un día de estos lo escuchamos juntos.

—¿Cómo ha ido con tu madre?

—Bien, bien, me ha explicado lo que tengo que hacer. Pero vamos, que para regar y estar con la gata no hace falta mucha ciencia. Además, solo son un par de semanas.

—¿Y tu hermana?

—Almudena se irá con mi padre, pobrecita, se aburre como una ostra y todavía no puede escabullirse. Y como mi otra hermana se ha marchado al otro lado del mundo y mi hermano vive fuera, solo quedamos nosotros. Nos toca.

Marta se detiene a escuchar la canción que está sonando. Le gusta. Le gusta mucho. Luego, mirará cómo se llama. Es «Bravado».

—No pasa nada, no tenemos mucho que hacer.

—Eso serás tú, yo tengo bastante trabajo. —Marta siente el imperioso impulso de castigarlo.

—Si estás muy ocupada, puedo ir yo, a mí no me importa.

—Ya veremos. —Suaviza el semblante—. La verdad es que en julio habré acabado y no tengo muchos encargos en verano. —Toma aire y coge carrerilla—: He estado pensando en las vacaciones, podríamos ir a Londres. Hay viajes baratos en bus.

Manu niega con la cabeza, pero se detiene al ver la determinación de Marta. Un cosquilleo le acaricia la garganta. Londres, la meca de la música, el centro de todo, ¿por qué no?

Siente angustia y una leve esperanza que pierde la partida.

—Creo que no es buena idea.

—¿Por qué eres tan negativo? Si piensas en lo peor, no podremos hacer nada.

Su tono de voz es exigente, duro. Manu baja la cabeza.

—Claro que me gustaría, sería una pasada. Tengo visita médica en un mes. Podemos comprar los billetes para después, ¿vale?

Manu se levanta y va hacia el baño. Hace unos días se cayó al suelo. Happy y Pipe fueron al escuchar el golpe y lo ayudaron a levantarse. Les dijo que no era nada, que no había comido y del porro le había dado una blanca. Bebió un trago de cola y bromeó sobre la estúpida caída, pero sintió que el calendario de su futuro acababa de perder cientos de páginas de un tirón. Cuando Marta llegó a casa, estaban de cachondeo con la música muy alta. Le sorprendió la expresión de Manu cuando la vio entrar y algo se le removió, pero se distrajo con su propia necesidad de desconectar.

Marta espera a que Manu vuelva del baño con una guía de Londres que guarda de su primer viaje. La revisa con ferocidad. Dobla las hojas que le quiere enseñar. La primera quincena de agosto puede ser un buen momento. Manu se sienta en el sofá y Marta le muestra lo que pueden ver.

—Mira, tenemos que ir al mercadillo de Portobello Road, que es la bomba. ¡Ah! y al de Covent Garden. Dar una vuelta por el Soho, la King's Road, ir al Marquee a ver algún concierto. Ya verás qué puntazo es subirse a un autobús de dos pisos

—Espera, espera, no me entero de nada.

Marta pasa las hojas a toda prisa como si con ello pudiera agarrar el destino por las orejas. Manu intenta mirar las fotos de la guía. De vez en cuando consigue detenerle la mano y fijarse en los detalles. Sus pensamientos van a la misma velocidad que la lengua de Marta. Deja de escucharla. El médico le dijo que si las analíticas salían mejor de defensas quizás podrían reducirle la medicación. Tal vez en agosto esté mejor. ¿Y si fuera verdad? Intenta volver a engancharse a lo que dice Marta. A veces le exaspera su actitud y le dan ganas de sacudirla para que vuelva a la tierra. Otras, se aferra a su desesperado optimismo. Aunque tanta energía lo deje sin fuerzas.

Y solo.

Por lo menos ha dejado de perseguirlo con el trabajo.

—En el Marquee tocan los mejores.

Manu coge la postura de costo que tiene en la mesita y la empieza a calentar con el mechero.

—Mañana llamaré a Salva para que nos dé el contacto de esos okupas que son amigos suyos.

XIX

When they try to tell you knowledge is a dangerous thing.
«It's such a dangerous thing».
The people that have it are the people that sin.
And the people that need it are the people that can never win.
«They can never win».
Thin Lizzy, «Genocide»

Marta se acerca a la estantería donde tiene los discos. Le ha venido a la mente la estrofa «*This boy is crackin' up, this boy has broke down*» de la canción «Old Town», del segundo disco en solitario de Phil Lynott. Lo coge y su vista se desvía lo suficiente para ver la caja del CD de Chopin. Ese CD que nunca escuchó con Manu. Ese CD que nunca escuchó. No lo toca.

«La madre de Phil distinguió una pequeña mancha de humedad en el techo. Subió las escaleras, se dirigió al baño y encontró una escena dantesca: su hijo metido en la bañera, completamente vestido, tirándose agua humeante por encima y repitiendo: "Tengo frío, tengo frío". La mirada perdida, la mandíbula tensa, el temblor incontrolable. El suelo con más de dos dedos de agua. Ella no tenía ni idea del problema de Phil con las drogas. Sacó a su hijo, que pesaba el doble que ella, de la bañera, le quitó la ropa empapada, lo secó y lo tumbó en la cama. Hervía de fiebre. Buscó en el listín telefónico a un médico que no tardó mucho en llegar. Philomena lo acompañó a la habitación. Escuchó sus preguntas rutinarias y las respuestas inseguras de su hijo. Con el tiempo pensaría que, si no hubiera estado presente, quizás Phil le hubiera contado al médico sus problemas reales. Tal vez hasta podrían haberle salvado la vida. El castigo durante años y años, con la culpa y el enojo rondando por las esquinas. Si hubiera hecho esto, si hubiera hecho lo otro. Pero la redención no existe».

Son las últimas frases que ha escrito. Es el esprint final, pero, como en las carreras, llega sin aire. Hace poco vio un vídeo de una entrevista que le hicieron a Phil pocos meses antes de morir. Se mostraba tímido y pícaro a la vez, pero lo que la impresionó fue la tristeza que reflejaban sus ojos. Una tristeza que trataba de conjurar con planes de futuro. Un esfuerzo estéril por mantener al personaje, por creérselo. Por tranquilizar a las personas que lo amaban. Y a su madre, que era la que más creía en él. Incondicionalmente. Aun a costa de engañarse a sí misma. Marta intuye que, cuando el amor anda por medio, quieres que vaya bien, deseas confiar en la mejor versión de la persona a la que amas y así atribuirte la mejor de ti. ¿Qué sucede cuando esa imagen se altera?

«Un amigo de la familia subió a ver a Phil. Se lo encontró con el cuerpo brillante de sudor, las mantas en el suelo. Hablaba con frases inconexas. Sonó el teléfono. Era Caroline, que le dijo a su madre que Phil tenía un problema de adicción a la heroína, tenía que llevarlo a una clínica llamada Las Nubes. "¿Qué? ¿Qué? ¿Cómo es posible?".

»Pero era una explicación. Y una esperanza. Un sentido. La clínica estaba a doscientos kilómetros».

Doscientos kilómetros.

¿Cómo se mide la distancia entre la vida y la muerte?

Marta odió durante años el sonido del teléfono. Más que odiarlo, la paralizaba de miedo. O quizás el terror y el odio forman parte de lo mismo. Algo le ha quedado de todo eso. El sonido del teléfono siempre la sobresalta. Debe de haber alguna manera de desprogramarse. Sin embargo, sospecha que hay marcas que son físicas y van más allá de la voluntad. El cuerpo manda. Manda mucho.

Marta va a buscar un vaso de agua, se vuelve a sentar.

El dibujo de trazos simples con bolígrafo azul, una isla desierta con dos palmeras, ilustraba una frase: «Gracias por salvarme del naufragio». Se lo había regalado Manu. Marta lo guardó con cuidado en el libro que estaba leyendo. Fue pocos días antes de que él ingresara en el hospital. Ese tiempo suspendido en ninguna parte. Ese tiempo en soledad porque Manu le prohibió que avisara a nadie. Ni a su familia, ni a sus amigos ni a Pipe. A nadie. Marta vivía con la vergüenza a cuestas, peleando con la ira y la preocupación. Ha buscado el dibujo por todas partes. Ha vaciado armarios, ha abierto cajas, ha mirado entre las páginas de sus libros. No lo ha encontrado. Le gustaría volverlo a ver.

«En el hospital al que trasladaron a Phil por el fallo generalizado de sus órganos internos, Caroline le preguntó a Philomena si era consciente de que su hijo podía fallecer. No. No lo era. No quería ni pensarlo. Tropezó con un cura que salía de la habitación de Phil. Lo increpó sin miramientos. El hombre le dijo que era su hijo el que había solicitado su presencia. Entró agitada a la habitación. Lo miró dormir. No, no iba a morir. Era fuerte. Más fuerte que nadie. ¿Los médicos sabían que no había esperanza? Era posible. ¿Lo sabía Phil? Todo indicaba que sí. Le pidió perdón a su madre. Tenía necesidad de hablar».

Marta levanta la vista del ordenador. Oscurece y no ha comido. No tiene hambre. Se enciende otro cigarro. La redención no existe. Buscarla es darse de cabezazos contra una pared. Como mucho, puede tratar de darle sentido a lo que ocurrió, aunque la vida sea un sinsentido. Encontrar disculpas, apelar a la fragilidad. A la dureza asesina de los prejuicios. Pero siguen quedando las dudas como el sustrato que mantiene el movimiento. Y el dolor.

Creer o no creer. Esa es la verdadera cuestión. ¿Creer en la palabra de quién? ¿En la suya propia, que se crea y se recrea? ¿Que se modifica con el tiempo? ¿Que inventa lo necesario para seguir siendo? ¿O creer en la palabra de los otros? La que fluye de sus dolores, de sus alegrías, de sus proyecciones, de sus propios juicios. ¿Es más fiable la mirada ajena?

Quizás sea necesario sumar muchas palabras, muchas miradas distintas, para poder acercarse a la verdad, para construirla.

Pero entonces, qué ocurre con el uso de las palabras que surgen de las visiones reduccionistas puestas al servicio del propio ensalzamiento, del ensalzamiento de los «nuestros».

Creer en la historia que se escribe sobre cuerpos abandonados en la cuneta, en una portería con la jeringa en el brazo, en una cama de hospital con todas las luces del pasillo apagadas, en el piso superior del edificio de nichos del cementerio.

La palabra y la verdad. ¿Qué verdad está buscando? ¿Puede la verdad encontrarse en la palabra o vive a pesar de ella? Maquillaje necesario para sobrevivir. Y sobrevivir es necesario. Entonces, ¿qué coño está buscando? Quizás lo que la enerva son esos relatos sin fisuras que tapan las verdades incómodas, que huyen de las contradicciones, que simplifican la realidad. ¿Dudar es una debilidad? Marta quiere creer que no. Quiere creer que aunque la duda casi la vuelve loca, ha sido su motor para no convertirse en piedra. Sospecha que quizás la verdad se halla en el espacio que no ocupan las palabras. En lo que hay debajo de estas. Quizás es en los vacíos donde se halla la verdad. Tal vez lo importante es su búsqueda.

Pero la verdad agota. Marta está agotada. Y ni siquiera sabe si se ha aproximado.

***

En su libro *My Boy* la madre de Phil Lynott diría que no recordaba nada de su regreso al hospital. Su hijo estaba en un ataúd en la sala habilitada para el velatorio. Se negó a mirarlo. Marta tampoco quiso ver a Manu. Nunca lo vio muerto. Tal vez eso facilitó que su ausencia se convirtiera en una presencia que ocupaba más espacio que los vivos. A veces sólido, a veces gaseoso, a veces como una sombra leve pero constante.

Marta se detiene al darse cuenta de que el entierro de Phil Lynott en Irlanda se celebraba el mismo día en que ella cumplía dieciocho años. El cumpleaños en el que sintió que traspasaba una frontera. Podía votar y votó, por primera y última vez, en el referéndum en el que manifestó estar en contra de la permanencia de España en la OTAN. Lo perdieron. Con dieciocho años se sentía invencible y segura de lo que tenía por delante. Se marchó de casa. Hizo de la calle su territorio. Entró en la universidad. Luchó en el Colectivo. Conoció a Pipe. Conoció a Manu. Vivió su propio paraíso y su propio infierno.

Vivió.

Mientras ella festejaba su cumpleaños, en Howth despedían al compositor y cantante del grupo que, a partir de entonces, sería parte fundamental de su vida. Despedían al dueño de la voz profunda y sugerente. Al autor de las letras irónicas, tiernas, canallas, festivas, a veces desesperadas, siempre energéticas que provocaban el baile en el interior de Marta. Que modificaban su estado de ánimo. Que proyectaban sus emociones más allá de lo conocido y ensanchaban su mundo. Letras sutiles e imágenes poderosas, sostenidas por una música que proporcionaba la fuerza suficiente para no rendirse.

La banda sonora de la juventud de Marta.

1993

Hace un calor sofocante. Se quedarán a dormir en la casa de la madre de Marta. Han ido en metro porque Manu está cansado. Cualquier movimiento le supone un esfuerzo desmesurado. Abren la puerta y la gata siamesa sale a recibirlos con maullidos desesperados. Se frota contra las piernas de Manu. Él se pone en cuclillas y le acaricia el lomo. Marta lo mira. Los gatos lo prefieren. Desde que Manu se instaló a vivir con ella, Nessa, su gata, cambió de lealtad en poco tiempo. Lo buscaba a él, se le sentaba encima, ronroneaba de placer al sentir su mano en el vientre.

Manu se incorpora y mira alrededor. Hacía mucho que no venía. Tantas celebraciones en esta casa. Las de Navidad eran las más sonadas. Sentados a la mesa mientras las hermanas y el hermano de Marta hablaban a gritos, bromeaban, discutían, se disputaban la palabra, bailaban las canciones de Raffaella Carrà frente al televisor. En aquella locura familiar era fácil pasar desapercibido.

Entra en la sala mientras Marta va a poner comida a la gata. Enciende la televisión y se quita las bambas y los calcetines para estar más cómodo. O para lanzar un grito de auxilio.

Funciona.

Marta ve los pies hinchados de un rojo casi morado, el doble de su tamaño, y se le escapa un grito. Manu no dice nada, pero confirma su propio espanto. Ella le sube los dos pies a la mesita frente al sofá. No parecen humanos.

—¿Desde cuándo los tienes así? ¿Por qué no me habías dicho nada?

Y cómo es posible que no los haya visto antes, piensa Marta, cómo es posible. Es horroroso.

—Hace unos días. Debe de ser por el calor. ¿Puedes abrir la ventana? —La voz de Manu vacila.

Marta la abre, enchufa el ventilador y lo enfoca hacia sus pies.

—Tenemos que ir a urgencias, esto es demasiado, Manu. Vamos al Clínico.

—Déjame que descanse. Seguro que se ponen mejor si no me muevo. ¿Me traes un vaso de agua?

Marta quiere creerlo. Necesita creerlo. Va a la cocina. Se lava la cara y mete la cabeza debajo del chorro. El agua no consigue llevarse la angustia. Tampoco la visión de los pies. Se seca la nuca con un trapo de cuadros azules y blancos. Tiene que hacer algo. Regresa a la sala, le alarga el vaso a Manu.

—Voy a prepararte un balde de agua con sal para que los pongas dentro. Si mañana no estás mejor, iremos a urgencias.

—Sí, sí, te lo prometo, tranquila.

Manu acaricia a la gata, que aprieta la cabeza contra su pecho. Marta encuentra un barreño, lo llena de agua, echa sal, cubitos de hielo y lo revuelve todo con un cucharón. Como si Manu se hubiera dado un golpe. Como si solo hubieran pasado unos días desde la paliza de los nazis. Lo carga con cuidado para que no se derrame. Lo deja en el suelo frente a Manu y, con delicadeza, le arremanga los pantalones y mete los pies en el agua.

—Está helada. Qué bestia eres. —Se incorpora y los saca de golpe.

—Perdona, perdona, pensaba que te iría mejor.

Marta vuelve a coger el barreño, la espalda tensa, los movimientos bruscos, vacía la mitad, saca los trozos de hielo con la mano y vuelve a llenarlo con agua caliente. Mira las flores de su madre en el alféizar de la ventana. Están mustias. Tiene que regarlas. Pone de nuevo en la palangana los pies de Manu, que suspira de placer. Se oye la voz del presentador del telediario del mediodía. Se queda dormido. La boca un poco abierta. La mano izquierda abandonada encima del sofá y la derecha sobre su pierna. Los pies enormes dentro del agua. Marta fija la vista en la televisión con la voluntad suspendida. Felipe González, recién reelegido presidente del gobierno, advierte que la crisis económica es grave y que van a tomar medidas. Nada nuevo, vuelven a decir lo mismo mientras las calles se llenan de parados con las manos en los bolsillos y la desesperanza dibujada en los ojos. Las noticias internacionales las acapara la guerra de Bosnia. En Sarajevo, el periodista habla con chicos de dieciséis o diecisiete años, sobre el frente, sobre el enemigo, sobre sus motivos para defender la ciudad. Marta ve sus caras infantiles, escucha sus bromas y adivina en sus miradas el miedo. Un chico dice en la pantalla: «Son los de arriba los que dirigen estas cosas. Los musulmanes son las víctimas, pero deberían ser nuestros hermanos». Siempre los de arriba. Marta inclina el cuerpo y toca el agua con los dedos. Se está enfriando. Busca una toalla y le seca los pies. Con cuidado. Se los cubre para no verlos. Manu murmura con los ojos cerrados. Marta vacía el barreño con violencia en el fregadero y la mitad de agua cae al suelo. Coge el mocho con rabia para arreglar el desastre. En lugar de secar, extiende el agua. Pasa por encima dejando huellas por toda la casa. Riega las plantas. Peonías, pensamientos, verbenas en los salientes de las ventanas de cada habitación. Saca de la nevera media lechuga, tomates, cebolletas y una bandeja con pechugas de pollo. Limpia las verduras. A conciencia. Las corta en trozos muy pequeños. Con la congoja a cuestas.

Manu abre los ojos desconcertado. En la televisión James Dean recibe una lluvia de petróleo en la cara, con los brazos abiertos, por el cuerpo, y ríe como un loco. Manu se deshace de la toalla que le envuelve los pies y los mueve en rotaciones lentas. Hacia la izquierda, hacia la derecha. Parece que están menos hinchados. Se incorpora para tocárselos y una punzada en la espalda lo obliga a recostarse en el sofá. Mañana irán al médico. Ahora esa idea lo tranquiliza. Necesita que alguien le diga lo que tiene que hacer. Que le marque el camino. Que dé con la fórmula para volver a ser el de antes. O para dejarse ir. ¿Qué ha soñado? Era algo relacionado con un charco, un charco de agua sucia y mucho barro. No podía salir. Marta asoma la cabeza por la puerta.

—¡Estás despierto! Voy a hacer pechugas de pollo. La ensalada está lista. ¿Tienes hambre?

—Sí.

Manu no tiene hambre. Cierra los ojos antes de que las náuseas hagan acto de presencia. Siente como se le agarrota la mandíbula, con una pequeña descarga eléctrica, y la saliva le llena la boca. Traga. Lo que le gustaría es tumbarse y dormir. Dormir sin interrupción hasta mañana. Comen en silencio. Marta mira de reojo cómo Manu revuelve la comida con el tenedor y de vez en cuando se lo lleva a la boca. Está abrumada. Echa de menos a su madre. A sus hermanas. En la pantalla, el personaje al que da vida James Dean, borracho, da bandazos en una cena de gala. Manu se tumba en el sofá y cierra los ojos. Marta le toca la frente. Tiene fiebre. Se coloca sus piernas en el regazo y reconoce las escenas de *Gigante*. Con catorce años compró una foto grande de James Dean en el mercado de los domingos del barrio de Sant Antoni. La seducía su mirada de tormento y ternura. Se quedó fascinada con *Al este del Edén*. Le encantó la película, pero la conmovió mucho más la novela. Manu se mueve en sueños, agitado, la frente sudada y las mejillas encendidas. Marta aguanta la respiración sin darse cuenta. Hasta que se queda tranquilo. Le mira los pies. Siguen igual de hinchados. Desvía la vista. Tienen que ir al hospital. Le aparta las piernas cuidadosamente y recoge los platos y los cubiertos. Pasa una bayeta por la mesa. Vacía el cenicero. Va a buscar dos colchones para ponerlos en el suelo, frente al televisor. Dormirán en la sala. Pueden ver una película. Pone las sábanas con gestos lentos. Alarga la tarea. Va a buscar una cerveza y, cuando regresa, Manu está sentado. Parece animado.

—¿Me traes una? No veas la que has liado aquí, ¿no?

—Ja, ja, ja. —La risa la aligera.

Lo contrario de la risa no es la tristeza, sino que es el miedo. El miedo desde que supo lo que Manu le había ocultado durante los cuatro años que han estado juntos. La angustia que se apodera de ella cada vez que le mira los pies.

—¿Qué te apetece hacer?

—Nada, estar aquí contigo. Escucha, los discos que tengo los vendes. Te puedes sacar una buena pasta.

Marta aprieta los dientes.

—No te enfades, yo lo digo por si acaso.

Manu le pone ambas manos en las mejillas, las baja por

su cuello y le acaricia los brazos desde los hombros. Marta siente una punzada de deseo y se levanta. Cambia el canal de televisión. Se gira.

—Dentro de dos semanas será tu cumpleaños. ¿Qué vas a querer de regalo? —Marta vuelve a sentarse.

—No hace falta que compres nada.

Se le había olvidado su cumpleaños. No le apetece celebrarlo. Piensa en su madre. Tiene que ir a verla. A Marta se le ocurre que igual puede organizar una fiesta. Comprar un pastel con veintisiete velas. Pueden empezar la fiesta en su casa y luego ir al Barbeto. O hacerla allí directamente. Avisará a Pipe, a Happy, a Yolanda, a Alberto, a Ana, a los colegas. A Joan no lo va a invitar. Que se joda.

Anochece, pero el calor sigue siendo asfixiante. Manu respira con dificultad. Tose. Se acerca a ella y le rodea los hombros con el brazo. Marta se frota los ojos para quitarse el sudor. Se siente pegajosa, sucia. Cuando Manu va a hablar, Marta se levanta.

—Me voy a duchar. No lo soporto más.

Manu asiente resignado. A él también le vendría bien una ducha de agua fría. Se queda en el sofá. Le da un trago a la cerveza tibia y la termina. Mira la televisión. Está muy cansado.

—Qué bien me he quedado. —Marta con el pelo mojado, camiseta y bragas, entra en la sala—. ¿Quieres cenar algo?

—No tengo nada de hambre.

—Yo tampoco.

Se tira en el colchón. Manu se quita los pantalones con cuidado para que la tela no le roce los pies. Después la camiseta. Cuelga la ropa en el respaldo de una silla y se tumba a su lado. No ve la pantalla, se la tapa el cuerpo de Marta. Escucha los diálogos de *Los santos inocentes* y, poco a poco, la trama lo atrapa. Alarga la cabeza para ver por encima de la espalda de Marta. No lo consigue.

—¿Puedes tumbarte más plana para que pueda ver?

Marta se gira con violencia

—Joder, búscate la vida. —Se vuelve a poner en la misma postura.

Manu vuelve a tumbarse y cierra los ojos. Ya no puede seguir los diálogos. No sabe cuánto rato ha pasado ni cuándo Marta se queda dormida. Manu apaga la televisión. Le cuesta mucho conciliar el sueño.

***

El taxi los deja en el interior de urgencias, y dos hombres con batas azules se acercan. Manu, que no lleva las bambas atadas y no se ha puesto calcetines, les enseña los pies y les dice que tiene VIH. Marta superpone su voz para dar explicaciones.

—¿Es su acompañante? Tiene que ir a la sala de espera y dar los datos de él. Salga al pasillo, gire a la derecha y ya la avisarán.

Manu mira la espalda de Marta desaparecer por la esquina. Uno de los hombres lo ausculta, después le toma la tensión.

—Venga conmigo.

Manu intenta adivinar en sus gestos si es grave. Sigue arrastrando los pies. Le indican una silla en el pasillo. Está frente a los boxes, desde los que llegan quejidos, conversaciones, algún sollozo. Una cortina verde se abre y sale una mujer joven, con bata blanca y un papel en la mano.

—¿Manuel Esteve?

—Sí. —Manu se levanta.

—Siéntate, siéntate, enseguida estoy contigo. —Se aleja rápido por el pasillo.

Manu no tiene nada con lo que distraerse. La silla es de plástico duro. Se le clava en los huesos. La voz aguda de una mujer que regaña a un enfermo por intentar levantarse lo altera como una uña en una pizarra. Lee los carteles de las paredes: dejar de fumar, tomarse la tensión, usar protección en las relaciones sexuales. Está incómodo. Nota cómo le sudan los pies, pero le da vergüenza descalzarse. Ve pasar a enfermeras, celadores con camillas y enfermos entubados. Nadie se dirige a él, ni lo miran, como si no existiera. Él tampoco se atreve a preguntar. Desearía que estuviera Marta. Podrían hablar, hace tiempo que quiere hablar con ella. Pero no se deja. Siente que están todas las cartas echadas. Le jode que ocurra ahora, pero hace tiempo que lo espera. Quiere contarle tantas cosas. Tiene la sensación de que palabras y emociones acumuladas buscan su camino para salir. Le pesan. Necesita una prórroga. Apenas unas semanas. O unos meses. Imagina a Marta impaciente en la sala de espera moviendo su pierna izquierda sin interrupción. Cabreada por no tener noticias. Nada más llegar, va a la ventanilla para facilitar los datos de Manu. Se enoja porque no sabe contestar a la mayoría de las preguntas que le hace la chica de recepción. ¿Nombre y apellidos? Manuel Esteve González. ¿Fecha de nacimiento? 26 de julio de 1966. ¿Lugar de nacimiento? Creo que París. ¿Dirección? Calle Santa Maria Madrona nº 29, 3º derecha. ¿Distrito postal? No lo sé. ¿Enfermedades en la infancia? No lo sé. ¿Enfermedades actuales? VIH. ¿Alguna más? No lo sé. ¿Alergias a medicamentos? No lo sé. ¿Consumo de alcohol? Poco, alguna cerveza. ¿Consumo de drogas? Marta duda... Hachís. ¿Antecedentes de enfermedades familiares? No lo sé, creo que su madre tiene algo del corazón. La chica levanta la mirada y la mira fijamente. «¿Es usted su mujer?». «No, soy su compañera». Marta piensa que qué narices importa eso. Devuelve las preguntas: «¿Dónde está? ¿Puedo acompañarlo? ¿Cuánto van a tardar?». La chica teclea en el ordenador y le dice que se siente. Marta mira las hileras de sillas de la sala de espera. Algunas mujeres solas, una pareja, una madre con dos niñas, un señor mayor. Hablan entre susurros. Las niñas juegan y arman jaleo entre las personas sentadas. Marta se lamenta por no haber cogido un libro. Sale a fumar. Vuelve a entrar, se sienta, espera, se levanta, se acerca a recepción y pregunta si se sabe algo. Le dicen que espere. Pasa una hora, pasan dos. Oscila entre el enojo y la ansiedad. Saber algo lo antes posible o mantener la calma como si así pudiera lograr que las noticias sean buenas. Decide tomar un café, va hacia la máquina, ve un pasillo y entra por él. Se cruza con un par de enfermeras. Al fondo ve a Manu sentado en una silla. Solo. Avanza hacia él.

—¿Te han mirado?

—¡Hola! ¿Te han dejado entrar?

—No, me he colado, joder, es que nadie me dice nada.

Manu suelta una carcajada y Marta lo acompaña. El ataque de risa les hace saltar las lágrimas.

—Manuel Esteve, acompáñeme.

La doctora está de pie a su lado y los mira con complicidad.

—¿Puedo quedarme con él?

—Sí, pero en esta silla. Lo verás desde aquí, dejaré la cortina abierta.

Manu la sigue, se gira hacia Marta y le hace el gesto de la victoria con los dedos. Marta se fija en los cordones de sus bambas arrastrándose por el suelo. La doctora le manda quitarse la camiseta y sentarse en la camilla. Está esquelético. Se pone unos guantes de látex, lo descalza con cuidado y le toca los pies. Le pregunta si le duelen. Manu le responde que no los siente. Marta observa como el gesto de la doctora se endurece. Le toma la tensión. Le ausculta la espalda. Mira a Marta por encima de los hombros de Manu y niega con la cabeza. Algo va mal. No lo dice. Solo niega con la cabeza, mirando fijamente a Marta, que siente una descarga eléctrica en el pecho. Le duele. Una debilidad absoluta se apodera de ella. Le falta la sangre. La doctora le dice a Manu que espere en la camilla y cierra la cortina. Se acerca a Marta, baja la voz y le comenta que lo van a ingresar, tiene la tensión muy baja y el corazón acelerado, la sangre no llega a las extremidades, por eso tiene los pies hinchados. Al auscultarlo ha escuchado ruidos pulmonares acompañados de estertores. Tienen que hacerle pruebas. Lo van a ingresar. Deberían haber venido antes.

Mucho antes.

—¿Puedo hablar con él un momento?

—Sí.

Marta se precipita al box y alcanza a ver a Manu secándose una lágrima.

—Manu, te vas a quedar unos días para que te hagan pruebas y darte un tratamiento. Te vas a poner bien, ya verás. —Se queda sin aire—. Cuando te den la habitación te voy a ver, te traeré unas mudas, y avisaré a tu madre y...

—¡No! A mi madre ni se te ocurra decirle nada. No quiero que se preocupe. No avises a nadie, ¿me oyes, Marta? ¿Me oyes? —La agarra del brazo. Afloja un poco ante su expresión, pero no la suelta—. Tú lo has dicho, son unas pruebas, voy a estar bien, no hace falta preocupar a nadie.

La doctora se acerca.

—Manuel, vamos a hacer el ingreso. Ahora tienes que estar tranquilo. Tu novia tiene que dar sus datos de contacto.

Llama al auxiliar que lleva una silla de ruedas, lo ayudan a sentarse y Marta ve como desaparecen por el pasillo. Ni siquiera le ha dado un beso.

Corre hacia recepción. El corazón le martillea acelerado. Solo son unas pruebas, solo son unas pruebas. Pero tiene la mirada de la doctora en la retina y un vacío en el cuerpo. Ha de dar sus datos de contacto por si la tienen que llamar. Espera a que un hombre registre en urgencias a su hijo pequeño. Se balancea alternando el peso de una pierna a otra. Podrán tratarlo y estará mejor, seguro. Resopla con impaciencia. Finalmente, puede dar su nombre y su teléfono, y le dicen el número de habitación. Está en la planta baja. En medicina interna. En enfermedades infecciosas. Busca el número hasta que encuentra la habitación al final del pasillo, la última. Es una habitación individual de un verde deslucido. Verde de orfanato. Huérfano le parece Manu tumbado en la cama, boca arriba, con una bata blanca y fina. Gira la cabeza al oírla entrar y extiende el brazo.

—Ven, ayúdame a subir el respaldo de la cama.

—¡Te han dado una habitación individual!

—Es la ventaja de tener sida.

—¿Eso te han dicho? ¿Que se ha desarrollado?

La palabra la golpea otra vez. Intenta mover la manivela, no sabe cómo funciona, baja todavía más la cama. Se da cuenta. La mueve al revés más rápido. Manu queda sentado.

—Sí, algo pasa con mis pulmones, lo tienen que comprobar. La doctora dice que es una enfermedad oportunista y mis defensas no responden. —Hace un esfuerzo por recuperar el aplomo, le coge la mano—. Me van a dar un tratamiento que están probando y parece que funciona.

—Tienes que descansar, seguro que te recuperas, ya lo verás, pero debes hacer caso de lo que te digan.

La puerta se abre y entran dos enfermeros con guantes blancos, mascarilla y una silla de ruedas.

—Manuel, tienes que venir con nosotros. Van a hacerte unas radiografías y extraerte unas muestras.

—Manu, aprovecho para ir a buscarte unas mudas.

—Tranquila, no corras, pero no avises a nadie, por favor. —Manu la mira a los ojos buscando respuestas—. Voy a estar bien.

Marta ordena las sábanas de la cama, se agarra al bolso con fuerza, recorre los pasillos y sale a la calle.

XX

Don't believe me if I tell you
Not a word of this is true.
Don't believe me if I tell you
Especially if I tell you that I'm in love with you
Thin Lizzy, «Don't Believe a Word»

—Lo sabía. Es que lo sabía. ¿Por qué no me lo dijiste?

Pipe lo suelta como si disparara una ametralladora un poco oxidada, pero con su potencial mortífero intacto. Marta se fija en sus ojeras pronunciadas, la blancura de la piel, el fuego en los ojos azules, el cansancio de la mandíbula caída.

—Me asustaba lo que me pudierais decir, que lo insultaran, que se metieran con él. Lo que la gente pensaría de mí. Y Manu murió. —Marta lo mira a los ojos—. No se lo merecía.

—Pero yo era tu amigo. Joder, soy tu amigo. Es diferente.

Pipe siempre tuvo la sospecha, pero se decía a sí mismo que no podía ser, que Marta se lo hubiera contado. Le duele. Duda sobre si le agradece la sinceridad, si le cabrea o si, a estas alturas, preferiría no haberlo sabido.

—Te juro que fue instintivo. Algo me lo impedía. Después pasó el tiempo y me quedé con eso dentro.

—Mentir es de cobardes, Marta. Si Manu lo hubiera dicho, podría haber sido diferente.

—Se te olvida que para ser cobarde hay que tener miedo. Y el miedo no sale de la nada. No sé si hubiera cambiado algo, no lo sé. Me lo he preguntado muchas veces.

—Fue un cabrón.

—Pero ¿tú te acuerdas de cómo se hablaba del sida? Todavía es algo de lo que se habla poco, como si contaminara. Lo raro hubiera sido que no tuviera miedo, ¿no crees? A quedarse solo, a no poder tener una relación nunca más, a morir. Debía de ser como caminar por un campo de minas. —Marta se detiene. Se da cuenta de que ya no está hablando de Manu. O no solo de él.

Recuerda cuando volvió al hospital con un pijama a cuadros negros y blancos y un par de calzoncillos nuevos para Manu, un libro, un cepillo de dientes y pasta dentífrica, un peine de púas grandes y separadas, una toalla pequeña. Las compras la tranquilizaron. Incluso recuperó la ilusión. Como si con ellas pudiera garantizar un nuevo principio. Entró con energía en el hospital. Se sentía con fuerzas para enfrentarse a lo que fuera. Hasta que llegó a la habitación. Se lo encontró en el suelo, tirado, de espaldas al techo, la cabeza ladeada. Se lanzó sobre él y lo ayudó a levantarse. Manu le contó que había intentado ir al lavabo y se había caído. Marta sintió una explosión en las orejas. Lo acompañó al baño, lo ayudó a tumbarse en la cama y lo arropó. Su cuerpo tan, tan delgado. «Ahora vuelvo». Salió como un huracán de la habitación y fue directa a buscar a alguien del personal sanitario. El pasillo estaba desierto. No tardaría en darse cuenta de que ese pasillo siempre estaba desierto. De lejos vio la bata azul de una enfermera y se encaminó hacia ella a gritos: «¿Cómo puede ser que Manu estuviera en el suelo? ¿No sabéis hacer vuestro trabajo o qué?». La enfermera le ordenó con voz firme que se calmara, le preguntó qué había pasado, la escuchó con cara inexpresiva. Le explicó que Manu tenía un timbre colgado de la cabecera de la cama, si necesitaba algo no tenía más que pulsarlo. Marta se quedó muda. Parecía que estuviera en medio de una tormenta en alta mar. Todo daba vueltas. Volvió lentamente a la habitación. Manu tenía los ojos cerrados y la expresión plácida.

—Siéntate conmigo, guerrera, a ver si la vas a liar tanto que no me van a atender. —Sonrió sin abrir los ojos.

—¿Ha pasado el médico?

—Todavía no. Supongo que vendrá cuando tenga los resultados de las pruebas.

Marta fue hacia la televisión y trató de poner monedas.

—No, Marta, no pongas la tele, quiero hablar contigo.

Marta siguió intentando meter las monedas en la ranura. Entró un médico con un grupo de estudiantes con bata blanca y libretas en las manos. Le preguntó a Manu cómo estaba, si tosía mucho, si echaba esputos, si le costaba respirar, si le dolía el pecho. Con la mascarilla y los guantes puestos se acercó para auscultarlo. Manu contestó y siguió sus indicaciones con docilidad. Los estudiantes, apelotonados al lado de la puerta, tomaban notas. El médico se dirigió a Manu, aunque de vez en cuando incluía a Marta con la mirada:

—Tienes tuberculosis y, como estás bajo de defensas, ha avanzado muy rápido. Con la medicación vamos a tratar de subírtelas y de reducir la infección. Volveré a pasar por la tarde.

Tendría que haberlo llevado antes al hospital. Haberlo obligado.

—¿Marta? ¿Dónde estás? —Pipe la observa con cara de preocupación.

Marta lo mira desconcertada.

—Perdona, me he quedado en Babia.

—No entiendo por qué lo sigues defendiendo. Eso no se hace. Y punto. —Pipe, ante la expresión ida de Marta, cambia el tono—. La verdad es que, aunque era un cabrón, lo he echado de menos. No vayas a creer. Tienes razón, no merecía morir, así podría haberle dado una paliza. —Sonríe—. Y a ti también te he echado de menos, que eres como el Guadiana.

—Qué cara más dura tienes. Tú tampoco es que hayas llamado mucho, ¿eh? Y no me líes que si ayer no te hubiera mandado un mensaje no habríamos quedado.

Pipe se toquetea los rizos blancos, coqueto.

—Vale, me rindo. Es que mi vida es una montaña rusa.

—Sigues con Clara, ¿no?

—Nos va muy bien. Aunque a veces volvemos a discutir y nos tiramos quince días sin vernos. —Pipe no le cuenta que una vez el motivo de la discusión fue Marta. A Clara no le hizo mucha gracia descubrir que se habían visto varias veces y que se llamaban de vez en cuando—. ¿Y tú? ¿Has acabado la biografía? ¿Cuándo la publican?

—Aún falta un mes. Pero yo he terminado y creo que no lo he hecho demasiado mal. A Luis le gusta. La están maquetando y después va a imprenta. En enero se hará la presentación. Me gustaría que fuera por mi cumpleaños. Cuarenta y siete tacos ¡Me acerco al medio siglo! ¿Vendrás? Díselo también a Clara, así la veo. —Marta sospecha que si no la invita Pipe, no vendrá. Quién sabe, igual hasta se llevan bien—. La quieres, ¿verdad?

—Debes de pensar que estoy loco, pero sí, la quiero.

—A mí lo que me importa es que tú estés bien. —Marta le aprieta el brazo—. Perdóname si he estado un poco ausente.

Pipe se ruboriza. Va a decir algo, pero se lo piensa mejor. Sonríe de nuevo.

—¿Me avisarás de la presentación? A ver si también convenzo a Candela, así la conoces.

—¡Me encantaría! Y para mi cumple me apetece organizar algo. ¿Me ayudarás? —Se siente ligera.

Pipe pide dos cervezas más.

—¿Has pensado en algún sitio? No queda ningún bar de los de antes. Ni la Terraza, ni el Barbeto, ni el Umma, ni el Tarkus, ni el Wawanko ni los Mensakas. Esto es un cementerio, tía.

—Pues no sé. Dicen que hay uno en el Raval, con buena música y viejas glorias. —Le guiña un ojo—. A veces hacen conciertos. Puedo ir a mirar qué tal es.

—Mira quién aparece por aquí...

Marisa camina hacia ellos, maquillada, vestido negro con brillos ceñido a su cuerpo, botas camperas y un bolso rojo de cuero, desafiante.

—No le digas nada del cumpleaños —Marta habla rápido en voz baja.

—¿Por qué?

A Marta no le da tiempo a contestar.

—¡Qué alegría veros! —Marisa les da dos besos a cada uno, se sienta en la única silla vacía y pide una tónica—. Acabo de salir de la sala y en dos horas tengo que volver. ¿Cómo estáis? Marta, el otro día te llamé y no me contestaste.

—Se me ha acumulado el trabajo. ¿Por qué tienes que volver?

—Hoy tenemos concierto de Suicidal Tendencies. Las entradas están agotadas, pero si queréis, puedo daros invitaciones.

—A mí no me gustan mucho. Yo soy un caballero del metal. —Pipe sacude la melena con orgullo—. Gracias, Marisa, pero hoy viene Candela a casa.

Marta esboza una sonrisa, a Manu le encantaban, fue

uno de sus descubrimientos. Ponía los discos y trataba de convencer a quien estuviera cerca. Los grabó en casetes para regalarlos. Como si fuera su representante. Como si le fuera la vida en ello.

—Yo tampoco puedo. Bueno, la verdad es que no me apetece. Empieza a hacer frío y prefiero estar en casa.

—Antes erais el terror de los bares, nadie podía seguiros el ritmo. Y miraos ahora.

Marta y Pipe estallan en risas. Marisa se les une. Le encantaría que fueran al concierto, pero qué le va a hacer.

—¿Y qué? ¿Qué es de vuestra vida?

—Marisa, dentro de nada es mi cumpleaños y vamos a montar algo. Vendrás, ¿no? —dice Marta

Pipe la mira interrogante. Definitivamente, no hay quién la entienda.

1993

El teléfono suena exactamente a las 5:55 de la mañana. O esa es la hora que señala el despertador digital. Una premonición. El 5 es su número de la suerte. A pesar de todo, lo seguirá siendo. Camina hacia el teléfono, con el sueño en los párpados, insegura de que la llamada sea real. El timbre insiste. El cuerpo intuye lo que pasa. La mente tarda más en procesarlo. Días, meses, años.

—¿Marta Hernando?

—Sí, soy yo.

—Tiene que venir al hospital. Manuel Esteve ha pasado una mala noche y ha empeorado.

Los pensamientos se convierten en imágenes.

Mala.

Noche.

Empeorado.

Y ella durmiendo. Durmiendo.

Se ducha. El agua muy caliente a pesar del calor. Busca una camiseta limpia en el armario de su hermana pequeña. Se peina. Retrasa el tiempo, lo retrasa, aunque sienta que tiene que ir rápido. Se mira en el espejo del recibidor y cierra la puerta con cuidado. En la calle, la gente deambula por su lado a cámara lenta, figuras fugaces, sombras. Marta acelera el paso. Las preguntas circulan atropelladas por su mente. ¿Se habrá vuelto a caer? ¿Se habrá hecho daño? ¿Qué quiere decir «empeorado»? ¿Lo tendrán que operar?

Bandadas de vencejos sobrevuelan la ciudad con trinos de mañana de verano. Sube los peldaños de la escalinata de la puerta principal de dos en dos. Esquiva a un grupo de enfermeras que salen, pasa por delante de la garita de información sin preguntar y gira por el pasillo. Dirige la vista al fondo, se detiene, le fallan las piernas, se apoya con un brazo en la pared. En el suelo, al lado de la puerta de la habitación de Manu, ve la mochila con la que le trajo el libro, el pijama nuevo, los artículos de higiene, los dos calzoncillos. Abandonada. Sola. ¿Lo han cambiado de habitación? ¿Por qué están ahí sus cosas? El cuerpo sabe lo que ocurre, la mente tarda más en procesarlo. Entra en la habitación. No hay nadie, la cama hecha, el suelo limpio, un fuerte olor a desinfectante. Toca las sábanas buscando el rastro del calor del cuerpo de Manu. Están frescas, con tacto de ropa recién lavada. Las paredes la expulsan. Marta se siente huérfana. «¿Manu?». Mira en el lavabo. No sabe por qué, pero mira. Escucha una voz suave: «¿Señora?». En la puerta, una mujer de mediana edad, con bata blanca, lentes marrones de carey y expresión solemne.

—¿Dónde está Manu?

La doctora la coge del brazo con suavidad y firmeza. «Acompáñeme». Sin soltarla caminan unos metros por el pasillo y la introduce en un despacho. Le indica una silla frente a una mesa blanca, impoluta, ni un papel ni un bolígrafo. Es un compás brevísimo. La realidad detenida. Marta la mira fijamente.

—El señor Manuel Esteve ha muerto esta madrugada. Ingresó muy mal. No ha reaccionado bien al tratamiento. Era demasiado tarde. Lo lamento. —Posa su mano en el brazo de Marta, que la aparta con violencia—. Si quiere, podemos proceder a la autopsia, lo tiene que solicitar un familiar directo, pero la tuberculosis estaba muy avanzada y no nos va a decir nada nuevo.

Fundido en negro.

Muerto.

Muerto.

—¿Dónde está? —La voz casi imperceptible.

No se da cuenta de que se está haciendo daño en la palma de la mano derecha con las uñas de la mano izquierda.

—En el depósito. Le entrego el certificado de su fallecimiento, pero tiene que firmar conforme lo ha recibido. Deben arreglar los papeles para que lo trasladen a la funeraria. Y si no van a solicitar autopsia, debe ser hoy mismo. Aquí no se puede quedar.

Marta firma con un garabato mientras la doctora le explica que no sufrió, estaba dormido, lo encontró la enfermera. Pero ¿qué dice esta mujer? Estaba solo, joder, solo. ¿Por qué no preguntó si podía quedarse? No lo ha acompañado, lo ha abandonado. Murió solo.

Se ahoga. Marta quiere huir.

Salir.

—¿Quiere que llamemos a alguien? ¿Algún familiar? —Marta niega con la cabeza—. Si lo necesita, podemos llamar a la psicóloga o a la trabajadora social.

—No, no, no quiero. —Que no la toque, sobre todo, que esta mujer no la vuelva a tocar. Se apoya en los reposabrazos, hace un esfuerzo para levantarse, coge el certificado y se lo mete en el bolso—. ¿Ya está?

¿Ya está?

—Sus cosas están en la puerta de la habitación. Supongo

que las ha visto, lo siento. ¿Quiere que las vaya a buscar? —Su voz es amable, atenta.

—No, ya las cojo yo.

No lo soporta, no soporta quedarse ni un segundo más, no quiere verla, no quiere escucharla. Joder, quiere salir.

—Soy la doctora Martínez. Si me necesita, pregunte por mí a las enfermeras.

Marta le da la espalda. Está en el pasillo. Desorientada, mira hacia los lados y adelanta a un enfermo que camina agarrado al gotero, con un cigarro sin encender en la otra mano, delgado, la bata verde casi transparente abierta por detrás muestra los calzoncillos blancos. Vuelve a ver la mochila, abandonada. Sola.

Pero ¿qué ha pasado?

¿Qué ha pasado?

¿Ya está?

Sale del hospital y deshace el camino de ida. A paso lento. Muy lento. Una distancia sólida, espesa, crece entre Marta y el resto del mundo. Su cabeza es un globo de gas que se eleva. Que se aleja. Ve un contenedor, mira hacia los lados, aprieta los labios y tira la mochila dentro. Ni siquiera la ha abierto para comprobar que estaba todo.

¿Qué es todo?

Manu no está.

No está.

Debe de haber algún error. ¿Cómo es posible? Estaba segura de que esto no iba a pasar. ¿En serio? Tiene miedo de descubrir que este era el final que estaba esperando. Le duele el sol, le duele la gente, le duele la vida. Le duele la soledad de la muerte de Manu. Marta siente como si en lugar de pies tuviera ladrillos y estuviera separada de la realidad por un vidrio muy grueso. O como si anduviera bajo el agua.

¿Y ahora qué?

Un abismo se abre ante ella, oscuro, sin fin.

Antes de subir a casa de su madre entra en un colmado y compra dos yogures. De fresa. En la cocina abre el cajón de los cubiertos, coge una cucharilla, se sienta y se los come.

Dos yogures.

De fresa.

Suena el teléfono y Marta se cae de la silla. Se ha hecho daño. En el codo. Se levanta y contesta.

—Hija, ¿cómo estás? ¿Cómo va todo por allí? ¿La gata está bien?

—Sí, sí. Está bien. Está perfecta. Por aquí todo bien.

—¿Y cómo está Manu?

—Bueno, es que, bueno... Manu ha muerto.

Sus palabras tienen el peso de las verdades incontestables. Un sollozo se traba en el paladar.

—¿Cómo? Pero ¿qué dices? ¿Qué ha pasado?

La voz de su madre se eleva. La incredulidad y la preocupación llegan al oído de Marta. Se siente culpable. Culpable de joderle las vacaciones.

—Sí, bueno, es que llevaba tres días ingresado, con tuberculosis.

—¿Tres días? Pero ¿por qué no me has dicho nada?

—...

—Hija, no te preocupes. Voy a coger el autobús de regreso. Si hay billetes para hoy, llego en ocho horas. Si no, llegaré mañana por la mañana. Lo siento mucho, hija, lo siento mucho. Manu era una buena persona. Lo siento mucho.

—Sí, sí, pero tengo que decírselo a sus padres. Voy a ir a avisarlos y vuelvo.

—¿No prefieres esperarme? Puedo acompañarte.

—No, me han dicho que tengo que hacerlo rápido. No lo

pueden tener ahí, en el hospital. Debo hacerlo. —Se le rompe la voz.

—Hija, te quiero mucho. Pronto estaré allí.

—Sí, sí, yo también.

Marta cuelga y estalla en lágrimas y mocos. Una hora, dos horas, tres horas. No lo sabe. Le duelen los músculos y tiene un pitido interminable en los oídos. Son las doce del mediodía. Es muy tarde.

Demasiado tarde.

Vuelve a salir. Como un autómata coge el metro y baja en Drassanes. Lleva el certificado en el bolso. Las calles están distintas. La gente camina como si no pasara nada. No lo entiende. Debe de haber un error. Se acerca a la portería y le parece ver a Manu esperándola.

No, está muerto, está muerto.

Llama al interfono

«Soy yo, Marta».

Entra en el ascensor de madera y recuerda cuando se quedaron parados entre dos plantas Manu, el Belga y ella. Ni subía ni bajaba. Marta, con ganas de presumir y la risa floja, forzó la puerta y salieron aupándose en el suelo del rellano de la planta que quedaba a un metro de altura. Se le dibuja una sonrisa por el miedo de Manu y el Belga de que el ascensor cayera de golpe.

El padre de Manu la espera en el rellano con la puerta del piso abierta.

—¿Y Manuel? ¿Cómo es que no ha venido contigo? Hace días que no sabemos nada y su madre lo necesita. Dile que no puede desaparecer de esa manera, que no sea tan egoísta. Tiene que ir a ver a su madre, está en el Hospital del Mar y se encuentra grave. Ingresó hace tres días y no deja de preguntar por él.

Tres días. Igual que Manu. Marta siente calor en las mejillas. No contesta. Entra en la casa y se sienta a la mesa del comedor. Saca el certificado. Se lo da.

—Manu ha muerto.

El padre la observa con la mandíbula caída. Dirige la vista al papel y vuelve a mirarla.

—¿Qué ha sido? ¿Sobredosis?

—No. Lo pone ahí. Tuberculosis y sida. —Su piel es un pergamino en el que rebotan las palabras.

—¿Sida? Manuel no tenía sida, eso es una tontería. —Vuelve a leer, esta vez con más atención.

—Sí, sí lo tenía. —Marta le clava la mirada—. Y su madre lo sabe.

—No, no lo sabe... Me lo hubiera dicho. —Se detiene. Duda. Se le humedecen los ojos y aparece el espanto—. Marta, tienes que venir al hospital y decirle a su madre que Manu está bien. Tienes que hacerlo. Si no, mi mujer morirá, no soportará la pena. Es el único hijo que le queda. Vamos ahora. Vamos ahora mismo.

—No. Ahora no. Igual esta tarde. Solo he venido a avisaros. En el hospital me han dicho que hay que arreglar lo del funeral y el entierro. Y ha de ser rápido porque murió de sida.

El padre no contesta. Un segundo, diez, veinte. Le devuelve el certificado.

—Yo, yo, mira, yo no puedo hacerlo, tengo que estar pendiente de mi mujer. —Se levanta, se mete en una habitación y Marta lo escucha abrir cajones. Mira a su alrededor. Todas las persianas de la casa están bajadas. El ambiente está enrarecido. El suelo sucio. El hule de la mesa tiene migas de pan y manchas amarillas que se le pegan en los brazos. Los separa con asco. El padre sale con una carpeta fina de cartulina beis, vieja y manoseada—. Toma. Encárgate tú. Ahí están los papeles del seguro. Yo no sé nada de todo eso. Lo contrató su madre y está en el hospital. En el hospital, ¿lo entiendes?

Marta mete la carpeta en el bolso. No protesta.

—Acuérdate de que esta tarde tienes que venir. ¿Sabes dónde está el Hospital del Mar?

—Sí.

Marta se levanta. Su cuerpo es de goma.

El padre la sigue.

—No falles, tienes que venir, no falles. —La voz chillona la persigue—. Te espero esta tarde. El horario de visita es hasta las ocho, no puedes faltar.

Está de nuevo en casa de su madre. No ha retenido ninguna imagen del camino de vuelta. Como si no lo hubiera hecho. Con los papeles del seguro en la mano, marca el dial del teléfono. Una voz de mujer, impersonal, contesta. Marta le dice lo que ha ocurrido. También el número de póliza, nombre y apellidos de la madre de Manu. Número del carné de identidad. Tiene que explicar que la madre está ingresada y no puede hacerse cargo pero que ella posee todos los datos. No parece que les importe. Esta misma tarde trasladarán a Manuel Esteve a una de las salas del tanatorio de Sancho de Ávila. Marta debe pasar por allí para tomar algunas decisiones, le explicarán qué cubre el seguro y qué no. Necesitan saber qué ataúd elige, qué recordatorio, cómo será el funeral. Marta dice que sí y cuelga. No quiere saber nada. No tiene ni idea de qué hacer. Camina por la casa, se sienta, se vuelve a levantar. Los objetos que la rodean le parecen un decorado que la agrede. Está enfadada, muy enfadada. Con Manu, con su padre, con la doctora, con las enfermeras, con la empresa de seguros. Consigo misma. Se siente sucia. Enciende el televisor. Mira sin ver. Llaman al teléfono. Es su hermana pequeña, que está en casa de su padre. Ya lo sabe. Su madre debe de habérselo dicho. Llora. Lloran las dos. Marta siente el dolor de su hermana y le duele, le duele que sufra. Vuelve la culpa. Como si fuera la asesina de Manu, la asesina de las vacaciones de su madre, de la adolescencia de su hermana, de sí misma. Todo se viene abajo. Se siente sucia.

Llama a casa de Pipe, que acaba de llegar del trabajo y quiere salir. Es viernes.

—Dichosos los oídos. Estaba pensando en vosotros. ¡Vamos de mambo esta noche!

—Pipe, no podemos. Manu ha muerto.

Otra vez. Lo ha dicho otra vez.

—Pero ¿qué dices? ¿Dónde estás?

—En casa de mi madre. Estaba ingresado en el Clínico...

—¡Hostia puta! Ahora voy. En cinco minutos estoy allí.

Cuelga el teléfono.

Marta tiene que esperar. Se enciende un cigarro. Luego, otro. Después, otro. Llaman al interfono y es Pipe. Entra y la abraza. Marta lo agarra fuerte y vuelve a llorar. Pipe no dice nada. Solo la abraza.

***

Ayer enterraron a Manu. Marta se empeñó en que hicieran un funeral religioso porque decía que es lo que la madre de Manu querría. Esa madre que está en una cama del Hospital del Mar. Pipe acompañó a Marta para que le dijera que Manu estaba bien, pero que tenía mucho trabajo en un festival de música fuera de la ciudad y que por eso no había podido ir a verla. No debería haberlo hecho. Que se espabilara el padre.

¿Cómo se había atrevido a pedirle algo así? Pero cualquiera le dice nada a Marta. No escucha nada, no escucha a nadie. El padre y él esperaron en el pasillo. Ella salió de la habitación con los ojos vidriosos y hundidos. Parecía que había envejecido diez años. Le susurró a Pipe en voz baja que era demasiado triste. Le dijo al padre:

—Nosotros nos tenemos que ir.

Se fueron sin darle tiempo a responder, a preguntar, sin mirar atrás.

En Sancho de Ávila Marta se quedó en la antesala, sentada, mirando a la pared. Se negó a ver el cuerpo de Manu. Pipe sí entró. Manu tenía un pañuelo sujetándole la mandíbula y estaba con la bata del hospital. Joder. Por lo menos le podrían haber pedido ropa a Marta. Pero el tipo trajeado del seguro dijo que no podían manipularlo porque había muerto de sida. ¿Y qué pasa con eso? Era una persona, hostia. También dijo que le pondrían en el nicho más alto. Cómo si estar en el ático del cementerio fuera a impedir el contagio por la ciudad. Le dieron ganas de vomitar. Encima les dijo que la póliza de la madre de Manu era la más barata. En tres años, si no pagaban el nicho, sus huesos —así lo dijo, «huesos»— irían a una fosa común. Pipe no se atrevió a mirar a Marta. La escuchaba respirar acelerada. Le puso enfermo la cara de satisfacción del tío del seguro cuando Marta, después de pasar las páginas de un álbum con imágenes cursis de recordatorios de despedida, lo cerró de golpe y dijo que no querían ninguno. Que eran una mierda. A Manu le habrían parecido una mierda. Pipe también sintió orgullo. Es verdad, Manu se reiría de ellos. Puede oír su risa en la cabeza. Todavía puede oírla. Pipe fue el encargado de avisar a los amigos y amigas. A pocos, porque no hubo tiempo. Su entierro se debía oficiar al día siguiente. Lo alivió compartirlo, hablar. Pipe se quedó pasmado cuando Marta le explicó que Manu había muerto de tuberculosis porque tenía sida. «¿Cómo?». Le preguntó desde cuándo lo sabían y Marta contestó que, desde hacía tres meses, por las pruebas que le hicieron cuando le habían salido los bultos en el cuello. Estaba en tratamiento. «¿Y por qué no me lo dijisteis?». Marta respondió con voz monocorde: «Porque Manu no quería». Pipe insistió: «¿Y Manu no lo sabía de antes?». «No, no lo sabía. ¿Cómo iba a saberlo?». Joder, qué putada. No se atrevió a preguntarle si ella también se había hecho la prueba. No todavía. Estaba demasiado conmocionada. Pipe llamó a Olga a Alemania, acababa de ser madre, tenía que saberlo, asegurarse de que ella se encontraba bien. Había estado con Manu antes que Marta. También pensó en sí mismo y cuando se acostó con Olga. Pero no, no podía ser. Habían usado condón. Joder con Manu. Vaya putada, vaya putada todo.

Marta llegó con su madre al cementerio de Collserola. Las pupilas dilatadas. Le farfulló a Pipe que su madre le había dado dos Valium. Ya no estaba allí, no estaba en ninguna parte. Llegaron Happy, Yolanda, Alberto, Ana, Chus, Cani, Vicky y algunos más. Serían unas quince personas. El padre de Manu no apareció. Ni nadie de su familia. Marta daba bufidos mientras escuchaba el discurso del cura plagado de lugares comunes. Se le escapó una breve carcajada, como un ladrido agónico. La ceremonia fue breve, más parecida a un trámite que a una despedida. Al terminar, Marta puso la camiseta de Sepultura, la que le regaló a Manu en Ámsterdam, encima del ataúd, que ya estaba cerrado completamente. Pipe se sentía como si un camión le hubiera pasado por encima. Salieron todos juntos hacia el nicho. Marta no lloraba. No lloró en ningún momento. Su mirada algodonosa se posaba en unos y otros para saludar y recibir palabras de consuelo. Hablaba lento y no se le entendía gran cosa. Miraba a los operarios cerrar el nicho como si no comprendiera lo que estaban haciendo. Lo que estaba haciendo allí.

Marta se quiso ir con su madre, pero ella la animó a quedarse con sus amigos. Pipe la rodeó por la cintura para llevarla hasta el coche y les dijo a los demás que irían al Barbeto. Una determinación furiosa crecía en su interior, tenía ganas de gritar, de pegar a alguien. Happy se les sumó. Fue el único que lloró a moco tendido. En el coche, mientras circulaban por la ronda, lo oían suspirar. Marta encendió un cigarro, se lo pasó a Pipe y encendió otro para ella. Era sábado y dejaron la furgoneta en el *parking* de plaza Urquinaona. Bajaron andando por Via Laietana.

—Tenía que estar muy enfermo para entrar en el hospital y morirse en tres días.

Pipe necesitaba una explicación. Hacía poco que estuvieron en su casa. No se le veía tan mal.

—Estaba débil y casi no salía, pero él decía que se encontraba bien.

Happy le pasó el brazo por los hombros a Marta.

—Se fue como era, discreto, sin molestar. Seguro que aguantó hasta que no pudo más. Ya no sufre.

Pipe asintió.

—Vamos a darle una despedida por todo lo alto.

No faltaron los amigos de Manu de los Pescatas y del Piaf. También llegó Fer. La voz había corrido. El Barbeto se llenó. Contaron anécdotas de Manu de cuando ni Pipe, ni Marta ni Happy lo conocían. Tenían la necesidad de mantenerlo vivo un poco más, con historias y risas colectivas. La voluntad tan tenaz como estéril de retrasar el momento en que cada uno se quedará con sus propios fantasmas. Con sus propios problemas.

Y con la ausencia.

Fumaron porros. Marta se rio bastantes veces, lloró un poco, se dejó abrazar, bebió mucho. Pipe la miraba y le costaba reconocerla. Él también bebió sin parar. Estaba rabioso, muy rabioso. Y perdido. Al cabo de varias horas la acompañó a casa de su madre y él se fue a la suya con sensación de derrota.

Esta mañana a Pipe le ha costado despertarse, le duele la cabeza y tiene resaca. No puede dejar de darle vueltas. Se siente mal por lo que pasó con Veneno. También está enfadado con Manu. Podría haber dicho algo. Le preocupa Marta. Necesita hablar con alguien. Necesita repasar lo que ha sucedido, hacerse un mapa. Llama por teléfono a Happy y quedan en un bar del Passeig Maragall.

***

Marta está recostada en la silla para recibir el sol en el rostro. Nueve días sin Manu en el mundo. Nueve días que parecen uno. Se concentra en los pequeños gestos. Sacar un cigarro del paquete, coger el mechero de encima de la mesa, encenderlo. Se mira las manos. No le parecen suyas. Observa el mundo como si fuera un lugar desconocido. Identifica la canción que suena desde un coche y la canta mentalmente antes de que se pierda. No aguanta las conversaciones largas. Si piensa en lo que todavía tiene que solucionar, la cabeza le estalla. Dormir, comer, ducharse. Sobre todo dormir. No hacer nada. Está tan cansada que por las noches no concilia el sueño. Una sacudida de dolor la invadió cuando su madre le explicó que tenía que usar siempre el mismo plato, vaso y cubiertos, y después lavarlos con lejía. También le entregó una toalla y le compró un cepillo de dientes nuevo. Su madre tomaba precauciones. Se sintió desahuciada. Marta está segura de que no va a vivir más allá del año 2000. Es la fecha máxima que se ha dado. Como una condena. Piensa en lo que hará hasta que llegue el momento. Su madre le dice que no puede darlo por seguro, aún no se ha hecho la prueba y puede dar negativo, no puede perder la esperanza. Sus palabras generan más preocupación en Marta, tiene miedo de volverla a decepcionar. Ella está segura de tenerlo. Algunos amigos han dejado de besarla cuando la ven. Si se la encuentran por la calle, la despachan con cuatro frases hechas y sonrisas diplomáticas. Marta acumula rencor y desconfianza, no lo olvidará. Hay otras personas que intentan cuidarla. Los amigos de Manu, los que más dolor sienten por la pérdida. Tampoco lo olvidará, aunque los pierda de vista.

Fue a la seguridad social. Prefirió ir sola. La atendió un médico de pelo grasiento y ojos pequeños. Marta le dijo que quería hacerse la prueba y él contestó con brusquedad: «¿Y para qué la quieres? ¿Acaso vas con drogatas y maricones?». Soltó una risita prepotente y Marta se lo quedó mirando con la boca abierta. La indignación se concentró en sus manos. Se levantó y se fue dando un portazo. Temblaba de rabia. Esta mañana ha escuchado a su madre hablar por teléfono con la gente del Comité de Lucha contra el Sida. Les han dado hora para un laboratorio en una semana y en tres más tendrán los resultados. Un mes de libertad provisional. Marta pasa menos tiempo en casa de su familia. Los susurros, los esfuerzos de su hermana pequeña por distraerla, las llamadas de sus demás hermanos, de sus tíos, la preocupación de su madre, que tiene que lidiar con todo. Se siente una carga. No sabe qué decir, qué sentir, qué hacer. Le gusta vagar sin rumbo por las calles. Por barrios que no conoce. Guinardó, Horta, Vallcarca. Se pone los cascos con música y va de un lado al otro. Pierde la noción del tiempo. Ha salido una vez con Pipe y Happy pero ve críticas y rumores en todas partes. Imagina lo peor y se esfuerza por estar natural. No le sale. Una vocecilla le dice, cuando quiere confiar en alguien, que se está equivocando.

En alguna ocasión, por la calle, sola, le ha dado un ataque de felicidad como, si por un instante, todas las piezas encajaran. Se olvida de su miedo y le parece que desaparecer del mundo no es grave. Quizás sea lo más justo. ¿Por qué ella no? Eso sí que no tendría sentido. Entonces le parece que no pasa nada. Siente nostalgia por lo que se va a perder, pero en esa sensación encuentra cierto equilibrio. Y la posibilidad de descansar, de olvidarse de todo. Hasta que la vuelve a atenazar el miedo y las preguntas que giran sin respuesta se convierten de nuevo en una máquina de tortura. Mira el reloj de la torre de la plaza. Son las diez de la mañana de un sábado de finales de julio. Ha quedado con Pipe para ir a cerrar el piso de Sant Pere Mitjà. Recoger las cosas y devolver la llave. Marta espera que Nessa, la gata, no esté. Que con el transcurso de los días haya convertido sus paseos habituales por balcones y terrazas en un viaje sin retorno. Le cuesta más enfrentarse a ella que a sus cosas, a las cosas de Manu.

Se enciende un cigarro. Le da una arcada. Fuma demasiado. Pero no lo apaga. Lo aprieta entre los dedos y vuelve a darle una calada.

Ahora necesita saber qué le quería decir Manu.

Entorna los ojos.

Le gustaría ir a la playa, ver el mar. Podría aprender a navegar a vela. Cuando era pequeña quería ser como la hija del Corsario Negro, de las novelas de Salgari. Surcar los mares, conocer otras tierras, tierras exóticas, vengarse del mundo, dominar las tempestades, imponer su voluntad. Elegir su destino.

Todos han aceptado que Manu no sabía nada. O eso parece. Marta cree que necesita esa explicación para levantarse cada mañana. No quiere matarlo dos veces. Que los años que pasaron juntos se le pudran entre los dedos. Sentirse patética. Ella también tiene miedo al rechazo. Pánico. Todavía no sabe que se ahogará en esta versión de la historia. La distancia insalvable entre lo que siente y lo que muestra.

Se sobresalta cuando intuye movimiento. Abre los ojos.

—¡Buenos días! ¿Llego muy tarde? —Pipe trae un café en la mano—. Cuando acabe vamos para allá. ¿Estás preparada?

XXI

Death is no easy answer
For those who wish to know.
Ask those who have been before you
What fate the future holds
Thin Lizzy, «Warriors»

Está desnuda. Los pechos algo caídos, mirando cada uno hacia un lado. Ya no le sobresalen las clavículas. La piel de los antebrazos se mueve como un membrillo. Pasa sus manos por el vientre, puede pellizcar los michelines. Tiene que dejar la cerveza. Sonríe. Eso sí que no. Se mira fijamente las piernas, los muslos. Esos muslos de los que presumía Manu. Los tiene más redondeados, llenos de finas venas rojas como los nervios de una hoja de árbol. Se endereza y acerca su cara. Se mira a los ojos. Las arrugas se multiplican. También en la comisura de la boca. Los párpados caídos. El pelo largo, siempre despeinado. Coge la máquina de rapar. La pone al tres. Se la pasa por el lado derecho de la cabeza. El primer mechón cae al suelo. Marta se alboroza. La oreja queda al descubierto. Se ríe. Inclina la nuca. Nota que la maquinilla se desvía. Imagina una carretera torcida rodeada de vegetación negra y salvaje. Da igual. Caerán todos. Le dan ganas de soltar aullidos como una loba en luna llena. Termina y levanta la cabeza. ¡Madre mía! Parece más delgada. Se le destacan los dientes y no le gusta. La mirada más intensa. Las cejas pobladas. Barre todo el pelo y lo tira a la basura. Se mete en la ducha, abre el grifo del agua caliente y suspira de placer. Tararea

«Donde todo empieza», de Fito y Fitipaldis, que suena por los altavoces.

Hace una semana presentaron la biografía de Phil Lynott. Eran unas veinte personas contando a la familia de Marta y la de Luis. Pipe no llegó. Le guardó un ejemplar dedicado. Al día siguiente recibió un mensaje de disculpa. Demasiada resaca después de la fiesta de cumpleaños de Marta. Pipe hizo de maestro de ceremonias. Marta se sintió incómoda al principio. No estaba acostumbrada a mezclar amigos que suele tener en distintos compartimentos y a los que ve poco. La música estuvo a cargo de Happy.

Canciones que eran himnos.

Se relajó.

Bailaron y saltaron.

Se gritó mucho y se habló poco.

La gente, tan distinta, tan parecida. Más deteriorados. Algunas miradas ansiosas, algunas tristes, otras eufóricas, algunas satisfechas, otras reposadas o tímidas. Marta no estaba segura de haber entendido nada. Quizás es que la nostalgia, a partir de cierta edad, es algo común. Simplemente eso. Por lo que creían ser, por lo que inventaron que fueron o por lo que les permitía imaginarse, en algún momento de sus vidas, mejor de lo que son ahora. También bailaron sombras hechas de ausencias. Cada año más ausencias.

Hubo brindis hilarantes, brindis ininteligibles, brindis cursis y brindis sentidos. Llegó un momento en que Marta bailaba sola en medio de la vorágine.

Escapaba de su cuerpo y regresaba a él al ritmo de la música.

Cerró los ojos.

Se sintió en casa.

No le importó que Pipe no fuera a la presentación. Después de las palabras de Luis y los tartamudeos de Marta al hablar del libro, El Sobrino del Diablo tocó unos temas de Thin Lizzy en acústico mientras tomaban unos vinos y picaban jamón y aceitunas. Esa noche le costó dormir. Se levantó varias veces y acabó poniéndose las mallas y saliendo a caminar al frío de la madrugada con los *Nocturnos* de Chopin sonando en el teléfono. Le pareció que su cuerpo se desvanecía.

Se seca con la toalla y vuelve a mirarse en el espejo. Se viste. Le parece que hace muchísimo tiempo que empezó la biografía. La verdad y la mentira le parecen indistinguibles. No sabe si lo que ha escrito tiene que ver con la realidad y, por primera vez, le parece que no importa.

Que es lo que menos importa.

Se pasa la mano por la nuca. Mierda, no debería haberse rapado. Va a echar de menos su melena.

1993

Suena «Navegando», de Rosendo, en la furgoneta de Pipe. Han entregado las llaves del piso al administrador. En la parte de atrás cargan las pocas cosas que Marta ha querido llevarse.

Parados en un semáforo, Pipe suspira y la mira fijamente.

—Y ahora, ¿qué va a pasar contigo?

Marta apoya la cabeza en el respaldo, dirige la vista a la ventanilla, a las calles, a la gente que camina por la acera.

—No lo sé.

Agradecimientos

La idea de esta novela lleva muchos años conmigo. Agradezco profundamente a cada una de las personas que en este tiempo, sabiéndolo o sin saberlo, la han inspirado y enriquecido. A mis amigas y amigos, al clan de la cicatriz, a las compañeras y compañeros que, en diferentes periodos y lugares, han sido comunidad y red afectiva. Vosotras sabéis quién sois. Como dice Cristina Rivera Garza, la creación literaria es un acto comunitario.

A mi madre, Ana Irigoien, por transmitirnos a mis hermanas, hermano y a mí, el amor por la literatura, qué inmenso regalo. Y por estar con y para nosotros siempre. Te quiero.

A mis hermanos Txabi, Itziar, Izaskun e Itxaso Arretxe por ser clan y guarida. Y a mis cuñados Noah Castañeda y Carol Monterde y a mis sobrinos Unai, Ona, Aitor y Asier por inundarnos de amor.

A Pedro Faro, compañero, amigo e instigador y a José Antonio Reyes Matamoros (1960 - 2010), Maura Fazi, Alejandro Aldana y maestros y maestras de la Escuela de Escritura Jaime Sabines de Chiapas, México, por ser aguijón y semilla de mi reencuentro con la escritura. A mis compañeras y compañeros del curso: Ceci Valencia, Angelina Suyul, Mikel Ruiz, Luz Horita, Elcher González, Jorge Abarca, Paty Duque, Tayde

Herrera, Carmelita Carpio y demás por las lecturas, los ánimos, los desahogos, las chelas y las risas compartidas. Esta novela también es vuestra.

A Lolita Bosch por impulsarme en el inicio de la escritura de esta novela con su saber hacer y generosidad como maestra. Y por la lectura de una de las versiones finales.

A mis compañeras del Campus Lolita: Llanos Segura, Espe Porras, Elvira García, Ascen Capel, Gemma Asins, Agnès Busquets, María Sanz y María Fluvià por sus comentarios y aportes a favor de texto y por la amistad construida. A Irene Yúfera, Berta Fueyo, Gemma Meléndez, Miguel Ángel Rodrigo, Adrià Comorera y mis alumnas y alumnos del Campus por ser nutridoras y cómplices.

A Nati Codina, acompañante y testigo de cada paso del proceso, como parte de una indagación personal y necesaria. Por sus palabras constantes de aliento. Contigo soy una mejor versión de mí misma.

A Xavi Casino, Núria Cortada, Silvia Leyva, Virginia Gálvez y Guiomar Rovira por sus lecturas atentas, sus acertados aportes y porque mi vida es mejor compartida con ellas.

A Izaskun Arretxe, de nuevo, por sus dos lecturas y sus consejos para que la novela encontrara su camino. Por aguantar mis neuras. Por sacar tiempo de debajo de las piedras. Eres muy grande.

A Belli por aceptar mi petición y enviarme un documento escrito a mano con sus recuerdos y por seguir con el cariño intacto después de tantas batallas.

A Teresa Vilarrubla y Núria Herrero de The Foreign Office por apostar por la novela, por su rigor y profesionalidad, por su insistencia y cariño. Con vosotras al fin del mundo.

A Ester Pujol y a todo el equipo de editorial Catedral por

la profesionalidad y el impulso de la literatura. Es un honor y un privilegio formar parte.

A Iago Fernández, mi editor, por el acompañamiento, las conversaciones, las sugerencias, la emoción compartida. Por la impecable y fructífera revisión de la novela y el seguimiento de cada paso hasta convertirse en el libro que tenéis en las manos.

A Marina Camallonga por la sesión de fotos que, sin duda, me mejoran y por el entusiamo contagioso.

A Maite Sánchez y Maite Cusó, amigas incondicionales que junto a Valèria Riet son las libreras de la librería Pebre Negre, que acogerá la primera presentación de esta novela. A Álex Rodríguez por estar siempre.

A Rosendo, Fito y Fitipladis, Barricada, el Drogas, Leño, Extremoduro, La Polla Records, Platero y Tú, Flying Rebollos y demás grupos de música que son parte fundamental de esta novela y de mi banda sonora vital. Sin música estamos muertos.

A Phil Lynott y Thin Lizzy por iluminar mi vida.

A Philomena Lynott (1930-2019) por acogerme en su casa, llevarme en coche a ver la tumba de su hijo y compartir galletas, té, recuerdos, fotos y objetos en una tarde memorable en White Horses, Howth (Irlanda). La mayor parte de la biografía de Phil Lynott que recoge la novela está en deuda con su libro *My Boy* y con los libros: *Phil Lynott: The rocker* de Mark Putteford; *Thin Lizzy, la leyenda del rock irlandés* de Juan Gómez; *Phil Lynott, Renegade of Thin Lizzy* de Alan Byrne; *Philip Lynott, Still in love with you* de Niall Stokes.

A Javi y Anabel, Oriol, Quique, Javi Metálica, Añon, Vicky, Frank, Andreu, Sergio, Marta, Marc, Álex, Raúl, Guio, Rosa, Óscar, Lucas, Nacho, Mar, Andy, Jante, Naïr, Bitxo, Mafias,

Iñaki, Ramón, Nuri, Marga y los que me dejo pero no por eso menos importantes, por formar parte imprescindible de la intensidad de nuestra juventud. A los y las que se fueron antes de tiempo pero siguen con nosotras. Habéis sido inspiración.

Y, por supuesto, a Alfredo Peiró Calero por el amor, la paciencia, los cuidados, la lectura y los ánimos constantes.

La primera edición de
No creas una palabra
se terminó de imprimir el mes
de septiembre del año 2024.